EL GIGANTE

Antonio Souto Fraguas

ANTONIO SOUTO FRAGUAS

EL GIGANTE

bubok
EDITORIAL

© Antonio Souto Fraguas
© El gigante

Ilustraciones de cubierta: Iván Ugalde Muelas

ISBN papel: 978-84-685-3554-8
ISBN PDF: 978-84-685-3555-5

Impreso en España
Editado por Bubok Publishing S.L.

*Para Eva, por su apoyo incondicional
en esta nueva aventura.*

Índice

CAPÍTULO 1: LA PROPUESTA.. 11

CAPÍTULO 2: VIAJE AL PASADO 19

CAPÍTULO 3: ENTRE GIGANTES.. 35

CAPÍTULO 4: ECOS DEL PASADO... 47

CAPÍTULO 5: LA BIOGRAFÍA 55

CAPÍTULO 6: EN TIERRA DE GIGANTES..................................... 61

CAPÍTULO 7: CLAUDIA.. 67

CAPÍTULO 8: LA NATURALEZA 75

CAPÍTULO 9: EL PASADO 81

CAPÍTULO 10: LOBOS... 89

CAPÍTULO 11: AMOR Y PAZ 101

CAPÍTULO 12: TUMBAS 111

CAPÍTULO 13: EL MUNDO REAL 129

CAPÍTULO 14: CUANDO SE ACABA EL BAILE 135

CAPÍTULO 15: EL REGRESO 145

CAPÍTULO 16: TODO HA CAMBIADO 155

CAPÍTULO 17: PUNTO Y SEGUIDO 165

CAPÍTULO 18: OH, HERMANO 177

CAPÍTULO 19: CUANDO GOBERNABAN LOS GIGANTES 203

CAPÍTULO 20: LA ODISEA DE CLAUDIA.................................... 207

CAPÍTULO 21: NO HAY DESCANSO PARA LOS MUERTOS............ 217

CAPÍTULO 22: EL FUTURO ES GRANDE.................................... 245

CAPÍTULO 23: MÁS ALLÁ DE LAS ESTRELLAS 255

CAPÍTULO 24: LA CAZA 265

CAPÍTULO 25: MIENTRAS HAY VIDA, HAY ESPERANZA.............. 275

CAPÍTULO 26: EL IMPOSTOR DE LAS MIL CARAS 287

CAPÍTULO 27: LA FAMILIA ES LO MÁS IMPORTANTE 305

CAPÍTULO 28: LA MARCHA DE LOS AFLIGIDOS......................... 323

CAPÍTULO 29: DE GIGANTES Y HOMBRES................................ 339

CAPÍTULO 30: CUANDO ALCANCE EL HORIZONTE, DESCANSARÉ.... 345

Todo aquello que alguna vez me hizo feliz
se perdió en la noche del gigante.

CAPÍTULO 1:
LA PROPUESTA

Es una mañana calurosa, como toda la semana, y pronostican más calor para los próximos días. Los ventiladores del restaurante Lucio Visconti apenas suavizan algo el bochorno, pero algo es algo. Nadie en su sano juicio estaría en la terraza, sin embargo el parral y algo de brisa invitan a comer en el exterior.

Los escasos clientes saborean la deliciosa pasta fresca. El revuelto de calamares también tiene sus fieles seguidores. Yo me quedo con la pasta a la boloñesa, un plato tan clásico como aburrido. Aunque es una apuesta segura, tiene sus inconvenientes: por muy grande que sea la servilleta, siempre hay una maldita gota de tomate dispuesta a arruinarte la camisa.

Me limpio las gafas de sol de un asalto indiscriminado de salsa y reparo en un individuo sentado unas mesas más allá. Es un tipo de rostro aniñado y cara redonda que no me quita la vista de encima. Decido ignorarlo tras los cristales tintados, pero su insistencia empieza a ponerme nervioso. Finalmente, sucede lo que me temía. El hombre se arma de valor y se acerca a mi mesa.

—Disculpe.

Alzo la vista, perdonando la vida al pobre iluso.

—Perdone que le moleste, ¿podría decirme si es usted el autor de la biografía del Franciscano de las Heras?

Interrumpo el almuerzo y me limpio la boca.

—Sí, me ha descubierto.

—Pues quiero decirle que el lenguaje que ha utilizado en su libro es de las cosas más bonitas que he leído últimamente. Es, de hecho, el libro que tengo siempre a mano para ir a dormir.

—Gracias.

—¿Le importa que me siente? —El hombre mueve una silla y se sienta frente a mí—. Desde que mi madre falleció no había encontrado la senda de la serenidad, pero leyendo su libro…

—Disculpe, lamento lo de su madre y le agradezco el cumplido, pero estoy comiendo.

—Oh, claro, perdone, es que le he visto y no lo he podido evitar.

—No se preocupe. —Vuelvo a mi periódico.

El hombre mueve su plato a mi mesa.

—¿Qué está haciendo?

—Oh, así, comiendo los dos no se sentirá tan incómodo —añade el hombre con una ligera y nerviosa sonrisa.

Me quito las gafas tranquilamente y las dejo sobre la mesa. Le dedico una mirada que helaría la sangre a un lagarto.

—Escucha, maldito psicópata, me da igual que mi libro te provoque una erección cada vez que te vas a dormir o que te hayas pasado la vida enamorado de tu madre. Ese libro que tanto admiras es la peor obra, con diferencia, que he escrito. La vida de un maldito violador de niños santificado por la iglesia es más repulsiva que tener que aguantar tu maldita cara de pajillero un segundo más.

El hombre se queda sin habla por unos segundos.

—No le molestaré más. Ha perdido un admirador.

—Gracias, de corazón. —contesto con la mano en el pecho.

Finalmente, el hombre se levanta y se marcha indignado. Vuelvo a colocarme las gafas y continúo comiendo tranquilamente. Entonces suena el teléfono. Lo saco del bolsillo y contemplo la pantalla detenidamente. Es Pablo, mi editor. Hace meses que no sé de él, pero al menos sigue acordándose de mí, y si me llama es que tiene algo importante que contarme. Espero que merezca la pena o pronto me veré obligado a escribir artículos de mierda para revistas del corazón. Guardo de nuevo el teléfono en el bolsillo, termino lo que queda del vaso de vino con gaseosa, me limpio los labios con la servilleta y abandono el local, no sin antes escribir en el sucio papel un chiste ordinario de los que tanta gracia le hacen a Jesús, el mesonero. Quizás pronto pueda pagarle con algo más que unas indecentes líneas.

El «Ridi, Pagliaccio, sul tuo amore infranto!» de Pavarotti se cuela por la ventana como una burla descarada, la melodía perfecta para ambientar mi infructuosa búsqueda de un conjunto adecuado para la cita. Las diferentes prendas vuelan por la habitación, parezco un perro escarbando en la arena. ¿Cuándo fue la última vez que puse una lavadora? No importa, algo limpio habrá, siempre lo hay, a pesar de que mi armario parezca un contenedor de ropa usada.

Pantalones, camisas y ropa interior adornan el suelo del dormitorio, todo un muestrario de opciones para la reunión. Me pruebo un sombrero gris delante del espejo, de frente, de medio lado. Lo vuelvo a dejar en el armario. Finalmente, me calzo unos zapatos que compré para usar en la boda del único amigo que pasó por la vicaría. Apenas dos años después del enlace se suicidó. El desgraciado fue condenado a treinta años durante la dictadura verde por haber vaciado una sartén llena de aceite por el retrete, crimen que fue realmente cometido por su mujer, según me confesó, pero del que decidió inculparse como muestra de amor. Pobre iluso, su querida esposa se volvió a casar menos de un año después con su mejor amigo, un golpe demasiado duro como para plantearse la honradez de sus actos y la de su propia existencia.

Parece que la última combinación es la más adecuada. Unos vaqueros y una americana son una apuesta algo rancia, aunque no hay tiempo para más. Es hora de irse, pero antes, un pequeño detalle, ¿dónde están las llaves?

Todavía hay cierto orden que debo eliminar. Un rosario de cajones abiertos y almohadones por el suelo dan fe de mi desesperación, sin embargo siguen sin aparecer.

Busco en todas partes. Claudia siempre las dejaba en el mismo sitio, costumbre que yo no compartía en absoluto. Siempre he sido distraído y desordenado y es algo que nada ni nadie ha conseguido cambiar.

En la encimera de la cocina. Bajo los papeles del escritorio. Vísteme despacio que tengo prisa. En el salón, bajo el sofá, en los abrigos colgados del recibidor. Pablo podría cancelar la cita y llamar a otro escritor y no está el horno para bollos. De acuerdo. No pasa nada. Es hora de irse. Ya entraré por la ventana, y con un poco de suerte me abro la crisma por imbécil.

Abro la puerta y están colgando de la cerradura. Menos mal. Quizás se me esté yendo la cabeza. Ya puedes cerrar la maldita puerta, Sebastián, y salir cagando hostias.

Veinte minutos más tarde llego a la editorial, un vetusto edificio en la parte vieja de la ciudad. En los últimos años ha habido una avalancha de nuevos negocios, especialmente galerías de arte. La zona antigua se ha convertido en un circo plagado de escaparates de cuadros, esculturas y objetos raros cuyo único fin es el de ahuyentar al comercio clásico del barrio y alejarlo al extrarradio, o hacerlo desaparecer para siempre. Ahora está todo más limpio, sí, pero también más caro. El precio de la gentrificación.

Subo los tres pisos sin ascensor del edificio. Me lo tomo con calma, no quiero llegar sudando y jadeando, y tampoco quiero vomitar encima de mi editor, hay confianza, pero no tanta.

Me cruzo con una mujer de veintipocos y el jadeo y el cansancio desaparecen. Me saluda, la saludo, no la conozco, o sí. Es la hija del portero, no puede ser, está enorme, pero la oreja le ha delatado, un perro le arrancó el lóbulo de la oreja izquierda cuando era pequeña. Está tremenda la niña, cómo ha crecido.

Entro en el apartamento. La puerta de roble de siempre cuyas bisagras anuncian mi presencia. El pasillo de siempre. El hilo musical de siempre. El suelo de madera me delata cada vez que piso mientras paso por las diferentes oficinas. Un notario, unos abogados, un psicólogo... y una pequeña editorial. Lluvia de letras, así se llama desde que abrió sus puertas hace más de veinte años. Antes había una especie de recepción, pero hace tiempo que la quitaron para recortar gastos; probaron con una recepcionista virtual pero alguien la hackeó y comenzó a decir guarradas a todo el que entraba por la puerta.

Lo normal es llamar a varias puertas hasta dar con la correcta, los números que indican el despacho son apenas visibles y no es raro toparse con alguna persona perdida entre tanto negocio. Es lo que me pasó a mí, hace ya unos cuantos años, al esperar delante de la puerta que pensé era la editorial y toparme con un tipo saliendo del lavabo. No puedo negar que su ubicación casi coincide con la de la propia editorial, al fondo a la derecha.

Decido entrar de todas formas en el aseo para ver mi aspecto. Es un cuarto pequeño. Apenas hay un váter con un pequeño lavamanos y un espejo. Sigue el mismo cesto para revistas, por si fuera necesaria una estancia algo más prolongada. No las han actualizado desde que abrieron la oficina. Me siento en la taza y las ojeo. Principalmente son de decoración. Hay una revista de televisión que anuncia los programas de antes, los que solo los ignorantes veían, otra de chismes y cotilleos. De entre todas, la portada de una muestra una lápida en un cementerio, grabado en piedra se lee «Los gigantes». La revista contiene un extenso reportaje de la extraña enfermedad que acabó con toda la especie. Paso las páginas y doy con los titulares: «El 80 % habrá desaparecido en los próximos 20 años». Aquí se quedaron cortos. Otro titular dice: «Los síntomas en los humanos son los de un resfriado, pero en los gigantes son una condena a muerte». Fotos de gigantes enfermos, cadavéricos, postrados en camillas. Es desagradable, una especie de casi cuatro metros de altura absolutamente desahuciada, no quiero seguir. Aunque piense que mejor que no estén, en cierto modo me apena que se hayan ido. Cierro la revista. Salgo del aseo y llamo a la puerta de la editorial, justo la última del pasillo.

Entro y saludo a Angie, la secretaria. Poco habladora, tímida, el flequillo demasiado largo le tapa la frente, ha engordado. Un llamativo grano en la nariz delata sus pecados con el chocolate. Su novio le ha dejado, ¿cuántos van ya? A quién le importa. La hija del portero, joder, qué buena estaba.

—Hola, Angie, ¿está…?

—Buenos días, Sebastián. Está al teléfono, pero me ha dicho que puede entrar.

La saludo con un gesto y una media sonrisa. No deseo mirar ese grano, a punto de reventar. Entro en el despacho. Pablo está al teléfono con el manos libres. Me indica que me siente.

—No nos puede demandar por nada. La biografía está aprobada por su familia.

—Lo que dice es que no hubo *quorum*.

—No entiendo qué quiere ese idiota. Haber estado más pendiente de su tía, no presentarse así, después de treinta años, exigiendo un pedazo del pastel. ¡Vamos hombre!

—Ya, pero hay que cubrirse las espaldas.

—Habla con Felipe, a ver qué te dice y me cuentas.

—Vale. En cuanto sepa algo te llamo.

—Adiós. —Pablo resopla.

—¿Todo bien? —pregunto.

—Sí, sí. Lo mismo de siempre. La gente quiere dinero sin dar un palo al agua.

—El deporte nacional —sentencio.

Pablo se reclina en el asiento y cruza los dedos bajo la barbilla—. ¿Y bien? —continuo—. ¿Qué es eso tan urgente que querías contarme?

Pablo duda un instante. Comienza a buscar sobre la mesa llena de papeles. Mira por los cajones, ficheros, cuadernos, bajo la agenda. Encuentra al fin un sobre abierto. Extrae un documento y me lo muestra. Lleva un membrete señorial, parece un escudo que no acierto a identificar.

—Cuánta intriga.

—Lee.

—«Muy señor mío. Le escribo desde la residencia del Señor de las Tierras del Este.

»Don Viktor desearía disponer de sus servicios como biógrafo personal. Para tal efecto, querría que fuera Sebastián Baena el encargado de dicha labor.

»Por supuesto, deseamos que este encargo se lleve con la máxima discreción.

»Háganos saber el momento más oportuno para mantener una reunión».

Me reclino en el asiento. Pablo me observa exultante.

—¿No se llamaba así uno de esos tipos tan grandes?

—El gigante. El último gigante. Y quiere que tú seas su biógrafo.

—Creí que ya no quedaba ni uno.

—¿Y bien?

—¿Qué?

—¿Te interesa?

—No sé, me pillas de sorpresa. Ya sabes qué opino de esos personajes. ¿No hay otro disponible?

—Sebastián, quieren que seas tú el que la escriba.

—¿Yo? ¿Por qué quieren que sea yo?

—No lo sé, pero es el cliente y no puedo decir que no.

—Vaya. Nunca lo hubiera creído. ¿Cuándo le vas a llamar?

—Ya lo he hecho. Mañana por la mañana irá un coche a buscarte.

—No me gusta nada que hayas tomado la decisión sin esperar mi respuesta, y menos meterme prisa —protesto visiblemente molesto.

—Te pago el doble. Gastos cubiertos y un porcentaje de las ventas.

Medito la propuesta vagamente, tan pronto la desecho como la acepto. La hija del portero. No, céntrate. Estás divagando de nuevo.

—¿Sabes lo que daría un escritor por ser elegido biógrafo del último de los gigantes? Esta es la oportunidad de tu carrera.

—No lo sé, ya conoces mi pasado.

—Llámalo terapia de choque.

—Déjame pensarlo.

CAPÍTULO 2:
VIAJE AL PASADO

Las paredes blancas de la carpa se mueven con el viento y la lluvia. Con su traqueteo incesante, millones de gotas improvisan una suerte de marcha de tambores que hace acallar la fiesta que trascurre en el interior.

Al lado de una mesa observo a una niña vestida con un traje blanco, tiene el cabello negro recogido en una coleta. Está jugando con un perro, un chihuahua que salta para tratar de coger el trozo de solomillo que la niña le niega.

Mis ojos se cierran por momentos y una ligera sonrisa dibuja con gracia un breve momento de felicidad. Mi dulce Claudia, la prima que se ha apropiado de mis sueños, la única razón por la que he venido con estos estúpidos pantalones cortos.

Apoyo la cabeza sobre unos abrigos mientras la gente baila. Es la boda de mi tío, el pequeño de cuatro hermanos. Mamá se acerca y me acaricia la cara.

—Nos vamos a casa ya, mi cielo. Tu padre se está despidiendo de los tíos.

Mamá me coge en brazos y me cobijo en su hombro. Papá está fumando un puro con su hermano, el novio, y varios invitados más. Ríen y beben mientras bailan. Miro a Claudia que sigue jugando con el perro, le lanza el trozo de carne y este lo coge al vuelo y lo devora con inusitado frenesí.

Claudia levanta la cabeza, me mira, me sonríe y me dice adiós con la mano. En sus labios leo un «hasta mañana». Claudia, mi amor.

Mamá sale corriendo para no mojarse. Llueve bastante. Fuera de la carpa hay unas cuantas mesas con manteles de cuadros. Una ristra de bombillas iluminan tenuemente la zona desierta. Mamá me mete en el coche y me tapa con un abrigo. Me acaricia el pelo y me besa en la mejilla.

—Voy a buscar a tu padre y ahora vengo. —Me regala su dulce sonrisa y se marcha.

El sonido de la lluvia hace que me adentre cada vez más en el sueño. Arriba, a través de la trampilla del techo, veo las ramas de los árboles que se iluminan con un relámpago.

No me asustan las tormentas. Por el contrario, me gusta ver los rayos surcando el cielo, parecen ríos de luz arañando el firmamento.

Los párpados me pesan, se cierran lentos, apenas los vuelvo a abrir para ver la tormenta una vez más. Otro relámpago, el último. De pronto creo ver una silueta entre las ramas, un rostro cubierto por una capucha, el sueño debe haber llegado ya y se mezcla con la realidad. Otro relámpago me confirma que no estoy soñando. Lo vuelvo a ver, apenas distingo su cara pálida entre el follaje. Es un gigante. Entonces avanza.

Me incorporo y me pego a la ventanilla. Lo veo entrando con una estampida en la carpa, apartando la lona blanca de una sacudida. Lleva en su mano una enorme estaca. De un golpe salen tres invitados volando, otros tantos por el otro lado. El pánico se apodera del banquete mientras la música sigue sonando.

A golpes, el gigante aplasta todo lo que se mueve. Las mamás se abrazan a los niños para protegerlos, pero no hay piedad para los más débiles.

Claudia corre con el perro en brazos y se oculta bajo una mesa. El chucho se revuelve y corre hacia el gigante ladrando enloquecido. Le muerde la pantorrilla por si sirviera de algo. El gigante le suelta un palazo y el chucho termina destrozado sobre unas mesas del fondo. La mesa del DJ queda hecha añicos tras un mazazo. El gigante arranca el poste central de la carpa y sale del tumulto. La carnicería queda entonces oculta bajo la lona blanca, amordazando los gritos de los aterrorizados invitados.

El gigante golpea sin cesar todo aquello que se mueve. Como si estuviera sacudiendo el polvo de un colchón viejo. Los lamentos y los gritos cesan. Ahora es el agua quien impone su monótono discurso.

Entonces cesa en su ataque, agotado. Jadea bajo la lluvia y mira a su alrededor. Por un momento dirige la vista hacia los coches aparcados. Me agacho con la esperanza de no haber sido descubierto. Han pasado apenas unos segundos cuando me asomo de nuevo. Ya no está.

De pronto me encuentro solo. Ya no hay alegría, ni risas, ni música, solo la lluvia que golpea la carpa. Salgo del coche temblando. Camino lentamente hacia lo que queda de la celebración. La lona es ahora una alfombra llena de bultos, algunos se mueven despacio, otros se hayan inertes. Un quejido rompe el silencio, luego otro. Los vivos empiezan a inundar la zona con sus lamentos.

—¿Mamá...? ¡Mamá!

Entonces, veo frente a mí la enorme sombra proyectada del gigante alzando el pesado tronco para aplastarme. No me atrevo a moverme, estoy paralizado. Grito.

Me incorporo de golpe en la cama. Miro el reloj en la mesita de noche. Son casi las tres de la mañana. Estoy sudando. Me paso la mano por la cara y me reclino mientras recupero el aliento. Cojo el móvil y escribo a mi editor.

—Lo haré.

El tren circula veloz por las vías. A cuatrocientos kilómetros por hora estaré algo menos de dos horas aquí sentado. También estaba disponible el *hyperloop*, «¡más rápido que una bala!», al menos así reza la publicidad, pero me apetecía disfrutar del trayecto y en veinte minutos no da tiempo a ver nada.

Intento buscar el agujero de los malditos auriculares. Creo que es este, ahora el desafío es meter la clavija en él. Dios, ¿por qué los harán tan pequeños? ¿No podían ser *bluetooth*? Ahora todo es inalámbrico, pero parece que los equipos de audio de los trenes todavía van por cable. ¿Qué les costará? Odio los cables, siempre encuentran la manera de enredarse. Métete, maldita clavija. Joder. Ya no tengo el pulso que tenía, mis recaídas en el alcohol han pasado factura.

Un chaval sentado frente a mí me pide la clavija con un gesto. Se la doy sin dudarlo. Con tranquilidad, enchufa el condenado cable y le doy las gracias. Me fijo en él, es un joven de veintipocos, pelo corto y arreglado. Vuelve a la lectura del libro que tiene entre manos: *La fortuna de los idiotas*. Me sorprende que lea ese libro, una crítica a la política del populismo y cómo a lo largo de la historia se han cometido las mayores barbaridades alentadas por los mayores idiotas. Al menos existe gente joven que se interesa por entender el presente estudiando el pasado. El hechizo se rompe cuando le llaman al teléfono y es el himno de un equipo de fútbol lo que suena. Contesta con un «Dime, cari… no… te *dejao* las bragas donde siempre, para que no se las coma Chuchi».

Pese a mi optimismo inicial y mi pesimismo final, prefiero pensar que las apariencias engañan y que este personaje de verborrea desconcertante tiene la sana intención de aprender algo sobre la historia de la política y los vergonzosos mamarrachos que han intervenido en dilapidar su reputación. En la actualidad, no ha cambiado mucho el panorama. Seguimos gobernados por idiotas.

Eso me recuerda al juicio que se produjo tras la noche del gigante. Todo el proceso se convirtió en un circo mediático. La gente arengaba e insultaba a aquellos que defendían a los gigantes; siendo el culpable uno de ellos, significaba meter a toda la especie en el mismo saco. Incluso hubo manifestaciones tanto a favor como en contra de los gigantes. Tampoco faltaron las teorías conspiratorias sobre una mano negra para inculpar a los escasos supervivientes que todavía pululaban por el mermado país. Yo lo vivía traumatizado desde casa de mis tíos. Creo recordar que fue el hermano de Viktor el condenado por la masacre. No recuerdo su nombre. Lo pude ver una vez más tras aquella noche, ataviado con la misma sudadera, tras un cristal de espejo. Todavía puedo ver su cara, igual a la de un niño asustado. Si me hubieran puesto a cualquier otro lo habría condenado igual. Para mí, un gigante era un gigante, visto uno, vistos todos.

Al ser una especie en peligro de extinción, no se le pudo aplicar la pena capital como clamaban las hordas apostadas en el exterior del juzgado. Así que fue condenado al destierro de por vida en una isla, con todos sus movimientos controlados por satélite.

Nunca llegó a su destino, un grupo extremista colocó una bomba en las bodegas del barco en el que era trasladado y este se hundió a seis mil metros de profundidad. El lugar se considera una parada obligatoria para los cruceros que atraviesan la zona, alimentando la curiosidad de los más morbosos. Algunos incluso todavía escupen por la borda al pasar.

La música clásica sigue sonando en mis oídos cuando el joven que tengo enfrente me despierta. Alzo la vista algo confuso. Ya hemos llegado.

Me dirijo a la zona de maletas del principio del vagón y cojo la mía tras esperar a los pasajeros que se agolpan como buitres a recuperar sus enseres, ni que les fuera la vida en ello. Ya estoy en el andén.

Al salir de la estación, me topo con un hombre de traje oscuro, delgado, de rasgos angulosos y bigote negro y poblado. Sostiene una tableta con mi nombre. Me aproximo a él.

—Soy yo, Sebastián.

—Buenas tardes, señor Sebastián. Mi nombre es Pedro. Me han asignado para llevarle a las dependencias del señor Viktor. ¿Ha tenido un buen viaje?

—Sí, es magnifico cuando duermes casi todo el trayecto y al despertar te das cuenta de que no te han robado la cartera.

—Todo un gesto. Deje que le coja la maleta.

—Gracias.

—La residencia se encuentra a una hora en coche, así que habremos llegado antes de que se ponga el sol.

—Estupendo.

Pedro introduce mi maleta en el maletero de un Citroën tiburón impecable.

—Vaya, magnífico coche.

—Viktor es amante de los clásicos.

—No se ven muchos por ahí.

—Efectivamente, solo quedan seis circulando. Viktor posee tres de ellos.

Nos metemos en el coche. Impecable. Pareciera que acaba de salir de fábrica. Un detalle llama mi atención. Una pequeña cámara estereoscópica de burbuja está situada en el techo, justo entre los dos asientos.

—¿Y esa cámara? ¿Qué utilidad tiene?

—Ahá, el señor Viktor dispone de un sistema de telepresencia hecho a su medida. No solo admira el coche por fuera, sino que lo disfruta también al volante.

—¿Quiere decir que tiene una especie de videojuego que simula la conducción de este coche?

—Es algo más sofisticado. Quiero decir que él conduce este coche a distancia guiándose por la cámara.

Me quedo un rato digiriendo sus palabras. Frunzo el ceño. Miro la cámara sobre su cabeza. Pedro arranca el vehículo.

—¿Esta antigualla la puede conducir solo?

—Bueno, más bien a distancia. No es autónomo como los de ahora. Siempre tiene que haber alguien que lo dirija.

—¿Me está usted vacilando?

Justo cuando me abrocho el cinturón, el vehículo se pone en marcha con un derrape y sale a gran velocidad del aparcamiento. Pedro se reclina en su asiento con las manos apoyadas tras la cabeza. Mis ojos están abiertos como platos. Me agarro de cualquier manera al asiento.

—Póngase cómodo y disfrute el viaje.

El tiburón se incorpora a la autopista haciendo gala a su apelativo. Veo que la cámara gira hacia mí. Debo parecer un perfecto idiota, estrujando la tapicería de cuero con una mano y agarrando la puerta con la otra.

—Si no le importa, preferiría que estuviese pendiente de la carretera.

No sé si escucha lo que digo, pero no me gusta que me observen un par de ojos artificiales que deberían estar mirando la calzada. La cámara gira de nuevo y enfoca hacia delante.

—Gracias —acierto a decir.

La palanca de cambio se mueve autónoma hacia la quinta marcha.

—¿Qué motor es este? No suena nada.

—En realidad es un vehículo eléctrico. Los motores de gasolina, como sabe, están prohibidos. La palanca de cambios ha sido modificada para transmitir la sensación de cambio de velocidad, pero tiene solo una función estética.

—Vaya juguetito.

—El señor Viktor es un nostálgico del siglo pasado, pero hay que cumplir con la ley.

El coche circula suave por la autopista. Me inquieta ver que Pedro no está a cargo del vehículo, parece un funambulista sin red. Una vez me quedé dormido en un taxi autónomo tras la presentación de uno de mis libros y al despertar me encontré sentado en un banco, sin cartera ni móvil. Luego me llegó una multa por haber vomitado en el vehículo y haberlo dejado inutilizado para el siguiente cliente. Lo peor fue que me fui solo a casa, eso, o fue mi acompañante la que me desvalijó y me dejó tirado en la calle. Hubiera sido aún más patético.

Abandonamos la autopista y nos metemos por una carretera comarcal. Ahora el paisaje cambia y circulamos por caminos rurales. Casas destartaladas se mezclan con chalets de propietarios pudientes. Caballos que corren por el prado, vacas descansando a la sombra de los árboles. Me agrada estar en el campo, alejado de la toxicidad de las grandes ciudades.

De pronto, el vehículo emite un pitido intermitente. Con rapidez, Pedro toma los mandos del coche y se echa a un lado. El pitido languidece en segundos hasta que el Citroën queda totalmente en silencio en el estrecho arcén.

Los sonidos del campo se hacen protagonistas. Una vaca se acerca curiosa mientras mastica un matojo de hierbas.

—¿Algún problema?

Pedro murmura algo que no acierto a entender.

—El problema de adaptar un coche así a las exigencias de circulación es que corres el riesgo de que algo salga mal. Especialmente cuando se trata de algo tan personalizado y exclusivo como un Citroën DS de 1968.

—¿Y ahora qué hacemos?

En ese momento suena un aviso en su móvil. Pedro lo saca del bolsillo y observa la pantalla.

—Viene un coche a buscarnos.

—¿Estamos muy lejos?

—A una media hora.

—Podría haber sido peor. Si esto ocurre en mitad de la autopista lo mismo nos hubieran pasado por encima un par de camiones. —Pedro no presta atención. Escribe compulsivamente en su teléfono—. Voy a estirar las piernas.

Abro la puerta y salgo no sin algún problema. Mi metro ochenta es un poco excesivo para la altura del vehículo.

Estiro las piernas y los brazos. Hace una temperatura suave. Estamos en abril y el verde es el color dominante. Los árboles lucen sus mejores galas y los insectos se dan un festín de polen en un banquete de flores.

Me acerco a la vaca, un ternero a su lado me mira con recelo. Da un par de pasos hacia atrás para situarse al amparo de su madre.

Arranco un puñado de hierbas que crecen a lo largo del cercado y se las ofrezco al bóvido. Lenta y decidida se acerca mamá vaca y tras un breve olfateo me las arranca de las manos. Levanta la cabeza y me mira complacida mientras rumia los vegetales. Nuestras miradas se unen en perfecta comunión, es su forma silenciosa de dar las gracias. Mi fantasía queda hecha añicos cuando empieza a mear a chorro. Suena igual que el grifo abierto de una bañera. Sin duda, mi presencia le relaja y me lo demuestra con una soberana cascada urinaria que parece no tener fin. Me sorprende la multitarea de masticar, mirar atentamente a un extraño y miccionar que tiene el animal.

El pequeño ternero me saca de mi desilusión y se acerca a curiosear. Arranco un puñado más y se lo ofrezco. Tras olerlo un instante, se da media vuelta y se aleja dando saltos. Al menos este no me ha regalado ningún desecho.

Dejo la chaqueta en el coche y camino por el arcén hasta un prado cercano. Los alcornoques crecen al azar por estos prados contiguos al País Gigante. Antaño era una zona prohibida. Solo los valientes y los insensatos se aventuraban a campar por estas tierras. Ahora son dominio de vacas y ovejas.

A veces se acercan curiosos, armados con sus detectores de metales, a escudriñar el subsuelo en busca de tesoros. Recuerdo una noticia, hace ya años, de que no muy lejos de aquí halló un pastor un osario de gigantes, enterrados con sus pesadas espadas, collares, pulseras y puntas de lanza. Toda una familia yacía sepultada bajo dos metros de tierra. Tras unas fuertes lluvias, la empuñadura de la espada quedó al descubierto e hizo tropezar al despistado pastor, lo que permitió descubrir los vestigios de un pasado hasta entonces desconocido.

Pero, sin duda, lo que saltó a la portada de los periódicos de aquella época fue el hallazgo, junto a los restos de la familia gigante, de una familia humana, lo que permitió reescribir la historia de la relación entre humanos y gigantes, datando una hermandad que se creía reciente a tiempos mucho más lejanos.

Tras la noche del gigante me obsesioné con estos seres. Leía compulsivamente todo lo que caía en mis manos sobre ellos. Quería entender por qué me habían dejado solo en el mundo, hallar una explicación a la barbarie, pero nunca obtuve ninguna respuesta, todo lo que que aprendí de ellos contradecía lo que me sucedió.

Desde la antigüedad, los gigantes han formado parte de la imaginería de escritores, pensadores, filósofos y poetas, que han descrito con crudeza los episodios, la mayoría inventados, del encuentro de los humanos con ellos. Criaturas reservadas, no fue hasta la apertura de hace dos siglos que la relación entre ambas especies se formalizó, dando paso a una de las épocas más bellas de cooperación, solidaridad y entendimiento.

Me acerco a un alcornoque rugoso y firme. Debe tener varios siglos, como todos los que crecen por estas tierras. Es un tipo de alcornoque autóctono de la zona, de un tamaño algo mayor y de una longevidad de hasta quinientos años, casi el doble que su pariente más cercano.

Me siento al pie del árbol y me apoyo relajado en su rugoso tronco. En el horizonte se divisa la famosa Cordillera de los Gigantes, bautizada así por su imponente silueta y por hacer de frontera entre el mundo de los gigantes y el nuestro. Se respira un aire fresco y limpio y hasta me complace haber tenido el percance con el coche y poder así disfrutar de la tranquilidad de un entorno tan agradable.

Por lo que sé, Viktor viene del último linaje de gigantes que hay sobre la tierra, tras su muerte no quedará nadie, su legado y leyenda desaparecerán con él. Se dice que tiene casi trescientos años, unos setenta para un humano, pero su verdadera edad sigue siendo un misterio. No hay texto que lo atestigüe ni humano que la corrobore. Se lo preguntaré personalmente.

Nunca lo he visto en persona, tan solo en algún periódico, y la foto no ha sido jamás lo suficientemente nítida como para hacerme una idea. Y no es que devore al que se atreva a fotografiarlo, es que ha demandado a más fisgones, periodistas, fotógrafos y demás cotillas que cualquier personaje que se recuerde. Siendo el último gigante, no me extraña.

Me quedo meditando mis pensamientos y cierro los ojos con la esperanza de no ser víctima de algún himenóptero. Poco a poco, la realidad se mezcla con el subconsciente y, al final, me quedo profundamente dormido.

—Señor Sebastián, disculpe.

—Oh, sí, ¿qué hora es?

—Son casi las ocho. Ha dormido cerca de una hora.

—Vaya, ¿tanto?

—Ha venido un coche a buscarnos. Lamento que no haya llegado antes.

—No importa. Dormir en el campo es un placer, a pesar de los bichos.

Caminamos hacia el coche que nos han traído. No pinta bien. Es un viejo Dos Caballos.

—Veo que al gigante le gustan los coches antiguos.

—Señor Sebastián, si no le importa es preferible que use su nombre de nacimiento. No hace falta que le llame de usted, puede llamarlo simplemente Viktor.

—Disculpe, no quería ofenderle.

—No se preocupe. En cuanto al coche, tiene usted razón. Viktor es amante de la simplicidad de los coches antiguos. Menos propensos a fallar y más fáciles de reparar.

—Opino exactamente lo mismo. ¿Este también lo conduce Viktor?

—Este no, además, tiene el motor de explosión original, aunque está restringido a circular hasta cien kilómetros al mes y solo en carreteras comarcales.

Nos acercamos al Dos Caballos. El conductor es un hombre mayor, rondando los sesenta aunque mal llevados. Es corpulento y con una prominente barriga. Lleva un mono de jardinero bastante sucio. No dice nada. Se diría que es mudo, o quizás se ha hartado de hablar con la gente. No me extraña. A veces me cae mal todo el mundo y desearía ser el único habitante de este maltrecho planeta, pero solo a veces, el resto del tiempo lo paso pensando en cosas más agradables. La hija del portero, por ejemplo.

Por fin nos ponemos en marcha en el ruidoso vehículo. Parece mentira que siga funcionando, crucemos los dedos.

Hemos llegado a las diez de la noche. Empleamos casi hora y media en lo que debería haber sido media; sumando el tiempo que hemos perdido desde que salimos de la estación han sido casi cuatro horas. Toda una hazaña. Esperemos que Viktor no sea tan imprevisible como los autos que finalmente me han traído hasta aquí.

El coche ha entrado renqueante en el palacio a través de un camino de arena hasta la puerta principal. Desde la ventanilla he podido hacerme una ligera idea de la construcción, un edificio de grandes ventanales y estructura cuadrangular.

En otros tiempos, esta era la última frontera antes de la gran cordillera. De hecho, los diferentes imperios que fueron ocupando el continente en la antigüedad quedaban siempre delimitados por estas montañas, último bastión de sus conquistas. Ningún ejército ha intentado siquiera atravesar esta frontera.

Mejor hubiera sido para los gigantes que el contacto con los humanos hubiera seguido siendo una excepción. Su condena empezó el día que firmaron el tratado de mutuo entendimiento. «La gran apertura», como se bautizó en los periódicos de la época, acabó por matarlos. No por conflicto con los hombres, ni tan siquiera por la gran guerra, de la que, por cierto, en breve se cumple el segundo centenario de su final, sino por la pandemia que trajeron los humanos. La enfermedad aniquiló en unas pocas décadas lo que el hombre había intentado durante milenios. De poco sirvieron los doctores y científicos de entonces, el mal que acabaría con ellos fue tan misterioso que ni las investigaciones actuales han podido hallar respuesta.

El aire es húmedo y corre una ligera brisa de marzo. Pedro saca la maleta.

—Pedro, usted que le conoce bien, ¿cómo es Viktor?

Pedro se lo piensa un instante.

—Es difícil, pero fácil.

—Gracias por la aclaración.

—Gánese su confianza y respeto y lo entenderá.

No tengo edad para acertijos y ambigüedades. Culpa mía por preguntar.

Una puerta de cuatro metros de alta luce negra. Parecería la entrada de una cueva si no fuera por la aldaba que cuelga en su centro. Una portezuela se abre a un lado de la principal y de ahí sale a recibirme un sirviente menudo de algo más de metro y medio.

—Buenos días, señor. Bienvenido a la casa del vizconde de las tierras del este.

—Ya, sí. Gracias.

—Lamento el infortunio. El señor vizconde desea que le transmita sus más sinceras disculpas.

—No pasa nada.

—Deje que le coja la maleta. Sígame, por favor.

No hay escaleras, todo está en la única planta del palacio. El vizconde decidió esta configuración cuando la edad empezó a mellar sus débiles rodillas. Así me hace saber el pequeño sirviente.

Un largo corredor discurre a la derecha; es donde los huéspedes tienen sus habitaciones. Al final del amplio pasillo se encuentra la habitación de Viktor a juzgar por el tamaño de la puerta.

El sirviente me acompaña hasta la puerta de mi habitación, de tamaño normal. Dispone de una mirilla, como la de un hotel, y está decorada de una forma sencilla y acogedora.

Me recuesto en la cama cansado del viaje. Apenas un instante después me incorporo y me acerco a la ventana. En el horizonte se vislumbra la gran cordillera, débilmente iluminada por la luna.

Dicen que los gigantes nacían dentro. Cuando las montañas crujían con estruendo era porque uno de ellos había salido de su interior. Criados dentro de una montaña, hijos de la tierra…, muy poético, aunque por entonces era más bien el infierno el que los gestaba, o eso decían las malas lenguas.

Leyendas como esta se escuchaban por todas partes. Como la que hablaba del hambre voraz de los gigantes en sus primeros años, que se alimentaban de aldeas enteras no dejando ni tan siquiera las ratas. Antiguamente, además, los asesinos y violadores que se ocultaban por las esquinas justificaban sus actos como fruto de la locura por haber sido testigos de los más horribles crímenes y horrendeces cometidos por los gigantes; quedaban exculpados así de la pena capital y en su lugar eran encerrados de por vida. Estos episodios no hacían más que alimentar un temor absurdo e infundado basado en la más absoluta ignorancia.

El sirviente me ha informado de que el vizconde no se encuentra en casa, pero que si regresara, me daría cuenta. Espero seguir despierto cuando así sea.

Escribo en mi diario estas y otras leyendas sin constatar la realidad que se asoma en ellas. La muerte de los gigantes supuso para muchos un duro golpe, parecido a la pérdida de un ser querido, un sentimiento de orfandad que favoreció sin embargo una corriente conciliadora entre las naciones. La historia nos enseñó que nuestra supervivencia estaba ligada a la de los gigantes y su desaparición sería nuestra condena.

Tan absorto estoy en mis pensamientos que no distingo el sonido de algo parecido a un camión entrando en el palacio. Ahora el portón principal retumba cual trueno al cerrarse. Me incorporo expectante. Un golpe tras otro resuena como un mazazo, pero son pasos.

Mi corazón se va a salir del pecho y mi respiración es agitada. Es más el comportamiento de un roedor que el de un hombre adulto. Avanzo en silencio hasta la mirilla. Un paso más, otro paso... Por el orificio distingo la débil luz de una lámpara. Un cuadro sin gusto de dos caballos blancos en un lago cuelga de la pared. De pronto, su cara arrugada, su ojo de un azul profundo lleno de vasos sanguíneos miran a través del orificio de la puerta. Casi me caigo de espaldas del susto.

—Buenas noches, Sebastián —saluda el gigante tras la puerta.

Me quedo unos segundos en silencio tratando de recomponerme de la impresión.

—Buenas noches —contesto finalmente.

El gigante se aleja por el pasillo. La cerradura de su puerta se retuerce pesada, las bisagras languidecen con un chirrido y luego la puerta se cierra de un golpe que hace retumbar el palacio entero.

CAPÍTULO 3:
ENTRE GIGANTES

Por la mañana, unos golpes en la puerta me despiertan. Es el sirviente. Viktor me espera en el comedor en media hora, me dice. No es mucho tiempo, suficiente para una ducha rápida.

Tras la ducha me visto, escojo unos calcetines negros y me subo los pantalones vaqueros de color azul. Me acerco al espejo del baño y me aderezo el pelo más o menos con las manos. Luzco bastante bien. A pesar de la pésima vida que he llevado, no estoy tan mal. Me calzo unos zapatos negros y miro por la ventana. La habitación da a la parte trasera del edificio. La abro y me asomo. Un soplo de aire fresco me acaricia el rostro. Qué bien se respira aquí.

Quizás debería haber intentado regresar a la casa de mis padres, pero desde aquella noche ya nada volvió a ser lo mismo. Con los años, el pueblo se fue vaciando. Muchos de los que murieron eran de la misma zona y sin ellos el municipio entero quedó sentenciado al abandono. Siempre he querido volver, aunque sea de visita, pero no mantengo mis promesas, ni siquiera con mi hija.

Bueno, ya es hora de irme, tengo una cita con un gigante.

Tras salir al pasillo veo al fondo la habitación de Viktor. La puerta está entreabierta. Me acerco atraído por la curiosidad. Al llegar casi puedo ver a través de la rendija. La abro un poco más. La puerta chirría un instante, ¿es que no hay una maldita puerta que no suene? No hay nadie, o al menos así lo creo. Empujo algo más y veo sobre la colosal cama las enormes cabezas de dos osos grizzli, el movimiento de la puerta les ha puesto en guardia, grave error, la curiosidad mató al gato, o más bien a Sebastián. Me alejo lentamente caminando de espaldas y emprendo la huida. Puedo oír cómo sus cuerpos de seiscientos kilos saltan de la cama y comienzan a perseguirme.

Mi habitación está cerrada, ¿qué cojones...? Paso de largo y salgo a la sala que hay al otro extremo del pasillo. Abro las puertas de par en par y me topo de bruces con el gigante. Está sentado de espaldas, imponente como una descomunal escultura. Tiene el pelo blanco recogido en una coleta. Se gira lentamente y me observa tras las gafas sin apenas inmutarse.

Detrás aparecen los osos. Se abalanzan sobre mí y me arrollan sin contemplaciones. Continúan su alocada carrera y se lanzan a las piernas del gigante que ríe y los zarandea igual que a unos cachorros.

El gigante se incorpora, su imponente figura me deja sin palabras. Aparta a los plantígrados a un lado, pero estos insisten en sus juegos hasta que él alza la voz, grave y poderosa como el claxon de un camión. Los osos cesan de inmediato sus juegos y se retiran a un extremo de la sala. El gigante vuelve a sentarse y me invita a la mesa, cuidadosamente preparada para mi llegada.

Las sillas son enormes. Tienen un pequeño escalón para facilitar la subida. Me siento al borde. Parece que estoy en una azotea. Mis piernas cuelgan y no puedo dejar de sentirme algo ridículo aquí arriba.

El gigante, o mejor dicho, Viktor, me observa. Me incomoda lo vulnerable que me siento ante su presencia. Esboza una ligera sonrisa. Su cara surcada de arrugas son un mapa de los siglos que las han curtido, un relieve de cordillera, de hijo de la montaña.

—¿Has descansado bien? —pregunta con su atronadora voz.

—Estupendamente, muchas gracias por acogerme.

—No acostumbro a desayunar con mis invitados.

—Gracias, me siento halagado —acierto a decir algo nervioso.

—Pero ya que vas a ser mi biógrafo me veo en la obligación de hacer una excepción.

—Quiero decirle que me honra mucho haber sido elegido para tal propósito.

—No me hable de usted, por favor. Como te he dicho eres mi biógrafo. Sobran los formalismos.

—Claro, disculpe. Perdón, disculpa.

—No pasa nada. He leído la biografía que hiciste del rey Jorge.

—Ah, ¿sí?, ¿te gustó?

—Por eso te he traído. La historia en sí es más bien una adaptación de los hechos que describe.

—Ah, ¿no crees que fuera verídico lo que escribí? Me documenté ampliamente para…

—Aún no he terminado. —Interrumpe con una mirada que casi hace que me orine encima.

—Disculpa, claro.

—Decía que lo que detallas en el libro no es más que lo que el difunto rey quería que escribieses. La mayor parte de lo que relatas no pasó como te han contado. Por ejemplo, la muerte de su esposa e hijo recién nacido, una desgracia y bla, bla, bla… Él ordenó que los mataran. A ella por adúltera y al vástago por bastardo. Y, por supuesto, el incauto amante que quiso creer que su chantaje le llevaría lejos, al fondo del mar, precisamente. —El gigante golpea con el índice la mesa con un golpe seco que hace temblar la cubertería.

—Yo, no sabía nada de eso, tengo que fiarme de la palabra de mis clientes. Solo escribo…

—Lo que te dicen que escribas, lo sé, y no te he contratado para que me pongas en un pedestal. Lo he hecho porque me gusta cómo lo haces, cómo eres capaz de ensalzar a los más mezquinos, darle la vuelta a su miserable existencia y hacer que su lectura sea algo que merezca la pena.

—Te ruego me disculpes, pero no entiendo para qué quiere mis servicios. No me considero un vendido. Me considero un escritor.

—De ficción, tus biografías son mera ficción. Podría enumerar una a una las mentiras que te han hecho escribir esos embusteros. Sus vidas han sido tan mezquinas como la del peor de los chacales que hay pudriéndose en la más remota prisión.

—¿Y qué es lo que quieres de mí? ¿Qué quieres que escriba de ti?

—¡La verdad! —Viktor se levanta bruscamente. Los osos se incorporan de un salto y se apartan asustados—. Disculpa mi temperamento. Solo quiero que sepas que no voy a adornar con mentiras ningún hecho del que haya sido protagonista. Cuando la historia me juzgue, quiero que sea con la verdad por delante.

—¿Crees que mis clientes eran culpables de sus tragedias?

—Todos somos culpables, Sebastián —dice con una mirada que hace que me hiele la sangre—. Te veo en media hora en la puerta. —Tras esas palabras, Viktor se retira a su habitación, seguido de sus inseparables mascotas de seiscientos kilos.

De pronto me he quedado solo en el imponente salón. Todavía me tiemblan las piernas. Respiro profundamente un par de veces, le doy un último sorbo al café y me retiro.

Media hora más tarde, salgo del edificio por la entrada principal. Hace un día agradable. Viktor me espera jugando con los osos.

El entorno del palacio es amplio y despejado. El césped se ve cuidado con esmero por los jardineros, que se afanan en podar los grandes setos desde una plataforma motorizada. Todos y cada uno de ellos detienen sus quehaceres ante la presencia del gigante y agachan la cabeza tal y como lo harían ante un rey. Los osos le siguen alegres en su paseo. Viktor agarra una de las múltiples sillas ajadas que hay desperdigadas por el terreno y la lanza a unos cincuenta metros hacia el jardín. Los plantígrados corren felices por el llano, parecen perros en lugar de osos.

Nos dirigimos hacia la parte trasera del palacio. Llegamos a las cocheras. Pese a que lo que pueda parecer, el gigante no parecía tal en su terreno. Todo estaba hecho a su tamaño, más bien la sensación es que todos los que allí trabajan son enanos u hombres pequeñitos. Sus coches también están hechos a su escala. Posee tres deportivos, dos vehículos todoterreno y hasta una motocicleta. El gigante me cuenta que por los pelos había obtenido el permiso de circulación de los coches, pero que estaba obligado a circular con ellos con las mismas normas de un camión de gran tonelaje.

Me invita a subir a un formidable Lexus todoterreno. Al ponerme al volante automáticamente me traslado a mi infancia, cuando jugaba a conducir el coche de mi padre, girando el volante cual timón de barco y con los pies colgando del asiento. Un recuerdo de mi padre que creía olvidado, alegre y triste a la vez. Dicen que la nostalgia se nutre de la apatía, y seguramente tengan razón.

El gigante me mira y parece que se divierte al ver mi postura infantil. Me pide que me eche a un lado y que me abroche el cinturón. Hay una pequeña oquedad en el asiento del copiloto para albergar ambos tamaños, gigante y humano.

Salimos del garaje y continuamos por un camino de arena lleno de baches. La amortiguación no impide que me mueva dando saltos en el asiento. He de agarrarme con fuerza para no salir volando.

Nos dirigimos a una zona vallada. La cancela se abre al acercarnos. Nos adentramos y vuelve a cerrarse a nuestra espalda.

—¿Dónde vamos? —pregunto.

—A ver a mis mascotas.

—Creí que las habíamos dejado atrás.

—Mis «otras» mascotas —replica misteriosamente.

Llegamos a una zona acotada. Una manada de elefantes se acerca al ver nuestra llegada. El gigante detiene el vehículo.

—¡Tienes un zoo de verdad! —exclamo con asombro.

Los elefantes le saludan olisqueando con sus trompas desde la ventanilla. Viktor ríe, sale del coche y pasea entre ellos. A su lado los enormes mamíferos parecen vacas. Me apeo del coche para verlos de cerca.

Los animales sin duda disfrutan con su presencia. Un pequeño elefante, de no más de unas semanas de edad, olisquea los grandes pies del gigante. Viktor lo levanta como si se tratara de un ternero. El bebé elefante le toca la cara con la pequeña trompa. Ambas cabezas se juntan en una tierna muestra de amistad. Vuelve a dejarlo en el suelo.

Es sorprendente ver a un homínido de casi cuatro metros acariciar al mayor mamífero terrestre. Está claro que la cosa va de gigantes y que es el tamaño el que ha hermanado ambas a especies.

—¡No tengas miedo, no te harán daño! —grita Viktor desde la manada.

Me mantengo a salvo dentro del coche. Siempre me han dado miedo los animales grandes, supongo que es algo inherente a nuestro instinto de supervivencia. Aunque tengo entendido que los elefantes solo atacan cuando se sienten amenazados, y no es de extrañar, los humanos casi los hemos borrado de la faz de la tierra.

Al margen del miedo natural que transmite una bestia semejante, mi temor es algo que también tiene que ver con mi propio pasado. Es al gigante al que temo, es la noche de los monstruos la que temo y estar rodeado de gigantes no es algo que me agrade. De todas formas, he hecho este viaje para enfrentarme a mi pasado y no me iré de aquí sin superarlo.

Sujeto el abridor del coche y acciono la palanca. La pesada puerta se abre lentamente mientras la empujo no sin alguna dificultad. Me bajo del asiento por etapas y salgo del vehículo. Afortunadamente, existen un par de escalones para acceder al suelo de una forma más fácil. Una vez en tierra, me estiro la ropa y me la coloco con cierta dignidad. Me pongo a andar hacia el grupo de elefantes que siguen afables al gigante mientras este les da unas cuantas hierbas, tal y como hice con la vaca del prado el día anterior. De momento, no parece molestarles mi presencia.

La vegetación está alta y los insectos saltan a mi paso. Se respira un aroma a lavanda junto con el olor a excrementos de elefante. Afortunadamente la planta se alza dominante en esta carrera olfativa.

Los elefantes se apartan para dejarme paso, me miran curiosos, me observan. Con gran cautela me aproximo sin hacer movimientos bruscos. Mi corazón late fuerte, casi puedo escucharlo igual que el tambor de una marcha fúnebre, ¿será el prólogo de mi muerte aplastado por los paquidermos? El grupo que tengo más cerca retrocede un par de pasos. Dos de ellos acercan su trompa para intentar averiguar mis intenciones.

No voy a acercarme más. Puedo sentir el calor que irradia la manada. Ante mí tengo un macho de casi seis toneladas.

—Puedes tocarlos.

—Gracias, prefiero no hacerlo.

Un elefante se haya fuera del grupo. Está inquieto. Se mueve de un lado a otro resoplando, algo que empieza a afectar al resto de la manada. De pronto me encuentro rodeado de paquidermos. No sé qué pasa. Estoy nervioso entre tanta excitación, cualquiera de ellos me podría aplastar como a una cucaracha.

El gigante deja la manada y se acerca al elefante fuera de lugar. Este retrocede, se comporta igual que un perro asustado al que su amo parece querer echarle una reprimenda. Viktor se pone frente a él. Le sujeta la enorme cabeza con ambas manos. El elefante trata de evitarlas, pero la increíble fuerza del gigante se lo impide. Poco a poco empieza a calmarse, su respiración se hace más pausada. Se detiene y ambas cabezas se tocan, frente con frente. Viktor se gira y me invita a acercarme. Dudo un instante, sin embargo mis pies comienzan a andar. Aparto de mi cara el polvo provocado por el nerviosismo de la manada. Lentamente y con cautela me acerco hacia el inquieto animal. Me mira, resopla de nuevo y da un paso atrás. El gigante vuelve a sujetarle la cabeza. Me detengo, no sé que hacer. Viktor me hace un gesto.

—Acércate, Sebastián.

Apenas dos metros me separan de un macho adulto e impredecible. El gigante se interpone entre nosotros. Se aparta lentamente, me hallo delante de un animal salvaje que podría matarme en un instante.

El mayor mamífero terrestre alza su trompa y comienza a oler mi tembloroso cuerpo. Cierro los ojos. Noto su respiración sobre mi rostro, mi pelo siente el resoplido como una ráfaga de aire caliente. Me olisquea la mano con su trompa húmeda, casi instintivamente la aparto, el elefante se separa inquieto. Abro los ojos y estiro la mano. Le observo, me observa. Doy un paso hacia adelante, empujado por una fuerza invisible. Tiemblo de miedo, pero no doy marcha atrás. El elefante se acerca. Puedo sentir tanto su miedo como el mío. Dos criaturas aterrorizadas que quieren enfrentarse a su pasado. Le acaricio la trompa, rugosa como la corteza de aquel alcornoque centenario. La calma tras la tempestad.

—El miedo nace de la ignorancia. Su familia entera fue masacrada en el parque Otawonda. Nacer en tierra de humanos fue su sentencia de muerte.

—Es una animal formidable. ¿Por qué esta afición a los elefantes?

—Son los mamíferos terrestres más grandes de la tierra, me hacen sentir más… pequeño. Y siendo yo el único de mi especie no tengo a nadie de mi tamaño con el que pasar el rato. Además, es el único animal al que es difícil lastimar accidentalmente.

—¿Tienes otras especies?

—Tengo jirafas, hipopótamos, rinocerontes, algunos leones y también avestruces.

—¿Avestruces?

—Sí, son mis gallinas.

—Por supuesto. ¿De dónde sacas estos animales, los adoptas?

—Los recojo de parques que no pueden hacer frente a los furtivos. Están más seguros aquí que en su lugar de nacimiento.

—Un samaritano del reino animal.

—Algo así. Volvamos al coche.

Dejamos la manada en la distancia y nos ponemos de regreso a la residencia.

—Tengo que atender ciertos negocios, Sebastián. En cuanto lleguemos a casa debo irme enseguida.

—Entiendo. —Me quedo un rato pensativo. Vuelvo hacia él—. Me gustaría saber en qué pasas la mayor parte del tiempo.

—Normalmente voy cada día a ver a mis animales. Me hacen sentir menos solo. Luego me reúno con el equipo directivo de mis empresas para ver qué tal va el negocio.

—¿Y cómo va el negocio?

—¡Oh, bien! Hemos tenido algunas pérdidas pero nos estamos recuperando.

—Sí, lo peor parece que ha pasado. ¿Y a qué te dedicas exactamente?

—A comprar empresas, sobre todo. Desde constructoras a empresas de telecomunicaciones. Ya he perdido la cuenta. ¿Y tú? ¿Qué haces cuando no estás escribiendo sobre algún personaje aburrido?

—Pues poca cosa. Pasear, ver a viejos amigos, escribir alguna columna en algún que otro diario y salir a tomar café.

—¿Y tu hija?

Supongo que Viktor también ha indagado en mi vida.

—La verdad es que hace tiempo que no nos vemos, y debería, pero nuestra relación nunca ha sido fácil.

—Ya.

—¿Y qué hay de ti? ¿Has tenido familia? —pregunto con cautela.

—Cada cosa a su tiempo, Sebastián. Cada cosa a su tiempo.

Hemos llegado al palacio. El todoterreno se detiene en la puerta principal.

—Estaré ausente unas horas. Si necesitas cualquier cosa no dudes en pedirlo. El servicio está a tu entera disposición.

Me bajo del coche y me despido de Viktor. El vehículo prosigue su marcha. Me siento en los escalones que llevan a la entrada. No puedo dejar de pensar en la sensación de calma que he sentido junto al elefante. Quizás fue eso lo que sintieron los primeros humanos al intentar aproximarse a los gigantes. Puedo imaginarme la escena de un hombre avanzando lentamente, aterrorizado, mientras extiende su mano, desarmado, desnudo de malvadas intenciones. El gigante aceptando el acercamiento, dejando caer una gran roca lista para aplastar al grupo de humanos. Bajo la lluvia, sus manos se tocan. Ambas especies, primas hermanas de la evolución, son curiosas por naturaleza y están abocadas al entendimiento, a la cooperación, a la hermandad. Una mirada poética y hermosa, una leyenda plasmada en uno de los cuadros más famosos de la pintura mitológica, *El abrazo del rey gigante*.

Anteriores épocas han retratado violentos encuentros, guerras y barbaridades en frescos de los cinco continentes, en jarrones, cuadros, esculturas, mosaicos... Gigantes descabezados por el héroe de turno, devorando a mujeres y niños, con ojos de loco. Leyendas negras para deleite de los hombres.

Las confrontaciones entre humanos y gigantes eran la norma. La ignorancia traducida en miedo. Miedo transformado en guerras. El horror como respuesta al miedo. Incontables muertos ha habido en ambos bandos, pero más han sufrido los gigantes, poco dados a la violencia. Aun así, algunos eran transformados en auténticas bestias de matar en los espectáculos de gladiadores. Su presencia reportaba generosos ingresos al llenar las gradas de un público deseoso de ver criatura tan formidable aplastar a sus contrincantes o morir en el intento.

Antes de que viese el horror, mi corta vida giraba en torno a esos seres mitad mitología mitad realidad. Intenté que mis padres me llevaran Gigantland, el parque de atracciones de moda en el que todo estaba hecho a escala de gigante, pero ese momento nunca llegó. Papá siempre me decía: «Cuando seas mayor, iremos». A veces pienso que sigo siendo ese niño enclenque y tímido, esperando a crecer para ir a Gigantland. Tal vez por eso acepté este encargo, la casa de Viktor es lo más parecido a ese parque de atracciones al que nunca fui, quizás quería ver con mis propios ojos lo que solo he visto en los libros de historia, en los museos y en mis pesadillas.

Largas sesiones de terapia me ayudarían a superar mi trauma, o al menos a alejarlo a algún oscuro rincón de mi memoria. A pesar de todo, aceptando este encargo he aceptado también la llave de la puerta que encierra esa etapa maldita de mi existencia. Ahora ya le he puesto rostro a esas historias, a esas leyendas. Pero sé que he de enfrentarme al gigante y a mí mismo o morir en el intento.

El sirviente aparece portando una bandeja.

—¿Le apetece una limonada?

—¡Me ha leído el pensamiento!

CAPÍTULO 4:
ECOS DEL PASADO

Este encargo ha traído a mi memoria recuerdos de mi infancia que creía olvidados. De niño subía corriendo las escaleras de casa y el sudor hacia que me picara todo el cuerpo. Sentado para comer, siempre me las arreglaba para terminar el último. Al dejar la mesa, papá pasaba junto a mí y me acariciaba el pelo. Era su hora de la siesta. Llevaba el café en una mano y el periódico en la otra. La misma costumbre de siempre, leer el periódico mientras se tomaba un café en el salón. Hacia la mitad del café, tras unas pocas páginas, se quedaba dormido. Tenía un sueño silencioso, apenas se le oía respirar, permanecía con la cabeza reclinada en el sofá y la boca abierta. A veces me acercaba a escuchar. Una vez encontré al abuelo así y no supe que había muerto hasta que vi a mamá gritar de dolor. Papá sí respiraba, menos mal.

Me quedaba contemplando y lo imaginaba en pleno sueño con las mariposas de su estómago, las que sintió cuando se enamoró de mamá, saliendo por su boca abierta de par en par como una ventana. Estas irían volando hacia otra persona, buscando aquellas que dormían de la misma forma, con la boca abierta, y entrarían silenciosas por el orificio. Se quedarían ahí, quietecitas, esperando en el estómago hasta que su huésped se enamorara y así poder revolotear alocadamente.

Viéndole dormir, se diría que estaba en paz consigo mismo. Mamá, sin embargo, se acurrucaba en la cama en posición fetal y roncaba. Solía fruncir el ceño, parecía incómoda o enfadada. Era capaz de dormir así varias horas, mientras que a papá le bastaba con treinta minutos.

Mamá escribía la lista de la compra en un cuaderno bastante ajado, al terminar la arrancaba y me la daba junto con el monedero.

—No te distraigas, compra las cosas por orden, si no tienen algo no pasa nada, no busques una alternativa, saluda cuando te saluden y no hables con extraños. Ah, y no te quedes media hora en la juguetería.

Todas las veces me decía lo mismo y siempre cumplía escrupulosamente con sus mandamientos, excepto con lo de la juguetería. Tenía que pasar por delante cuando iba al mercado. A pesar de las advertencias, siempre me quedaba embobado viendo ese escaparate lleno de figuras legendarias, reproducciones a escala de las batallas más importantes y famosas. No sé si eran esas figuras las que alimentaban mi imaginación o si mi imaginación ya venía de fábrica. De cualquier modo, lo poco que ahorraba de aquí y de allí lo gastaba en aquellos muñecos.

Existía una colección de dieciocho personajes, el gigante de la espada azul, el hechicero, las hermanas Viento y Tormenta… En una popular serie de televisión, los gigantes siempre acababan luchando contra una horda de hombres salvajes, los vikingos, a los que todo el mundo temía, también contra las bestias de la mitología antigua. No me perdía ningún capítulo.

Siempre me llamó la atención, ya de adulto, que en la antigüedad eran considerados monstruos y sin embargo en la actualidad, o digamos en la era del conocimiento, eran tratados como seres altamente inteligentes y con una sabiduría extraordinaria. Afortunadamente, aquellas figuritas mostraban una visión acertada y contemporánea de los gigantes, nada que ver con la imagen dantesca y cruel de otros tiempos.

Mínimo diez minutos mirando embobado el escaparate a la ida y otros cinco a la vuelta. Qué emocionante era ver todos esos juguetes.

Una vez, un compañero trajo a clase una figura del rey gigante. Estaba en la caja, todavía sin abrir. Un círculo de niños rodeaban al orgulloso propietario, Jorge, un muchacho muy tranquilo y buen estudiante, de familia pudiente. Entre sus manos sujetaba el preciado juguete, aunque lo emocionante no era la figurita, sino la caja en sí. Muchos niños tenían la figurita del rey gigante, fuera del alcance de mis ahorros todavía. Lo que nadie tenía era la firma de un gigante de verdad estampada en la caja. Lo recuerdo perfectamente: «Con mucho cariño para Jorge. Viktor, el gigante». Ese mismo día volvió a casa con un ojo morado y sin la caja. En el cole siempre había alguien más fuerte que tú dispuesto a estropearte el momento.

La víspera de la noche del gigante tenía toda la colección de los dieciocho personajes, el álbum de cromos completo, la *Guía práctica del explorador en tierra de gigantes*, la *Enciclopedia natural de los gigantes* y hasta un disfraz de gigante.

Mi vida entera giraba entorno a ellos, a su pasado y su presente. Conocía todos los detalles de la enfermedad que los extinguió. Cómo sus pueblos empezaron a desaparecer mientras las Naciones Unidas invertía fortunas en encontrar una cura. A pesar de todo caían como moscas. Nunca hubo muchos, al menos si los comparamos con nuestra especie, y la mayor parte se encontraban en su país de origen, por eso la epidemia causó tanto daño. Los gigantes estaban sentenciados. Cuando se confirmó el primer caso, el País Gigante quedó aislado del resto del mundo. Ya no había actores gigantes en las películas, ni cantantes gigantes, ni chefs gigantes, todos fueron muriendo, no importaba en qué rincón del mundo se encontraran, tarde o temprano la enfermedad los encontraría para acabar con ellos.

La vacuna llegó tarde, pero llegó. Solo Viktor y su hermano tuvieron una oportunidad. Todos sabemos cómo terminó el hermano. Ahora es Viktor, alcanzada la vejez, el último testigo de una era que abarca más de quinientos mil años.

Tras su muerte culminará una etapa de la que él ha sido la leyenda viviente que la representa.

El día de la boda, mamá se afanaba en peinarme. El pelo se enredaba en el peine y me daba tirones que aguantaba sin protestar. La camisa me quedaba algo grande, pero no demasiado. Vestía pantalones cortos, algo que repudiaba enormemente porque sentía una tremenda vergüenza por mis huesudas y largas piernas. Los zapatos, negros y brillantes, no ayudaban nada en minimizar el humillante espectáculo traducido en una hipérbole de delgadez que me vería obligado a soportar, bajando la cabeza para no reparar en las miradas que sin duda se fijarían en mi esperpéntico cuerpo.

Mamá me decía que no era para tanto, que mejor estar delgado y sano que no con sobrepeso, como los primos, que comían como cerdos y no tenían modales. «En el futuro agradecerás tu complexión delgada». En el futuro quizás, pero todavía quedaba mucho para eso, pensaba por aquel entonces.

—¿Estáis listos? —preguntaba.

—Sí. Venga, y tú, alegra esa cara que estás muy guapo. —Intentaba animarme mamá.

Ya de camino me sentía algo incómodo vestido así. Todo el mundo me miraría, pero estar con ella merecía cualquier sacrificio. «Te veo en un rato, Claudia, la única razón de sacarme de casa». Ojalá hubiera bodas todos los días, pero con un final distinto.

La noche era cerrada y llovía copiosamente. Las hileras de luces de la zona exterior se habían caído. Una de ellas estaba apagada, la otra continuaba encendida en el suelo mojado. La tenue luz anaranjada alumbraba lo justo para ver la alfombra blanca a la que había quedado reducida la instalación. No podía mover ni un músculo, me había convertido en una estatua. Un relámpago me mostró la que pensé sería la última imagen que tendría de esta vida, mi propia sombra eclipsada por la del gigante. Desee que el golpe fuera rápido. Si tenía que unirme a Claudia en el más allá, que así fuera.

Los segundos pasaron. Al tintineo de las gotas sobre las bombillas se unió el de mi agitada respiración. El tronco cayó con violencia e impactó justo a mi lado con un estruendo. Lo miré de reojo. Estaba astillado y lleno de sangre que se mezclaba con el agua de lluvia. Me volví muy lentamente y vi el descomunal cuerpo del gigante arrodillarse en el barro, sujetándose en el tronco frente a él. Tras unos segundos que me parecieron horas lo vi, horrorizado, mover su enorme mano. Ahora sí. Mi tiempo aquí había terminado. Me aplastaría la cabeza como una nuez. Quedaría destrozado en el barro igual que un animal en medio de la carretera. Mi destino se uniría al de las víctimas que reposaban bajo el plástico. Pero no fue así. Noté su pesada mano sobre mi cabeza en un gesto misericordioso, sin violencia. La calma había vuelto al gigante. Lo sentí levantarse y abandonar el lugar. Al girarme solo pude ver la profunda huella de sus pisadas.

No recuerdo cuánto tiempo estuve caminando hasta que un coche se detuvo al verme, calado hasta los huesos, deambulando en *shock* bajo la lluvia. A partir de ahí, la zona se transformó en un hormiguero de ambulancias y coches de policía. Los vecinos de las poblaciones cercanas se sumaron al triste espectáculo y el grito desgarrador de los familiares se mezcló con el de los supervivientes.

Más de veinte muertos y cuarenta heridos. Mujeres y niños copaban la larga lista de fallecidos, aplastados, machacados por la rabia silenciosa del gigante.

Mis tíos de América vinieron a hacerse cargo de mí en cuanto supieron de la desgracia. Llegaron conmocionados. Me abrazaron, me ofrecieron todo tipo de consuelo, pero yo seguía allí arriba, en la colina de la carpa, paralizado por el horror, viendo la silueta del gigante alzando la maza para destrozarme igual que a mis padres.

Estuve un año sin hablar, quizá dos. No lo recuerdo bien. Me visitaba una psicóloga dos veces por semana. Solía pasar horas encerrado en el armario de mi habitación, temeroso del ataque del gigante. Solo a veces reaccionaba tímidamente con el perro de mis tíos.

Mis tíos tenían un hijo de quince años, Marcos, un adolescente que apenas se dirigía a mí. No es fácil saber de qué hablar con alguien que se ha quedado solo en el mundo.

Por la noche me despertaba dando gritos, sudando, y mi tía venía corriendo para abrazarme y repetirme que todo estaba bien, que nadie me iba a hacer daño. Recuerdo que era una mujer gruesa, de cara redonda, la piel la tenía brillante y pegajosa por la grasa. Cada vez que me separaba de su envolvente abrazo mi moflete se despegaba igual que los cromos de un álbum. Tenía unos pechos enormes que me transmitían seguridad. Durante meses solo pude dormir abrazado a ella. Protegido por su oronda figura.

Una tarde, Marcos, mi primo adolescente, me pidió que le siguiera a una zona alejada de la urbanización. Me dijo que era importante, tenía el rostro serio y decidido, así que le seguí. Cogimos las bicicletas y salimos calle abajo. Era una tarde de verano. Yo contaba con once años y me había construido una fortaleza impenetrable entre el mundo exterior y yo mismo. Marcos siempre me miraba como a un bicho raro, había intentado hablar conmigo en algunas ocasiones, pero yo estaba en otro planeta y no había radio ni teléfono que pudiera alcanzarme.

Me aterraban las tormentas y cualquier celebración o fiesta me sumía en un profundo estado de ansiedad. A veces venía algún amigo de Marcos a casa y me tenía que encerrar en mi habitación, era una atracción de feria, el único testigo directo del ataque de un gigante, algo que solo existía en las canciones populares de siglos atrás.

Llegamos a un descampado. Un coche lucía abandonado lleno de pintadas y grafitis. Marcos abrió el maletero y sacó un par de bolsas de basura. Las abrió y vació su contenido en los restos de lo que parecía una hoguera. Eran mis juguetes de gigantes. No faltaba ni uno. Nunca supe, o tal vez no quise saber, qué había pasado con ellos. No había vuelto a mi casa. Mi vida entera desapareció aquella noche. Luego me enteré de que todo lo relacionado con mis padres se regaló a la beneficencia y todos mis juguetes los tenía mi primo. Ahí comprendí por qué se encerraba en su habitación algunas veces.

De dentro del coche abandonado Marcos sacó un bate de béisbol. Me lo dio y me dijo tres palabras: «Mátalos a todos».

No supe qué hacer. Estaba inmerso en aquella montaña de juguetes que representaban mi vida, mi felicidad, mis sueños y, al mismo tiempo, mis peores pesadillas. El rey y la reina gigante, las hermanas Viento y Trueno, el druida... todos estaban ahí, amontonados e indefensos. Con la sonrisa dibujada en sus rostros parecían estar burlándose de mi desgracia. Mi mirada se centró en el rey gigante, un trueno en la distancia fue el detonante. Agarré el bate con firmeza y me puse a golpear aquellos juguetes con todas mis fuerzas. Las extremidades saltaban por los aires, los torsos se hacían pedazos, las cabezas reventaban a cada golpe. En mi mente escuchaba los gritos de horror de las indefensas víctimas. Por un breve momento me convertí en el verdugo del verdugo. Uno de los golpes activó el mecanismo musical de uno de los personajes, era la melodía principal de la serie de dibujos animados. Un toque surrealista en mi delirio de violencia. Intenté no dejar ni uno intacto. Estaba lleno de ira. «Mátalos a todos, mátalos a todos», repetía mi primo.

Estaba exhausto, pero seguía golpeando casi sin fuerzas, como lo hiciera el gigante aquella noche. Marcos me agarró de los hombros y me echó hacia atrás. Me senté encima de un neumático. Estaba tembloroso y con un nudo en la garganta, las lágrimas anegaban mis ojos, aunque se negaban a salir.

Marcos abrió la mochila y sacó una lata de líquido inflamable. Roció los restos destrozados de los juguetes con ella. Después sacó un mechero del bolsillo, un Zippo que solía llevar para sus cigarrillos furtivos, y le prendió fuego. Se sentó a mi lado, sacó un cigarrillo y lo encendió. Me ofreció uno, lo acepté y los dos nos pusimos a fumar viendo los restos arder entre el crepitar de las llamas, mientras se deformaban las caras con el calor. Los álbumes de cromos desaparecían convertidos en ceniza junto a las revistas, la enciclopedia y los pósteres. La música del juguete comenzó a languidecer y finalmente se extinguió. Un humo negro y blanco salía de la hoguera. Llamas azules, amarillas y verdes se retorcían en un delirio de productos químicos. Un intenso olor a plástico quemado lo envolvía todo. Marcos le daba una calada al cigarro mientras con la otra mano alimentaba la hoguera con el líquido.

Apenas parpadeé mientras observaba los cuidados dibujos y fotografías de los gigantes consumirse y convertirse en cenizas incandescentes que volaban por el aire igual que luciérnagas. Solo una calada inexperta me hizo salir del trance haciéndome toser compulsivamente. De la mochila, Marcos sacó un par de latas de cerveza. Me abrió una que bebí de un trago hasta casi vomitar.

Nos quedamos ahí, observando el montón de juguetes rotos transformándose en una masa negruzca e informe. Entonces comenzó a llover, los truenos ya estaban encima, pero a mí ya no me importaba. Marcos sonrió al verme pedalear con fuerza bajo la torrencial tormenta de verano. Yo reí, por primera vez en años reí y la lluvia se llevó las lágrimas de aquella noche para siempre. O eso creí.

CAPÍTULO 5:
LA BIOGRAFÍA

Saco mi portátil de la maleta. Es un viejo ThinkPad de casi quince años, pero no me hace falta más. Los que me conocen suelen burlarse del tosco y rudimentario aparato, pero a mí me gusta el tacto, no muy alejado del de una máquina de escribir. Este es mi instrumento y lo aprecio de la misma manera que un pianista adora su Steinberg, es parte de mí. «Sebastián con su ThinkPad». Qué sabrán ellos, enredados en las últimas tecnologías. A un lector no le importa el continente, sino el contenido.

Lo saco de la bolsa. Un puñado de cables se agarran como las raíces de un árbol. El del ratón, el transformador, los auriculares… Dejo el ordenador en la mesa que más bien parece una losa de mármol. Comienzo a desenredar los cables. Se diría que ellos solos se anudan y retuercen en la maleta cual culebras enamoradas. Me siento, me va a llevar algún tiempo. Concienzudamente, y no sin antes perderme algunas veces, logro al menos desenredar el del transformador. Miro debajo de la mesa, pero no veo ningún enchufe. Por supuesto, hace años que la batería murió y ya no venden este modelo así que siempre me toca la misma rutina. Miro detrás de las cortinas, nada. ¿Dónde hay un maldito enchufe? Me siento resignado, pediré un alargador al simpático ayudante y de paso una limonada. Me dispongo a encender la lámpara del escritorio y ahí veo el dichoso enchufe, incrustado en la propia lámpara junto a un par de clavijas de USB. Parece que lo hacen a propósito. Tanto palacio y tanto dinero para que no tengan un mísero enchufe en la pared.

Conecto el portátil, pero con lo que pesa más bien parece uno de sobremesa, y me pongo a desenredar el ratón y los auriculares. No me importaría que fueran inalámbricos. Me lleva todavía más tiempo. Aun así, cuando acabo el ordenador todavía no ha arrancado. Parece que ya está. Meto la contraseña, seis ceros. Otros tres minutos para cargar todo el escritorio. Una a una van apareciendo las carpetas, iconos y documentos. Hasta los cojones del ThinkPad.

El teléfono me saca de mi tediosa rutina con el ThinkPad, es Pablo, mi editor. Prometí llamarle al llegar, otra promesa incumplida.

—Sí, hola, Pablo. Lo sé, debería haberte llamado. Ya me conoces.

—¿Qué tal con Viktor? ¿Se alimenta de bebés o no?

—De momento no he visto nada raro, aunque seguro que tiene unos cuantos en el sótano. Es un tipo bastante normal. Desde luego, imponente es, pero todavía no hemos intimado.

—¿Has empezado a escribir?

—Me pillas encendiendo el ordenador.

—Joder, pues ya hasta mañana nada. ¿Cómo es la casa?

—Bueno, me esperaba un palacio más imponente, señorial, no sé. Es grande, pero nada que ver con los que hay en los libros.

—No pasa nada. Tú intenta sacarle todo el partido que puedas. Ya sabes, haz que la gente deje volar su imaginación. No queremos defraudar al lector.

—Ya, pero tampoco generar falsas expectativas.

—Tú me entiendes.

—Por supuesto.

—Bueno, Sebastián, te dejo que te pongas a ello.

—Te lo agradezco.

—Un abrazo.

Cuelgo el teléfono. A veces me molesta el entusiasmo de Pablo. No voy a endulzar el relato con palacios descomunales ni épicas aventuras, al menos si Viktor no me lo cuenta. Será el gigante el que me guíe en esta aventura. Si cumple con su palabra, puede ser una historia de lo más interesante.

Abro el procesador de textos con un doble click. Un nuevo documento. Todavía no tengo título, así que paso de largo este apartado. Alargo el cable de los auriculares y lo conecto, tienen algún nudo, pero no importa. Abro la carpeta de música y navego por las diferentes subcarpetas. Johann Strauss. Doble click y no se escucha nada, los espantosos auriculares han muerto. Mejor, un cable menos que desenredar. Los tiro a la basura y empieza a sonar *El Danubio Azul* por los pequeños altavoces del ThinkPad. Tienen la misma calidad acústica que un gramófono, pero siempre me ha gustado lo añejo. Hablando de añejo, un vino no me vendría nada mal. Concéntrate, Sebastián, ya habrá otro momento. Medito durante unos segundos y comienzo a escribir entre los suaves acordes del vals: «Una vida entre sombras (primer capítulo, provisional)».

Respiro, me quedo contemplando el título que acabo de escribir, los segundos pasan. Observo las palabras, las letras una a una. Alzo la vista y contemplo un rato el paisaje a través de la ventana. El sol comienza su lento descenso hacia el ocaso. La Cordillera de los Gigantes se empieza a teñir de colores cálidos. El blanco ha dado paso al naranja. Se divisa algo de nieve en las zonas más altas, salpicando aquí y allá las peladas cumbres.

El mundo ya desaparecido de los gigantes se esconde tras las moles de roca. Solo hay una carretera que conduce hasta él y su acceso es restringido. Desde la peste que asoló su especie, todo el territorio quedó en cuarentena. Los rumores de una nueva mutación mucho más peligrosa en nuestra especie generaron una psicosis que persiste hasta hoy en día.

Más de un millón de kilómetros cuadrados convertidos en terreno baldío, deshabitado y maldito.

Durante años, importantes agencias de viajes, constructoras y potentes corporaciones de minería han intentado sin éxito cambiar la ley que impide su acceso y aprovechamiento. Ahora que ya no hay gigantes pasaría a manos de los humanos y su protección ya no tendría validez. Viktor representa la última barrera para su más que probable explotación. Quién sabe cuánto tiempo más vivirá, quizás otros veinte o treinta años. Cuando su cuerpo sea reducido a cenizas sobre la cumbre más alta de la cordillera, hordas de máquinas conducidas por los hombres entrarán arrasando todo a su paso. Los vestigios de la raza más influyente e impactante que ha caminado nunca sobre la tierra serán borrados en nombre del «progreso». No habrá cuarentena que detenga el ansia de destrucción de sus tierras, de sus montañas, de sus ríos... La enfermedad que acabó con ellos será también la culpable de haberlos convertido en leyenda y serán los libros de historia, los cuadros y la mitología los que recojan el testigo de su existencia, si es que alguna vez existieron.

A veces dudo de mi propia memoria y pienso que quizás siempre fui huérfano, que nunca tuve padres, que aquella noche fui golpeado por un rayo al contemplar la tormenta y lo inventé todo, o lo soñé, que nunca pasó lo que pasó, que Claudia nunca fue Claudia y que ningún gigante destruyó mi vida a mazazos. Cuando Viktor muera, temo que volveré a la orfandad de mi vida y de mi pasado y mis recuerdos serán una ilusión. Tal vez entonces sea libre y pueda por fin ser la persona y el padre que nunca fui.

Cierro el ordenador. No me siento con fuerzas para escribir nada. Tengo demasiadas cosas en la cabeza, no sé por qué acepté este encargo. No todo es cuestión de dinero, ¿qué hay de mi dignidad? Un gigante mató a mi familia y me subyugo a un gigante. Quizás debería hablar con Pablo, con mis antecedentes no puedo ser imparcial.

El gigante dijo que sería fiel a su historia y yo fiel a mi palabra. Prometí escribir con la cabeza, no con el corazón, pero antes tengo que enfrentarme a mis demonios. Necesito congeniar más con Viktor, indagar en su pasado. Todos tenemos un pasado, un oscuro pasado. No quiero ver su lado de gigante, quiero ver su lado humano. Quiero saber si alguna vez tuvo familia, quiero hurgar en sus entrañas, las guerras, las miserias, la desaparición de su especie. Cómo ha pasado a ser lo que es, el último gigante.

El sol desaparece tras el horizonte, así me lo hacen saber sus últimos rayos de luz apagándose sobre las escarpadas cimas. Viktor todavía no ha regresado. Me levanto de la silla, todo está tranquilo. Alguien llama a la puerta justo a tiempo, mi estómago me recuerda que no estoy a dieta. Es el sirviente.

—Diga.

—Espero no haberle interrumpido.

—No, no, en absoluto, justo ahora me acababa de levantar.

—Quería informarle de que la cena estará lista en diez minutos.

—Excelente noticia, ya empezaba a preguntarme si en esta casa alguna vez se come.

—Lamento la espera.

Sentado a la mesa devoro, salvando las apariencias, un bistec con un puré de patatas con guisantes y una salsa deliciosa. El comedor está vacío. La soledad del gigante se hace patente en este rincón de la casa.

De pronto escucho el chirriar de bisagras de la entrada, los osos corriendo por el pasillo y el portazo de la descomunal puerta. Por un instante me detengo en mi orgía culinaria y me quedo contemplando la puerta del comedor que se abre lentamente. Viktor asoma su prominente cabeza.

—Mañana por la tarde saldremos de viaje. Lleva ropa para tres días.

Con la boca llena de comida, acierto a hablar.

—Vale.

—Buenas noches. Ah, y que te aproveche.

—Gracias.

El gigante cierra la puerta y se aleja por el pasillo seguido de la ruidosa compañía de sus mascotas. Instantes después despierto de mi abstracción y continúo con el festín.

CAPÍTULO 6:
EN TIERRA DE GIGANTES

Viktor está al volante de un enorme Hummer. Tardamos algo en salir, pero finalmente lo hemos hecho antes de que anochezca. Llevamos algo de equipaje: un par de mochilas y una maleta rígida de gran tamaño.

Nos acercamos al ocaso del día. La mejor hora para contemplar la cordillera. El coche avanza en línea recta por la carretera prohibida. Son casi cuarenta minutos atravesando un valle. Las vacas pastan a sus anchas y los caballos corren libres por la pradera bajo los últimos rayos de sol.

Todo esto es posesión de Viktor, hasta que deje de existir. La muerte es lo único que el dinero no puede comprar.

Hemos llegado al pie de una montaña, donde la carretera se adentra en un largo túnel. Justo antes hay instalado un puesto de control con un par de hombres uniformados de seguridad privada. Una pequeña garita y una barrera nos impiden el paso. Se acerca uno de los uniformados a la ventanilla de Viktor.

—Buenas noches, señor.

—Hola, Sergio. Hoy traigo visita.

Me alumbra con la linterna justo antes de apartar la mirada.

—¿Me permite su identificación?

—Oh, claro.

Saco mi carnet de identidad. Desde la distancia, el vigilante saca un escáner de iris.

—No se mueva.

Me hace un rápido barrido a la cara. En su móvil aparece al instante mis datos personales que coinciden con mi identificación. Me devuelve la tarjeta.

—Ya conoce las reglas, así que sobra repetirlas.

—Gracias, Sergio.

—Señor.

Nos dan acceso levantando la barrera. Atravesamos el perímetro y nos adentramos en el túnel.

—¿Por qué tanta seguridad?

—Es la frontera con el País Gigante, todos los países la tienen, ¿no?

—Sí, pero está vacío.

—No lo estará hasta que yo me vaya. —Viktor me mira arqueando las cejas—. Además, existe una prohibición de no entrar en la zona hasta después de al menos otros diez años para cualquier ser humano.

—¿Como Chernobyl?

—Exacto, como Chernobyl, pero a gran escala. Desde que los habitantes de los pueblos cercanos empezaron a enfermar toda la zona fue evacuada.

—¿Qué pasó con los humanos que estaban en el País Gigante?

—¿No lo recuerdas? Fueron trasladados a enormes barcos a pasar la cuarentena. Casi no hubo víctimas entre ellos, apenas un par de muertos por cada mil afectados.

—Apenas me acuerdo. Aunque algo me resulta familiar.

—Sí, fueron momentos muy difíciles. Se cerraron las fronteras a cal y canto. Todo aquel que intentara entrar o salir sería arrestado o, en el peor de los casos, muerto. Grupos de científicos y doctores se instalaron en las diferentes ciudades para tratar de atajar la enfermedad, pero fue inútil. Los gigantes morían. En apenas treinta años no quedó ninguno, solo mi hermano y yo. El país entero quedó desierto.

—Una pandemia. ¿Se supo qué lo había causado?

—Un virus aviar. Al principio se extendió entre los humanos. Luego empezaron a aparecer los mismos síntomas en los gigantes. Pero en nuestro caso fue peor, mucho peor. Pronto descubrimos que vuestra medicina no funcionaba. Nunca antes la habíamos necesitado.

—¿Es cierto, entonces, que vosotros, tu especie, nunca enfermaba?

—Absolutamente. Nuestro sistema inmunológico era indestructible, o al menos eso pensábamos. Creíamos que éramos dioses.

—Por unos cuantos siglos lo fuisteis.

Hemos recorrido cerca de diez kilómetros de túnel cuando alcanzamos el otro lado. El asfalto se acaba y le sustituye un camino de tierra prensada conservado relativamente bien a pesar de los años. Aún así, la vegetación ha invadido parcialmente la vía y algunos baches ponen a prueba la suspensión del vehículo, que los absorbe con relativa facilidad. De pronto tengo la sensación de que estamos en un lugar totalmente distinto, el aroma es diferente, la vegetación ha cambiado. Parece más grande, más alta. Todavía no vemos animales, me pregunto si serán de escala de gigante.

La penumbra comienza a adueñarse del paisaje. Por el camino nos topamos con carteles de advertencia sobre la vestimenta adecuada para circular o transitar por la zona. Mascarillas y desinfección de botas al entrar o salir de la zona de cuarentena. Prohibición de estrechar la mano entre un humano y un gigante.

Un cartel semiderruido nos da finalmente la bienvenida. Primero en idioma gigante y luego en el nuestro. «Bienvenidos»

En el horizonte se vislumbra la primera construcción. Un arco de piedra inmenso.

—Impresionante —acierto a decir.

—Ahí donde lo ves, tiene más de tres mil años.

Nos detenemos justo a los pies del arco. La carretera continúa por debajo, pero nosotros decidimos acampar esta noche en un pequeño claro próximo a la construcción. Montamos dos camas portátiles y extendemos unos sacos de dormir sobre ellas.

—De pequeño, en los veranos, solíamos ir de acampada al Cañón del Muerto. Por aquel entonces me gustaba dormir bajo las estrellas.

—Yo vengo al menos una vez al mes. Es importante no olvidar nunca nuestras raíces.

Una cazuela se calienta en las brasas. Viktor la sujeta por el mango y sirve una par de tazas de sopa. Yo sostengo la mía con con ambas manos.

—Gracias, huele estupendamente.

Sentados alrededor de una hoguera, Viktor echa un tronco en medio levantando un puñado de chispas que vuelan hacia el cielo como luciérnagas, tal y como lo hicieran cuando consumían mis juguetes. Le da un sorbo a la taza y la deja en el suelo. El fuego ilumina el entorno más inmediato. Las sombras se proyectan temblorosas sobre los troncos de los árboles tras nuestros encogidos cuerpos, sobre todo el mío. Un pájaro nocturno vuela sobre el campamento para romper el hielo.

—Por la mañana entraremos en la ciudad. No es aconsejable conducir de noche. —Viktor remueve con un palo los troncos de la hoguera. Yo acerco mis manos para calentarlas—. Tras el arco de piedra, entraremos en el primer asentamiento. Antes de la epidemia tendría alrededor de medio millar de habitantes. Por su extensión, podría ser comparada a una ciudad de cien mil de las vuestras. Nunca he llevado a ningún humano. En el pasado venía con mi hermano alguna vez. No es algo muy agradable.

—Lo entiendo.

—Lo que quiero decir es que para mí es muy difícil hablar de mi pasado. Hay episodios en mi vida difíciles de recordar, pero como te dije en su momento voy a ser fiel a la historia. No voy a adornar mi pasado con tonterías. Lo que diga es la cruda realidad, tal y como sucedió.

—Escribiré lo que me tenga que decir. No es mi intención adornar nada con mentiras. Todo lo que escriba será tal y como me lo cuentes, usando mi particular estilo, por supuesto.

—Eso es lo que quiero. —Me mira fijamente. Vuelve a colocar los troncos—. Sé que no tienes mucha estima a los de mi especie. Conozco lo que te sucedió de niño. —Pausa. No sé qué decir.—. Si vas a escribir sobre mi pasado necesito saber algo del tuyo también. ¿Cómo se llama tu hija? —Me pregunta finalmente.

Tras una larga pausa, comienzo a hablar.

—Se llama Claudia, como su madre.

CAPÍTULO 7:
CLAUDIA

No puedo apartar los ojos del fuego, pero no son sus formas inquietas las que observo, mi mirada contempla más allá, en el tiempo.

—Con ocho años vivía en el centro de la ciudad. Eran edificios centenarios. Casas viejas sin ascensor, cuatro pisos como mucho. Nunca me interesó el fútbol o los videojuegos, era un muchacho un tanto retraído. Estaba en esa edad en la que empezaba a interesarme por la ciencia, las letras, los gigantes... en fin, todo aquello que luego sería el germen de lo que ahora soy.

»Tenía mi propia habitación con un pequeño balcón que miraba a una calle tranquila. Solía coleccionar arañas, poseía también una pecera, unos grillos y hasta un caracol al que me gustaba observar masticando lechuga con sus pequeños dientes negros.

»Durante las noches de verano, junto con unos prismáticos, solía subir al tejado. Me gustaba contemplar las estrellas, la Luna, con sus innumerables cráteres, y hasta los planetas, aunque solo Marte me brindaba ciertos detalles.

»Siempre me han gustado la astronomía y la soledad, y subir en las noches de verano a contemplar las estrellas desde el tejado era mi pasatiempo favorito, por supuesto algo arriesgado, pero a esa edad uno no contempla las consecuencias de una caída. Ni que decir tiene que mis padres no sabían nada. La libertad es la excusa de la imprudencia.

»Una noche me encontraba observando la luna llena, tan redonda y brillante que parecía un doblón de plata, cuando me percaté de que había alguien más en el tejado, un par de bloques delante de mí. Era tan solo una silueta en la distancia, apenas se distinguía. Apunté bien con los prismáticos y la vi, bañada por los rayos de la Luna. Alguien más compartía mi afición por contemplar el firmamento desde las alturas. Bastaron tan solo unos segundos para sentir por primera vez las mariposas en el estómago y mi joven corazón desbocado. Era la niña más hermosa que había visto en mis ocho años de existencia; probablemente la única, puesto que hasta entonces no me interesaba nada más en la vida que mis bichos y mis estrellas.

»Me quedé contemplándola durante varios minutos. Estaba tan sumamente enamorado que pensé que escucharía desde allí mi corazón. Hasta que con la delicadeza de un gato, se levantó, se sacudió el camisón blanco y desapareció por una pequeña ventana entre las tejas.

»Aquella noche no pude pegar ojo. Todo lo que la oscuridad generaba era su imagen mirando la Luna. Una y otra vez reviví ese momento de voyerismo infantil. Todos mis animales y mis libros desaparecieron por una marea repentina de sensaciones a medianoche.

»Al día siguiente pagué caro mi insomnio. Apenas podía mantener los ojos abiertos en el colegio y las ojeras parecían almohadas para ratones. Durante todo el día luché para no caerme literalmente de sueño en clase.

»Al llegar a casa, solo pensaba en echarme a dormir, pero entonces sucedió algo inesperado, una repentina inyección de adrenalina expulsó de golpe cualquier rastro de cansancio. Delante de mí estaba ella, la misma niña que la noche anterior me había robado las horas de sueño y había puesto todo mi mundo patas arriba. Se llamaba Claudia, hacía una semana que se había mudado al barrio desde el otro extremo del país. Sus padres eran familia lejana de los míos.

»Aquello me cogió absolutamente desprevenido. Durante unos segundos no supe qué hacer, ni qué decir. Tuve la sensación de que me iba a caer en ese preciso momento, o lo que es peor, vomitar sobre el vestido de Claudia. Tras el susto inicial, después de tartamudear como pude cualquier estupidez, di por resuelto mi destino, que no sería otro que junto a la prima Claudia.

»Llegado el momento, revelé a Claudia mi secreto en los tejados, el de mi corazón lo guardé para otro momento.

»Subíamos juntos casi todas las noches a contemplar el firmamento, sentados el uno junto al otro. Hablábamos de la vida en otros planetas, de los viajes espaciales, de las arañas, de las ranas y de los dientes de los caracoles.

»Una noche, allí arriba, bañados por la misma luna que me mostró lo que todavía era muy joven para comprender, nos declaramos amor eterno. Poco podía imaginarme que aquella sería nuestra última luna llena. Solo unas horas más tarde nuestro mundo desaparecería para siempre bajo un grotesco mar de lonas blancas.

»A pesar de todo, Claudia no falleció aquella noche. La mesa en la que se ocultó le salvó de morir aplastada pero también la condenó de por vida. Tenía varias vértebras hechas trizas. Las piernas destrozadas, el bazo reventado…

»Mis tíos se hicieron cargo de ella por un tiempo, hasta que al cumplir los doce años se marchó con otros familiares. Estuve a su lado durante los duros meses de operaciones y de rehabilitación. Eternas noches de pesadillas, de gritos desgarradores por el dolor. Las secuelas la dejaron enganchada a la medicación. Las muletas fueron lo único que la salvó de la silla de ruedas.

»Claudia estuvo sumida en la más absoluta tristeza y aquella noche de promesas bajo la Luna pronto pasó a ser parte de un sueño olvidado. Así y todo, mi amor por ella nunca menguó, y quiero pensar que ella sentía lo mismo, oculto bajo esa montaña de desgracias.

»Al cabo de los años, me matriculé en la misma universidad que ella. Fue la mejor etapa de mi vida. Durante los años de carrera comenzamos a salir juntos y cuando terminamos le propuse matrimonio, a la luz de la misma luna llena que tanto había simbolizado en nuestras vidas. Trató en vano de hacerme cambiar de opinión, me dijo que su vida ya era lo suficientemente miserable como para hacerme cómplice de su sufrimiento. Eso para mí no significaba nada. Ella era el amor de mi vida y nada ni nadie iba a cambiarlo. Finalmente, aceptó.

»Al hacerme partícipe de su vida, también fui testigo de su muerte. Aquella aciaga noche Claudia sobrevivió al ataque del gigante, pero murió cada día un poco más. A veces murmuraba que debería haber muerto con el resto, se sentía culpable por vivir, pensaba que era el destino el que la había dejado así por algo que hubiera hecho mal, tal era su incomprensión y culpa.

Una tarde, Claudia se sintió mareada en la calle, perdió el equilibrio y cayó. Apenas fueron unos rasguños, pero constató lo que en bromas comentaba. Estaba embarazada. La noticia fue difícil de asumir en un principio, de modo que rompió a reír a carcajadas cuando se lo comunicó el doctor. En su estado era casi imposible que eso pudiese suceder, menos aún llevar adelante el embarazo. Existía un riesgo muy alto de perder su vida y la del bebé por someter su cuerpo a tal presión. Aun así, tras el *shock* inicial, no se lo pensó, correría el riesgo por ser mamá; para ella, morir durante el embarazo daría sentido a su vida.

»A veces sonreía feliz cuando íbamos a la piscina para su rehabilitación. El agua liberaba la carga de su maltrecho cuerpo y podía disfrutar de su prominente barriga como cualquier mamá. Eran esos los únicos momentos donde se mostraba serena y en paz.

»Durante los últimos meses de embarazo apenas podía dar un paso. Estuvo echada en la cama gran parte del tiempo, pero al final lo consiguió, y sin morir en el intento. La pequeña Claudia nació por cesárea un trece de marzo de hace veinticinco años.

»Los años pasaron y Claudia no levantaba cabeza. No había esperanza, solo dolor.

»Una noche de luna llena, mientras todos dormíamos, Claudia se levantó de la cama, cogió sus muletas con sigilo y salió de la habitación. Subió a la buhardilla y desde ahí trepó por la trampilla para acceder al tejado. Todavía no me explico cómo lo pudo hacer.

»Una vez arriba, sobre las frías tejas, contempló la Luna por última vez, como lo había hecho en tantas ocasiones antes de que le robaran su vida.

»A la mañana siguiente no la sentí a mi lado. Entonces tuve el horrible presentimiento de que no la volvería a ver. Mi hija y yo la estuvimos buscando por todas partes. Me asomé por la ventana que daba al patio y ahí estaba. Nadie la oyó caer. Se fue con el mismo sigilo del que hacía gala en su niñez.

»La pequeña Claudia tenía por aquel entonces trece años. Fue una época muy difícil en una edad difícil.

»Tras su muerte, mi relación con ella se fue deteriorando. En parte por no saber afrontar el rol de padre y viudo. Hoy en día apenas la veo. Quizás me dedique algunos minutos por compasión, pero no es una sensación agradable. En uno de sus ataques de ira me hizo responsable de la muerte de su madre. No la culpo. En cierta manera tenía razón. Muchas noches deseé que le llegara la muerte y que finalmente Claudia pudiera encontrar la paz, y yo, egoístamente, recuperara mi vida.

Vuelvo a concentrar la vista en el fuego. La madera crepita y por unos segundos solo escuchamos el murmullo del fuego devorándola. Noto la mirada de Viktor fija en mí. Se revuelve en su asiento.

—Has conocido el dolor.

—No he tenido una vida fácil.

—Y sin embargo aquí estás, de picnic, con el hermano de tu peor enemigo.

Le observo por unos momentos. Me levanto pesadamente y busco unas ramas para echar a la lumbre.

—Hace tiempo que enterré aquello. Vivir persiguiendo una pregunta sin respuesta no es vivir.

—Si pudieras hacerle una pregunta a mi hermano, ¿cuál sería?

—Simplemente, ¿por qué? Solamente tendría esa pregunta que hacerle. Por qué mató a mis padres, a toda esa gente, por qué condenó a Claudia de por vida. Qué le llevó a cometer tal salvajada. De dónde vino tanto odio... Pero creo que ya es tarde para eso.

—Creo que el hecho de que empezaran a desaparecer todos nuestros amigos, nuestra familia, uno a uno, le volvió loco.

—Tú le conocías mejor que yo.

—Oras estaba siempre borracho. Se pasaba las horas sin hacer nada. Depresivo. Maldiciendo a los humanos. Os echaba la culpa por la desaparición de la especie.

—Eso es algo que desgraciadamente nunca sabremos. ¿Y tú? ¿Qué te llevó a conservar la cordura?

—No lo sé, quizás el hecho de haberme alejado de los míos, desde la distancia no sufres tanto.

—¿Ni siquiera después de lo que le pasó a su familia?

Viktor se levanta de golpe. Una mole de de casi cuatro metros y mil quinientos kilos.

—No te atrevas a cuestionarme, humano. —Me quedo petrificado ante su mirada—. Hablaré de ello cuando esté preparado para hacerlo.

—De acuerdo.

—Intenta dormir algo. Mañana va a ser un largo día. —El gigante se recuesta en la cama y se tapa con el saco.

Me acuesto en la mía y me acomodo de la mejor manera posible. Coloco la almohada bajo mi cabeza y me quedo contemplando el cielo nocturno. Miles de estrellas lo surcan siguiendo la Vía Láctea. Los sonidos del bosque acompañan la majestuosidad del inmenso arco de piedra bajo el firmamento. Estoy ansioso por entrar en el mundo gigante. Será lo más parecido a Gigantland que podré visitar.

Mientras observo el techo celeste no dejo de pensar en Claudia. Saco mi móvil para escribir un mensaje, pero no hay cobertura.

Me resigno y me echo a dormir.

CAPÍTULO 8:
LA NATURALEZA

Abro los ojos tímidamente. Casi me da algo al ver a Viktor en pie, justo a mi altura, mirándome a los ojos. Pienso que así ha de sentirse un ratón al verse descubierto. Yo soy ese ratón y me van a aplastar, pero algo interrumpe mi fantasía, un aroma familiar trastoca mis pensamientos más pesimistas.

—¿Café? —pregunta el gigante.

—Sí, por favor —acierto a decir con un hilo de voz.

Me incorporo y sujeto el café con ambas manos. Todavía no ha amanecido y la escasa luz del día tiene un tono azul. Un grajo se escucha en la distancia.

—¿Qué hora es?

—Las seis de la mañana.

—Vaya, sí que es temprano.

—Es la mejor hora del día para ver lo que queda de la ciudad, aunque no pararemos en ella.

Viktor abre el amplio maletero y mete las camas plegables. Saca una maleta de plástico duro. La coloca en el techo del coche y con unos anclajes la asegura firmemente. Me doy cuenta que activa algo en la caja por el bip de confirmación que escucho, seguido de un movimiento de apertura. Observo intrigado.

—¿Eso para qué es?

Viktor me coge por los hombros y me alza por encima del coche. A su lado parezco un vulgar mocoso. En lo alto veo que la maleta contiene un par de sofisticados drones.

—¿Para qué los utilizas?

—Siempre que vengo de visita los traigo.

Me vuelve a dejar en el suelo. Subo al coche trepando por los escalones, me ajusto el cinturón y cierro la puerta. Nos ponemos en marcha. Pasamos bajo el majestuoso arco de casi cien metros de altura. En su parte más alta empieza despuntar el color anaranjado del amanecer.

—Tienes lo más avanzado en tecnología.

—Es mi debilidad. En casa dispongo de un sistema de detección y derribo de drones.

—¿Ah, sí?

—¡Claro! He derribado más de doscientos en los últimos veinte años, cuando se empezaron a poner de moda. De hecho, estos modelos —dice señalando al techo— disponen de un sistema de interceptación. En cuanto localiza uno que no esté autorizado… ¡Plaf! —Golpea con las palmas.

—Adiós dron.

—Efectivamente. Y este es el modelo más rápido del mercado. En cuanto lo detecta, se activa el modelo de persecución, inutiliza su sistema de cámaras y se lanza a por él como un ave rapaz.

—No creo que al dueño le haga mucha gracia.

—Y eso no es todo. Cuando lo inutiliza, posee unas pinzas en su base que permiten capturar la presa al vuelo y traerlo a casa. Una vez identificado el propietario, mis abogados se encargan de hacer el resto. De ahí que el modelo se llame «Halcón».

—Muy apropiado.

Nos adentramos en una zona boscosa. Viktor activa un pulsador en la consola de navegación del coche. Escucho un sonido hueco seguido de un fuerte zumbido en el techo. Un instante después el zumbido se aleja. Observo extrañado al techo e intento ver a través del cristal alguna pista del dron, pero no distingo nada. Entonces acierto a ver una débil luz roja que avanza a gran altura por delante de nosotros. Viktor activa otra función en la consola central del vehículo y ahí está a pantalla completa la imagen en tiempo real y en 3D de la cámara del dron. Arqueo las cejas observando la imagen de nuestro coche desde arriba. Bajo la ventanilla, saco la mano y la muevo de un lado a otro. Observo en la pantalla lo que parece mi mano agitándose por la ventanilla. Viktor me mira divertido. Vuelvo a meter la mano, algo incómodo por mi gesto infantil.

—¿Y para qué lo usas exactamente?

—Ahora verás.

Viktor aprieta otro botón en la pantalla activando el modo «localizar obstáculos». Automáticamente, la cámara cambia a modo infrarrojo para detectar cuerpos calientes. El dron se aleja del vehículo y sube unos cuantos metros más abarcando una amplia zona. La carretera tiene algunas curvas. Más adelante veo unos puntos blancos que avanzan despacio por la carretera. Viktor aminora la marcha en el punto exacto. De pronto, unos ciervos atraviesan la calzada. Algunos nos miran curiosos, sin asustarse. Otros comen las hierbas que crecen en el arcén. Circulamos despacio a su lado y los dejamos atrás.

—Muy útil para evitar sorpresas en la carretera —acierto a decir.

—Efectivamente.

Salimos del bosque y en el horizonte podemos ver unas estructuras verticales inmensas a cada lado la carretera. En lo más alto, se ha formado una pequeña nube atrapada por la mole. Me acerco al salpicadero para tratar de ver algo más de cerca.

—Impresionante.

—Abre la guantera y saca las gafas que hay en una funda.

Obedezco. Dentro hay varios papeles, bolígrafos y una funda. La abro y saco lo que parecen unas gafas de esquiar futuristas.

—Es un dispositivo de vídeo personalizado. Tendrás que ajustarlas para que no se te caigan. —Tiro un poco de la cinta elástica. Afortunadamente soy un poco cabezón, aunque no tanto como Viktor. —Póntelas y dale a un botón que hay en el lado derecho.

Me las coloco. Son algo pesadas, espero no tener tortícolis. Busco con los dedos hasta que logro dar con el pulsador. Al instante me veo inmerso en una panorámica espectacular.

—¡Wow!

La consola central del coche muestra la imagen a vista de pájaro del dron. Muevo la cabeza a ambos lados controlando el movimiento de la cámara. En la pantalla se muestran las cimas de las construcciones de casi un kilómetro de altura.

—Son depósitos de agua. La humedad del aire empujada por el viento se concentra en lo más alto formando una nube de partículas de agua que se filtran por los poros de las paredes bajando por un conducto interior hasta un depósito interno.

Apenas presto atención a la explicación de Viktor, estoy demasiado ocupado contemplando las impresionantes imágenes de las magníficas estructuras. Al fondo el camino es tan solo una línea parda entre el verde dominante y el vehículo apenas un puntito diminuto. Viktor baja la ventanilla de mi lado. El aire fresco me da en la cara aumentando la inmersión sensorial de las gafas de visión remota.

—¡Ahí estamos nosotros!

Viktor selecciona una función con el nombre «libre como un pájaro». De pronto el dron comienza a bajar en picado hacia el coche. Me encojo en el asiento atenazado por la impresión. Justo antes de lo que parece un golpe seguro, el aparato endereza el vuelo y se dirige hacia una manada de caballos en un prado adyacente. Los équidos huyen a la carrera ante la presencia del ingenio que se sitúa a su misma altura. De nuevo remonta el vuelo y realiza varias piruetas. Ahora se acerca veloz hacia una de las torres y cuando llega a su base sube dando vueltas a su alrededor. Una vez arriba, desciende en picado a un palmo de la pared. Escucho las risas de Viktor ante mi asombro infantil, pero no me importa, hacía mucho que no me lo pasaba tan bien. Solo espero que no me haya sacado ninguna foto, debo tener un aspecto humillante. Finalmente el dron regresa a su posición original a cincuenta metros sobre el coche. Me quito las gafas y las pongo en su sitio. Mi cara debe ser un poema de emoción.

—Es un cacharro fantástico —afirmo entusiasmado—. Cuando era niño soñaba que volaba con la destreza de los vencejos. A ras de suelo, por los prados, sobre los árboles... Qué desilusión cuando despertaba. —Hago una pausa—. Y las estructuras, grandiosas, una forma realmente hábil de conseguir agua.

—Estas construcciones tienen cerca de dos mil años y siguen tan eficientes como el primer día.

—Por un momento pensé que eran monumentos para glorificar alguna fecha o personaje importante.

—Eso es cosa de vuestra especie, con vuestras pirámides, estatuas y supersticiones. Nosotros nunca hemos adorado a nada ni a nadie. Cada uno de nosotros era tan importante como el resto.

—¿Pero teníais líderes, no?

—Los líderes eran cíclicos, de forma similar a los vuestros, pero no eran elegidos por una mayoría, cada dos años se cambiaba por orden de nacimiento. De esta manera todos éramos líderes al menos una vez en la vida.

—Interesante. ¿Y tú, lo llegaste a ser?

—No, nunca.

CAPÍTULO 9:
EL PASADO

Tras dejar atrás los depósitos, nos internamos en una nueva etapa del viaje. El suelo es diferente, parece estar hecho de una piedra blanca como el mármol. Es difícil de ver por las hojas muertas y la vegetación que lo cubre todo, pero el paso del coche hace que algunas partes queden parcialmente despejadas. Me recuerda a una calzada romana, pero en esta el suelo es mucho más llano.

En los márgenes del camino se aprecian construcciones que intuyo eran las viviendas de los gigantes, derruidas y con los techos colapsados. El color debía ser blanco, pero ahora en las paredes lucen manchas grises y negras de moho. La forma cilíndrica de las construcciones parece el estilo arquitectónico dominante, a juzgar por las casas que nos vamos topando. La vegetación ha invadido lo poco que ha quedado en pie.

El coche continúa la marcha y pronto nos acercamos al centro de la ciudad; así lo anuncia una aglomeración de edificios de gran tamaño. Son construcciones enormes, sin aristas, con grandes balcones que miran al horizonte.

Aprovecho para ponerme otra vez las gafas de visión remota y contemplo alucinado las torres que se erigen entre la densa vegetación. A vista de pájaro descubro una ciudadela de nidos de aves de gran tamaño que parecen buitres. Han usurpado lo que antaño fueron los balcones desde donde los gigantes disfrutaban de los últimos rayos de luz. Escucho los graznidos amenazantes de las enfadadas aves ante la presencia del intruso. Vuelvo a dejar las gafas en su sitio.

—Es increíble ver que la naturaleza ha conquistado el territorio en apenas treinta años.

—Todo lo que tomamos de ella a ella volvió, pero sin pesticidas, ni plásticos, ni nada que pudiera evitar su reconquista.

—Es todo tan impresionante que se me ha olvidado hacer mis necesidades.

—Veamos el entorno.

El gigante presiona una opción en la consola central: «seguridad». Inmediatamente vemos la imagen del dron que comienza realizar un análisis perimetral de la zona. Tras unos segundos determina que la zona está carente de peligros y vuelve a su posición original a cincuenta metros sobre el vehículo. Nos detenemos a un lado del camino.

—¿Es tan peligroso salir?

—La naturaleza es despiadada. Hay carnívoros que no dudarían en despedazarte y devorarte en segundos.

—Pues menos mal que está el bicho ese dando vueltas.

—Dudo unos segundos antes de salir—. Ehm... ¿has traído papel higiénico?

—Atrás, en la maleta amarilla.

Viktor abre el maletero. Me apeo y saco un rollo de papel higiénico de gigante, con un pedazo me sobra. Me dispongo a buscar un lugar apropiado para «soltar algo de lastre». Diviso a pocos metros un árbol y unos arbustos que me parecen idóneos para la tarea. Cómo echo de menos la civilización en momentos así. Espero que el dron de Viktor haya acertado en su análisis, de lo contrario sería una muerte de lo más patética: «Escritor que nadie conoce muere devorado por los lobos mientras defeca». Me subo rápidamente los pantalones. No quiero ponérselo fácil a las bestias de este lugar.

Regreso al automóvil y sorprendo a Viktor contemplando un fotografía que guarda torpemente en el bolsillo trasero de su pantalón.

—¿Ya terminaste?

—Más o menos, creo que hasta mañana no necesitaré explorar más el entorno.

—Bien, ya no queda mucho para la siguiente parada.

—Perfecto.

Viktor se pone en marcha. Un pitido intermitente me recuerda el uso del cinturón. Tiro de la cinta y me dispongo a engancharlo cuando me percato de la fotografía que Viktor contemplaba un instante antes. La cojo del lateral del asiento y la miro con detenimiento. Es una hermosa mujer gigante.

—¿Quién es?

Viktor mira y al momento detiene el coche bruscamente y me la arrebata.

—¡Dame eso!

—Lo siento, estaba ahí mismo.

Por un momento el vehículo se haya en absoluto silencio. Solo se oye el leve zumbido del viento en el exterior.

—No deberías haberla visto. Al menos no de momento.

—Hay muchas cosas que no sé de ti, Viktor, y no sé cuándo estarás preparado para contarlas. Pero si quieres que sea tu biógrafo tendrás que hablarme algo más de tu vida y de tu pasado.

Viktor se queda pensativo por unos segundos.

—En su momento lo sabrás —responde finalmente.

De nuevo nos ponemos en marcha. El silencio reina ahora en el interior del coche. Las sombras se hacen más largas delatando la pronta llegada del anochecer. De pronto, Viktor frena de nuevo bruscamente.

—¿He hecho algo mal? —pregunto algo asustado.

Viktor me mira fijamente por unos segundos. Tiene el rostro serio. Me anima a que mire al frente. Giro la cabeza hacia la calzada. Al margen de la vegetación y algunos arbustos no aprecio nada raro. De pronto, un osezno cruza rápidamente, un instante después lo hace otro más, mamá

83

grizzli lo hace la última a ritmo tranquilo. Apenas gira su prominente cabeza para dedicarnos una mirada furtiva antes de proseguir el paso. Después de que desaparezcan entre la vegetación continuamos de camino.

A pesar del abandono, solo los grandes edificios perduran en el tiempo. Los gigantes siempre fueron muy celosos de no dejar huella alguna de su presencia que pudiera perturbar la caótica armonía de la naturaleza. No hay rastro de papeles, latas, desperdicios o basura en general, únicamente las gigantescas construcciones que ya empezaban a dar muestras de un pernicioso abandono.

Pasamos cerca de algunos remolques hospitalarios que yacen abandonados en diversas partes del centro. Son *containers* marítimos, apilados en estructuras escalonadas y adaptados para acoger a los enfermos. Sus bordes oxidados dan cuenta del tiempo que llevan en desuso. La puerta de uno de ellos se mueve con el viento. Parece la triste canción de un violín desafinado.

Viktor me explica que durante el pico de la crisis se habilitaron multitud de estos hospitales improvisados para intentar paliar los efectos. En ellos se instalaron los primeros científicos humanos junto con sus homólogos gigantes. No había muchos, pero algunos habían estudiado medicina en hospitales de los diferentes continentes, incluso había doctores gigantes en algunos hospitales humanos de gran prestigio, pues tenían fama de ser unos excelentes profesionales.

Nada evitó que ningún miembro de la especie esquivara la enfermedad. Tarde o temprano todos morirían. Raro fue el caso de uno que falleciera fuera de su país, pues en cuanto se confirmaba su enfermedad eran trasladados por petición propia a la tierra donde nacieron para pasar las últimas horas rodeados de los suyos.

Es fascinante y triste a la vez contemplar el estado de abandono de edificios tan majestuosos. Las plantas han tomado el control de las construcciones. Algunos árboles han crecido sin pudor entre las grietas de las paredes y han provocado el derribo de algunas de ellas.

No existían muros que guardaran sus ciudades, no tenían ejército para defenderse ni disponían de medio de transporte individualizado. La cordillera de montañas era barrera suficiente para evitar cualquier invasión. El aire de sus ciudades y el agua de sus ríos están y estuvieron siempre exentos del más mínimo rastro de contaminación. Tenían normas muy estrictas que todos acataban de una forma noble con respecto al abuso de los recursos naturales. Puesto que la propia tierra proveía de todo lo necesario, no hacía falta tomar de ella más que lo indispensable.

Ya en la era moderna no tenían factorías, ni vehículos de combustión interna. La huella que dejaron en la historia desaparecerá bajo el dominio imparable de la naturaleza o hasta que el hombre se erija en dueño de su destino.

Los gigantes eran considerados eruditos en el funcionamiento de todo aquello que estuviera vivo. Dominaban desde los cloroplastos de las plantas hasta el polvo de las mariposas. También poseían un catálogo extensísimo de objetos celestes y conocían a la perfección el mecanismo que hay detrás del movimiento del sol y los planetas, mucho antes de que los hombres lo hicieran ley.

No eran creyentes. Para ellos la religión simplemente no tenía sentido, y si alguna vez lo tuvo hace milenios, se desterró de la educación. Cuando se acercaban misioneros o emisarios de cualquiera de las múltiples religiones que abundaban por entonces en tierra de humanos, y que aún hoy siguen pululando, eran los propios forasteros quienes sufrían la crisis del que ha descubierto las falacias y mentiras impuestas por la espada y la ignorancia, pasando ellos mismos a ingresar en la larga lista de ajusticiados, ya sea decapitados, quemados o ahorcados, que a lo largo de los siglos se han atrevido a poner en duda la fe en la religión a la que representaban.

No eran combativos ni violentos, su doctrina se basaba en el conocimiento como arma y el entendimiento como herramienta para solucionar conflictos. No pocas veces intentaron ejércitos derramar su sangre en nombre de un estandarte o de un credo o por sus recursos naturales, pero si algo aprendieron los humanos es que el poder de un gigante no residía en su tamaño, sino en su legendaria sabiduría. A pesar de ello, no pocos cayeron bajo las espadas, flechas, o lanzas del violento *Homo sapiens*.

En los últimos tiempos, los gigantes aceptaban los ingenios humanos y los adaptaban para reducir al mínimo su impacto en el medio ambiente.

La vida en las ciudades se hacía a pie y los viajes entre ellas se realizaban mediante un tren monorraíl por levitación magnética suspendido a seis metros del suelo. La electricidad para moverlo provenía enteramente de los generadores que habían instalado aprovechando las corrientes de agua o de aire. De alguna manera, habían logrado una eficiencia tal que nunca necesitaron el apoyo de otras formas de energía.

Muertos los gigantes, algún ingeniero logrará desenterrar su tecnología y aplicarla en los modernos sistemas actuales, corroborando a su vez la teoría que muchos se obstinaban en negar, los gigantes eran superiores a los humanos no solo físicamente, sino intelectualmente.

Para la construcción de las infraestructuras, ya fuera de transporte, energía o de cualquier otra índole, se tenía siempre en cuenta el impacto en el medio ambiente y se trataba de que su repercusión fuera mínimamente perceptible.

Los animales salvajes vivían ajenos a las ciudades, y si alguno osaba entrar en sus dominios era atrapado y devuelto a su entorno sin sufrir daño alguno. Tal y como nos hicieron saber en la Declaración Universal de los Derechos de la Tierra, y eso incluía todo lo que en ella habitara desde la estratosfera hasta el núcleo terrestre, todos los seres vivos están en lucha constante por la supervivencia y su biología ha evolucionado para que mantengan un equilibrio numérico constante.

Desde la aparición del *Homo sapiens* ese equilibrio se ha roto y el hombre no ha sabido ejercer su papel de especie dominante. Siendo parte misma de la ecología, nuestra intervención indirecta o directa de la destrucción de la naturaleza es una agresión a nosotros mismos. Cada gota de agua que se contamine, cada puñado de tierra que se envenene y cada bocanada de aire que se intoxique es una grieta en la cadena de reacciones que conforman la vida en la Tierra y las agresiones continuadas llevan a la extinción de todas las especies que habitan en ella. Nuestro impacto en el ecosistema debe ser mínimo. No se trata de una sugerencia, sino de una obligación.

Esta declaración se produjo después de la visita de más de cien mandatarios al país de los gigantes hace más de cincuenta años, cuando la huella del deterioro era ya visiblemente palpable. Tan concienciados quedaron por el encuentro, que todos y cada uno de ellos firmaron el tratado de no agresión al medio ambiente por los siglos de los siglos, o hasta que no hubiera más gigantes…

A pesar de todo, no han sido pocas las corporaciones que han presionado para el levantamiento de algunas de las estrictas leyes de protección, más aún tras las sucesivas recesiones económicas, culpa, en parte, de la falta de iniciativas para la explotación de los recursos.

Hoy en día es Viktor el último pilar de aquella Declaración Universal de los Derechos de la Tierra. Cuando él se vaya, los Gobiernos firmantes no podrán aguantar mucho más la presión de las grandes compañías. La marea del progreso sin control se cierne amenazante no solo sobre el País Gigante, sino sobre el planeta entero, y Viktor, el gigante criado entre humanos, tiene la llave para evitar lo inevitable.

CAPÍTULO 10:
LOBOS

Llegamos al siguiente destino, una plaza a medio camino de la siguiente ciudad. Su forma circular está rodeada por un muestrario de arcos de diferentes formas. El conjunto entero está sustentado por columnas que se elevan unos diez metros hasta el techo. Cuatro bloques de escaleras en espiral segmentan la construcción. Desde ellas se accede a la planta superior donde los gigantes podían descansar de su viaje a la siguiente ciudad. Sobre la piedra tallada de la planta superior hay inscripciones en el idioma gigante y sobre el suelo de la plaza, jalonado por líneas ondulantes hacia el centro, vemos un mosaico del sol, con sus manchas solares y todo, como eje central del conjunto. Dejamos el coche justo en el centro.

Viktor oprime un botón en la consola. El dron desciende hasta el techo del coche, la maleta de la que partió se abre automáticamente y se acopla en su interior. Sobre la consola se lee «cargando».

—Esta noche dormiremos aquí.

—¿Qué lugar es este?

—Es una de las antiguas áreas de descanso.

Salgo del coche a estirar las piernas y miro a mi alrededor. Unas gruesas enredaderas trepan por algunas de las columnas hasta el primer piso. Las grietas de las paredes se han poblado de raíces y plantas. Un pequeño árbol asciende bajo el techo tratando de expandir sus ramas.

—Formidable, siento que estoy dentro de uno de esos cuadros de la mitología.

—*El regreso del rey gigante.*

Observo el entorno con cierta intriga, hay algo que me resulta familiar de este lugar.

—¡Es aquí!

Viktor asiente mientras saca las mochilas del maletero.

—No puedo creer que exista este lugar.

—Sí, lo es, aunque evidentemente faltan algunos detalles. Las gentes vitoreando el regreso del rey por las gestas contra los humanos y la expresión agotada y asustada de sus prisioneros.

—Sí, y también los humanos despojados de sus ropas, encadenados por el cuello y el rey llevando las cadenas como si se tratara de perros.

—Toda una muestra de mitología sobre los gigantes.

—¿Hubo algo de verdad en esas pinturas o fue solo la imaginería de los hombres?

—Pura imaginación. Nunca hicimos esclavos a los hombres. Nuestros enemigos eran tratados con absoluto respeto, a pesar del trato inhumano, si es que existe esa expresión, que le dabais a los de mi especie. —Viktor cierra el coche y carga con las mochilas—. Vamos.

Nos dirigimos hacia una de las escaleras que jalonan la plaza. Me cuesta subir los grandes escalones y a cada poco me detengo a recuperar el aliento, ya que hace no tanto que dejé el mal hábito de fumar. Los últimos los tengo que subir a cuatro patas, tal es mi agotamiento y el tamaño de los mismos. Ya en lo alto, me siento en el último peldaño durante unos segundos.

Viktor camina por el pasillo circular de trescientos sesenta grados. En las paredes hay grandes ventanales mirando al centro y al exterior de la plaza. Ya casi es de noche y los grillos hace rato que empezaron su canción. Por el lado exterior del pasillo las aberturas tienen forma circular y por el interior de medio círculo. Me asomo por una de ellas. El sol se pone en el horizonte y sus rayos se cuelan por las ventanas proyectando su redondez sobre mi rostro. He de entrecerrar los ojos para poder ver el bello paisaje. Poco a poco, los rayos van descendiendo hasta que la luz del atardecer se extingue del todo. Viktor ha extendido ya las camas. De la mochila saca un par de *tuppers* y un objeto cilíndrico. Lo aprieta contra el suelo y se enciende una tenue luz.

—Hoy toca croquetas.

—Delicioso.

—Sí, Concha es una excelente cocinera.

—¿Siempre te preparan la comida en tus viajes?

—Desde hace doscientos años.

—Impresionante. Ha debido de ver de todo en este tiempo.

—Más de lo que debiera. —Viktor arquea las cejas y mira el reloj—. ¡Lo olvidaba!

Selecciona algunos comandos del reloj y se escucha un breve pitido. Acto seguido, en la plaza, la maleta con los drones se abre y de su interior despegan los dos artilugios con un leve zumbido.

—¿Ya están cargados? Qué rapidez.

—Tú no estás muy puesto en tecnología, ¿verdad?

—Es por decisión propia. Ya hay demasiados borregos en el mundo.

—Tienes razón, pero aquí dentro es necesario.

—¿A qué más hay que tener miedo?

— Lobos. —Le observo con sorpresa y algo de inquietud—. Estamos en una zona que lleva treinta años abandonada. Aquí la naturaleza es salvaje como lo era antes de que existiera ninguno de nosotros.

—No había caído en ello.

—A los urbanitas solo os preocupa llegar a fin de mes. Aquí fuera no se aplican las reglas del mundo moderno, la naturaleza es juez y verdugo.

—¿Tan peligroso es?

—¿El interior del país? Por supuesto. Puedo ser más grande que vosotros, pero no lo suficiente para hacer frente a una manada de lobos hambrientos. Además, los que hay aquí son casi el doble de grandes, autóctonos de la tierra.

—Por eso me gustan más los gatos.

—Hace años un equipo de grabación vino hasta aquí para grabar un documental. No tenían permiso, pero aun así se las ingeniaron para atravesar la frontera. Acamparon en un claro abierto del bosque. Al caer la noche, cuando dormían, un grupo de lobos los atacó. No tuvieron ninguna oportunidad. Cuando el equipo de rescate llegó solo encontraron a los buitres peleando por lo poco que quedó de ellos.

Todavía no he pestañeado.

—Cielo santo. Nosotros aquí estamos a salvo, ¿no?

—Más o menos. Mis halcones velarán por nosotros.

—No quiero ser la cena de ningún animal.

Viktor me pasa unas cuantas croquetas en un plato de papel.

—Toma, dormirás mejor con algo en el estómago.

—Gracias.

Ya es noche cerrada. La Luna comienza a elevarse en el horizonte, está casi llena. Sus rayos iluminan tenuemente la construcción. Viendo la plaza desierta con el vehículo en medio no dejo de pensar que aquí arriba no me siento especialmente más seguro. Dejo el plato vacío en el suelo y me froto las manos.

—Hoy no hay fuego donde calentarlas.

—No, aquí dentro no podemos.

—¿Hay algo de combustible para nosotros?

—¿A qué te refieres?

—¿Tienes algo de alcohol?

Viktor ríe maliciosamente.

—Je, je, je, claro, pero yo no bebo.

—¿Ah, no? ¿Y para qué lo traes?

—Bueno, el hecho de que no beba no me impide traerlo, ¿no?

—Viéndolo de ese modo, pues no, ya bebo yo por ti.

Viktor rebusca en la mochila. Saca una pequeña petaca de gigante y me la pasa.

—Gracias, ¿qué es?

—Me regalaron una muestra por si estaba interesado en el negocio. Todavía tengo una caja entera.

Le doy un trago.

—Ummm… Está dulce, sabe a licor de hierbas, no muy fuerte. No es de mi gusto, pero no está mal.

—A mí no me gusta, la verdad, y no me sienta bien.

—Dime una cosa, ¿cuántas empresas tienes?

—Más de las que desearía. —Le dedico una mirada insistente—. Poseo diez marcas de bebidas alcohólicas, pero no esta, cuatro cadenas de hoteles de lujo, tres hipermercados, dos marcas de vehículos eléctricos, dos laboratorios privados: uno de ingeniería genética y el otro desarrolla hibernantes biológicos para los viajes a Marte, en este último tengo el monopolio. —Vuelve a reír—. Una farmacéutica, la segunda más poderosa del mundo. —Cuenta con los dedos—. Estaba la de paneles solares, pero la vendí el año pasado. Otra de ingeniería aeroespacial, una empresa de drones, por supuesto, ah, y una de instrumentos musicales.

Frunzo el ceño.

—¿Instrumentos musicales?

—De pequeño tocaba la flauta.

—¿Cómo es posible que tengas tantas empresas? ¿Cómo lo consigues?

—Con mucho esfuerzo y buenos asesores.

—Debes ser una persona tremendamente ocupada.

—Sí, lo soy, pero con los años me he vuelto más flexible. Ya no me involucro tanto en las decisiones, lo dejo a mis asesores.

De pronto, en su reloj de pulsera parpadea una luz roja. Viktor comprueba el mensaje y saca una tableta de un bolsillo de la mochila.

—¿Qué sucede? —pregunto intrigado.

—Tenemos compañía.

Coloca la tableta en el suelo. En la pantalla está la imagen de visión nocturna del dron. Vemos un grupo de ocho siluetas alargadas de color blanco. No cabe duda lo que son, lobos. Así lo confirma un mensaje en la pantalla por si quedaba alguna duda. Lo que en un principio era una inocente acampada en la espectacular naturaleza del País Gigante se ha transformado de pronto en una película de terror. Busco una respuesta en Viktor, pero me manda callar con un gesto.

En la pantalla hay dos siluetas estáticas. Miro hacia arriba y confirmo con un gesto que se trata de mí y Viktor. Los lobos están en el exterior de la plaza, acercándose en manada a paso ligero y sin pausa. Dos de ellos rompen la formación y se separan para entrar por los flancos. El grueso del grupo se detiene justo en el exterior. Se diría que están contemplando el coche por uno de los arcos, sin duda han olido nuestra presencia. Avanzan despacio. Ahora están pasando justo por debajo de donde nos encontramos. No puedo ni respirar. Viktor acerca su mano lentamente sobre la pantalla. En un extremo puedo apreciar un círculo rojo con el título «evasión». Selecciona esa opción. Al instante aparece una figura en la pantalla con un texto: «Halcón 2 evasión activada». Los lobos se acercan lentamente al coche, de pronto, oímos un sonido lejano, de animal, pero ¿qué animal? ¡Un alce herido! Los lobos se detienen al instante y se giran hacia donde han oído el lamento. Por un momento todo queda en completo silencio, de nuevo tengo esa sensación de pensar que quizás puedan oír mi corazón saltar del pecho, pero esta vez no es por morir de amor, sino por morir despedazado. Vuelve a sonar el sonido del alce enfermo, ahora un poco más lejos. Ahora los lobos corren hacia el origen del lamento. ¡Funciona! El Halcón 1 los sigue. Las siluetas corren por el bosque persiguiendo lo que piensan que es una cena fácil. El Halcón 2 se alejará la distancia que sea necesaria para ahuyentar el peligro.

—Dios santo, me va a dar algo —susurro.

—Han estado cerca, pero siempre funciona. Ahora ya sabes para qué traigo mis halcones.

—¡Han mordido el anzuelo! Sin duda son unos cacharros indispensables. Esto merece un trago.

Le doy un ligero trago a la petaca. No me gusta mucho el licor, pero el momento lo merece. Le ofrezco un trago también a Viktor. Este lo rehúsa al principio, aunque finalmente acepta.

—¡Qué demonios! La última vez que tome un trago fue cuando me dijeron que iba a ser padre.

Alzo la cabeza, no sabía que Viktor había sido padre. El gigante observa en la distancia hacia algún lugar en su memoria.

—Fue una tarde de octubre, hace ya muchos años. Estaba trabajando en un proyecto para construir un gran hotel en Turquía. Me dijeron que se había desmayado, como la tuya. —Me mira cómplice—. Lo dejé todo y cogí el primer avión a casa. Cuando llegué el médico se estaba marchando, antes de irse me dijo con una sonrisa, «enhorabuena», entonces la vi, apoyada en la pared del salón, la luz de la ventana sobre su espalda y un tenue brillo resaltando sus suaves rasgos. Le dije que no se moviera, agarré la cámara de fotos e inmortalicé el momento. Nunca olvidaré esa mirada de ternura. No hizo falta decir nada. Me acerqué a ella y nos fundimos en un lento y maravilloso abrazo.

En la pantalla, sin que ninguno de los dos se haya dado cuenta, el primer dron ha vuelto a su punto de partida sobrevolando la plaza. De pronto, una silueta blanca se acerca lentamente por el muro exterior. El reloj de Viktor vuelve a parpadear al detectar el intruso. Me doy cuenta de la señal y se lo hago saber a Viktor con un susurro.

—Viktor… —No parece reaccionar—. ¡Viktor! —susurro un poco más alto.

El lobo se acerca cada vez más, ahora parece que está subiendo las escaleras. Entonces Viktor comienza a roncar.

Esto es ya del todo insostenible. Tengo que hacer algo o de lo contrario no habrá ni biografía ni escritor que la escriba. Me acerco a Viktor y lo agito por un brazo. Viktor se cae de espaldas totalmente dormido, el estruendo hace brincar al lobo que por un instante se detiene cauteloso. Tras unos segundos de duda prosigue el avance. Está en el primer piso. Su silueta avanza lentamente por el pasillo hacia donde estamos. Veo horrorizado la negra figura del depredador a través de mis ojos, no de unas gafas de visión remota.

El lobo se encuentra ya a menos de treinta metros. Ahora lo distingo claramente mientras es iluminado por la Luna al pasar cerca de los ventanales. Es una silueta grotesca, oscura, que camina en línea recta hacia mí. Me echo hacia atrás. De nada servirá correr. Cojo la última croqueta y se la lanzo desesperado. El lobo hace un rápido gesto para esquivarla, se mueve un poco hacia el lugar del impacto, huele la croqueta espanzurrada en el suelo y la ignora, toda una falta de respeto hacia la cocina de Concha. Sigue acercándose, ahora es su gruñido lo que escucho claramente y su dentadura brillante lo que resalta en la oscuridad de la noche.

En los últimos veinte metros comienza el ataque. Corre salvaje. Sus pasos suenan cada vez más cerca, al igual que su agitada respiración. El horror son los últimos instantes antes de saberte despedazado, devorado y descuartizado por un carnívoro de cien kilos.

Cuando ya se dispone a arrancarme la garganta de una dentellada, la poderosa mano de Viktor le sujeta la mandíbula desde mi espalda cerrándola como una tenaza, con la otra mano le sujeta firmemente por el cuello. El lobo no se lo espera y trata en vano de zafarse. No puede aullar pidiendo ayuda y sus patas resbalan desesperadas en la piedra. Viktor le inmoviliza y se acerca a su asustada cabeza. Sus miradas se cruzan sin remedio. A pesar del tamaño del cánido, al lado del gigante no parece tan peligroso. El lobo comienza entonces a cesar en su forcejeo, ahora es terror lo que siente su entumecido cuerpo. La cola la tiene entre las piernas y comienza a temblar. La orina resbala por el pelaje de sus cuartos traseros. No sé si me da más miedo la mirada de Viktor hacia el pobre animal o la de la bestia cuando me creía víctima de sus colmillos.

Tras unos instantes, Viktor suelta al animal que huye aterrorizado. Apenas ha durado unos segundos lo que a mí me ha parecido una eternidad.

El gigante vuelve a su asiento sin decir palabra, observando como el lobo huye a la carrera. Yo apenas empiezo a recuperar el aliento.

—Gracias.

—Te dije que el alcohol no me sienta bien.

—¿No sería más seguro que durmiéramos en el coche?

—Si quieres puedes bajar y acomodarte ahí dentro.

Dudo por unos instantes.

—¿Cómo puedes estar seguro de que no va a volver?

—Créeme, no lo hará.

—¿Y el resto? Quizás sus amigos vuelvan más tarde.

—Por esos no te preocupes.

—¿Qué te hace estar tan seguro?

—Porque ya han encontrado otra presa.

Medito sus palabras con incredulidad.

—El primer dron vigila el entorno, el segundo busca una presa alternativa.

—¿Quieres decir que el sonido del animal no era solo una distracción para alejarlos de nosotros?

—Lo que estaba haciendo era guiar a la manada hasta otra presa.

—Así que les ofreces una alternativa.

—El lobo es un depredador. Cuando sale a cazar no cesará en su búsqueda hasta que no se haya topado con una presa. Y nosotros no queremos ser una opción, ¿verdad?

—No, claro que no. La verdad, no suena muy ético, pero entiendo que al final es la naturaleza la que sigue su curso, aunque sea bajo la intervención de los humanos o, en este caso, de un gigante.

Viktor se recuesta en la cama.

—Esta noche podemos dormir tranquilos —dice.

—Habla por ti —contesto mientras me paso la mano por la cara—. ¿Cómo se llamaba tu mujer?

—Seranda. —Viktor se gira en la cama dándome la espalda—. Buenas noches, Sebastián.

—Buenas noches.

Me quedo donde estoy, sentado al borde de la cama. Mi corazón ya late con normalidad. Miro el charco de orina del lobo que hace tan solo unos minutos trataba de matarme. A pesar de la edad, Viktor conserva una fuerza asombrosa.

La tableta descansa en el suelo, la sujeto con las manos y la enciendo. Ahí estamos, dos figuras blancas en mitad de la oscuridad. El dron estará ahí sobre nosotros durante toda la noche, velando por nuestra seguridad. Me hace sentir más tranquilo, al menos aquí, en la tierra de los gigantes.

Hay una opción en la esquina inferior derecha de la pantalla que dice «Halcón 2», la selecciono instintivamente. A toda pantalla veo lo que está pasando. Se me hiela la sangre al ver una jauría de lobos despedazando a un pobre animal a cinco kilómetros de distancia. No distingo lo que es, pero diría que es un alce por el tamaño. Uno de los lobos le arranca una pata con violencia. Por un momento creo que voy a vomitar. Apago la tableta. No quiero imaginar, aunque tampoco puedo ignorarlo, verme desmembrado por unos lobos hambrientos en mitad del inhóspito País Gigante.

Como dijo Viktor, la naturaleza es cruel, aun así, no puedo evitar tener un cierto sentimiento de culpa hacia el pobre animal. Es hora de dormir, o al menos lo intentaré, mañana será otro día. Buenas noches, Sebastián.

CAPÍTULO 11:
AMOR Y PAZ

Camino por un sendero lleno de charcos a las afueras del pueblo. El aire se respira limpio y en el cielo las nubes se mueven perezosas bajo un intenso cielo azul. Calzo mis zapatillas deportivas favoritas, aquellas con las que puedo correr más rápido que el viento.

Noto que la energía empieza a invadirme mientras me preparo para echar a correr. Acelero el paso hasta que mis piernas estallan en una explosión de adrenalina y mi cuerpo entero se transforma en una locomotora, en un tren bala. La felicidad me embarga mientras corro veloz hacia un enorme charco que invade el ancho del camino. En un último impulso salto con todas mis fuerzas hacia una piscina invisible con los brazos estirados hacia delante. Justo antes de darme de bruces contra el suelo bajo con fuerza los brazos y me impulso hacia delante.

El aire es ahora el medio por el que vuelo a ras de suelo. Me deslizo apenas a un palmo del camino de tierra con los brazos extendidos en cruz, surcando el aire como un vencejo. Un tramo del sendero está inundado y me veo nítidamente. Con la punta de los dedos surco el agua rompiendo la quietud de la superficie. Salgo del camino y sobrevuelo un campo de trigo. El sol brilla intermitente proyectando la sombra de las nubes sobre un mosaico de tierras húmedas y cultivos de secano. El color pardo resalta entre parches de distintos colores. El viento en la cara, el olor a campo, el aire puro.

Levanto el vuelo y subo rápidamente. El paisaje mengua a medida que gano altura. La carretera general que atraviesa el pueblo se vuelve una línea gris partiendo un campo de trigo. Me dirijo hacia la nube más cercana, desde abajo no parece muy grande, pero aquí arriba tiene el tamaño del Titanic. Me aventuro en sus entrañas para salir por el costado un instante después envuelto en miles de gotas de agua. Desde las alturas diviso el pueblo, parece el conjunto de teselas de un mosaico romano. El campanario se erige en medio de la villa rodeado de viviendas cuyos tejados lucen rojizos.

Rompo la serenidad de mi vuelo y me lanzo en picado. Las golondrinas que me acompañan en su alocado vuelo tocan su canción en múltiples coros de alegría. Estoy en mi sitio. Desciendo y me meto por las calles volando entre las casas bajas, los edificios de cuatro plantas, el quiosco de prensa, la panadería donde me regalaban los suizos, en la plaza los abuelos me saludan, los niños saborean las golosinas y me persiguen felices. Vuelvo a levantar el vuelo. Un camino de tierra jalonado por zarzamoras conduce al bosque. Sigo volando y me alzo aún más alto.

Llego al prado donde merienda una familia. Son papá y mamá. También está la pequeña Claudia. Me ven. Estoy muy alto y desde aquí arriba apenas distingo sus caras, pero sé que son ellos. Los observo desde la distancia y les saludo. Me saludan a su vez y me invitan a bajar.

De pronto todo se vuelve oscuro, los contornos se tornan grisáceos. Mamá, papá y Claudia son ahora dibujos de un color blanco. Entre los árboles hay siluetas alargadas que se mueven hacia ellos. Grito, pero de mi boca sale el sonido de un animal herido. Los lobos corren dentro del bosque hacia mi familia. Vuelvo a gritar, pero es el animal herido el que habla por mí haciendo que los lobos corran aún más rápido. Papá se interpone entre mamá y Claudia. Le muerden y cae al suelo, otros dos se lanzan a por mamá. La pequeña Claudia apenas opone resistencia. Una jauría de lobos destroza a mi familia mientras permanezco impotente a cincuenta metros sobre ellos.

Grito envuelto en sudor. Estoy en la cama plegable, en la plaza circular. Miro a mi alrededor. Las primeras luces del amanecer comienzan a asomarse. No veo a Viktor, tampoco sus cosas. Me asomo a una de las ventanas que dan a la plaza. El coche tampoco está. Llueve. El nerviosismo se apodera de mí y una creciente sensación de soledad me inunda.

Continuo escaleras abajo. Me quedo debajo de uno de los arcos. Llueve a mares. En mitad de la plaza, donde se encuentra el dibujo del sol en el centro, hay una tienda de campaña amarilla. Camino bajo la lluvia y enseguida me pongo a correr para no mojarme. Abro la cremallera y veo a una niña leyendo un cómic: *Aventuras de gigantes*. La niña alza la cabeza sorprendida. Entonces le grito.

—¡¿De dónde has sacado eso?!

La niña me mira asustada. Le arranco el cómic de las manos y se lo destrozo. La pequeña llora desconsolada.

—¡Te he dicho que no quiero verte con esto nunca! ¿Me oyes, Claudia? ¡¡Nunca!!

De pronto unas pisadas se acercan contundentes. Sobre la tela de la tienda aparece proyectada una enorme sombra. Claudia me mira muy seria y dice:

—Ojalá te mate, papá.

Abro los ojos. De nuevo el olor a café. Viktor está sentado en la cama. Sin levantar la vista el gigante comienza a hablar.

—Fui el único gigante nacido en vuestro territorio. Hace trescientos dieciocho años. He participado en muchas batallas, siempre de vuestro lado. He matado a los de mi especie en las cuatro grandes guerras. He comandado legiones enteras para intentar conquistar estas tierras y ahora soy el único que camina por ellas.

Me incorporo en la cama y me siento. Cojo una taza y me sirvo el café humeante, todavía algo confuso por el extraño sueño.

—Mi relación con los gigantes nunca fue muy buena, pero era solo cuestión de tiempo que llegara la paz y tengo entendido que fuiste tú el que sentó las bases de la convivencia —respondo a su alegato.

—Sí, al principio fue difícil reunirme con los míos, me sentía amenazado cuando vine aquí por primera vez. La gente me miraba con cierto recelo. Pero lo que me impactó de aquellas visitas fue que me trataran con respeto. Nunca me vieron como un enemigo. Me había convertido en emisario de los humanos, una especie de representante o embajador.

—Imagino que no sería fácil vivir entre dos bandos. ¿Alguna vez tuviste crisis de identidad?

—Siempre. Cuando volvía a casa, tras pasar semanas recorriendo esta península, los que antaño me miraban con admiración ahora lo hacían con un aire de sospecha. Los humanos no se sentían cómodos a mi lado. Para ellos pasé de ser un semidiós a un traidor. Especialmente cuando se corrió la voz de mi relación con una mujer gigante.

—Oh, ¿era ella? ¡Seranda?

—No, no era ella. Era su hermana.

—¡Vaya!

—¡Por supuesto! Entre humanos no tenía opción de conocer los placeres de la carne. ¿Por qué crees que pasaba semanas entre los gigantes? Pronto me convertí en una celebridad. Querían saber cómo eran los hombres, por qué hacían lo que hacían, por qué hacían la guerra. Pensaban que los hombres se alimentaban de sangre, que por las venas de los humanos corría pura maldad.

—Algo así como lo que pensábamos de vosotros.

—A eso se le llama ignorancia. —Hace una pausa—. Fueron momentos extraordinarios. Me sentía el rey de ambos mundos.

—No me extraña. Serías lo más parecido a una estrella de *rock*.

—Pues casi, pero mientras en estas tierras comenzaba a ser una celebridad, entre los hombres empezaba a ser era una amenaza. Hasta que un día me quisieron poner a prueba. —Viktor le da un sorbo al café—. Una mañana, hace casi dos siglos, me reclamaron para una audiencia con el rey. Salí escoltado de mi palacio, por aquel entonces tenía muchos enemigos por mi relación con los gigantes.

»Al llegar, en el salón real, se encontraba el rey rodeado de sus consejeros. El silencio de la sala se llenó de murmullos. Pregunté para qué se me había hecho llamar. El rey ordenó entonces que trajeran al invitado. Las puertas se abrieron y a continuación pude ver a varios soldados empujando una gran celda cubierta con una lona negra. Yo observaba intrigado aquellos hombres tirando con fuerza mientras los consejeros murmuraban entre ellos con caras sospechosas. Tras retirar la lona no me sorprendió ver a un gigante en el interior, desnudo, lleno de golpes y en silencio. El pobre diablo estaba en un estado miserable, rodeado de heces y orines. Todos en la sala se cubrieron el rostro por el olor.

»El rey me pidió una muestra de lealtad, debía disparar a aquel gigante. Tras de mí pude percibir algunos de los soldados empuñando sus armas. Un consejero me miraba con maldad mientras dictaba su miedo en el oído del rey. El monarca insistió en su petición y me dio un ultimátum: si no lo mataba sería acusado de traición y fusilado al amanecer.

»Entendí que era el miedo lo que les había llevado hasta allí, el mismo miedo que había derramado tanta sangre en incontables batallas, el mismo miedo que había cerrado las puertas de una relación que se hacía imprescindible entre ambas especies. Pero ese miedo era también alimentado no solo por la ignorancia, también por la injerencia de hombres poderosos que se valían de la guerra para engrosar sus arcas a costa de los inocentes. Eran esos consejeros, en nómina de los mercaderes, los que orientaban al rey en su ceguera de conocimiento.

Viktor deambula inquieto con la taza de café en la mano mientras prosigue su relato.

—Apenas se escuchaba una mosca. Se podía sentir la tensión en el salón principal del palacio del rey. Habían dejado una pistola en una mesita frente a mí, sobre un almohadón de terciopelo rojo. Cogí la pistola lentamente, casi podía escuchar el temblor de los soldados apuntando con sus armas a mi espalda.

»Levanté el arma, apunte al gigante y disparé. Al estruendo de la pólvora le acompañó el golpe seco del impacto del balín sobre el candado de la celda que cayó al suelo rompiendo una pesada losa de mármol. En un instante me giré y de un golpe me deshice de los tres mosquetones que me apuntaban. Uno de ellos disparó y me impactó en la cadera. No fue nada. El rey se alzó en su trono sorprendido. Los consejeros se ocultaron detrás del monarca y el resto de soldados huyeron por la puerta, dos gigantes estaban sueltos en el salón real.

»Desenfundé mi espada y nadie movió un músculo. Lentamente me dirigí hacia la celda y abrí la puerta. —Viktor interpreta con soltura su papel de tertuliano, gesticulando emocionado lo acontecido en su interesante relato—. Ayudé al gigante a levantarse y me puse a cargar de nuevo el arma. Al montar el percutor se lo pase al gigante, magullado y débil por su confinamiento. Este la cogió, me miró incrédulo, echó una vista alrededor y recaló en el rey, en pie, desafiante con la espada en alto. Nadie podía disimular su miedo, ni siquiera el joven rey. El gigante miró el arma un instante y desmontó con destreza el mecanismo. Sacó la bala y la dejó en el cojín rojo. Se acercó al rey y le tendió la mano. Uno de los consejeros trato de advertirle, pero este le ordenó silencio y lo apartó de su lado. El joven rey dejó su espada en el trono, avanzó unos pasos y aceptó la invitación. El gigante le ayudó a bajar los cinco escalones del atril y comenzó a hablar. Solo dijo tres palabras en el lenguaje del rey: ven, aprende, paz.

Viktor se sienta de nuevo y culmina su apasionado relato.

—A raíz de aquel día, emisarios de ambos bandos estuvieron visitando los rincones más alejados de ambos mundos. Los gigantes fueron respetados, los humanos dejaron de tener miedo y fue el comienzo de una era de paz y prosperidad como nunca antes se había conocido. Algunos hombres se quedaron en el país de los gigantes y lo mismo hicieron numerosos gigantes entre los hombres. En mi caso decidí pasar largas temporadas entre ambos mundos.

—¿Y fue allí donde la conociste?

Viktor asiente con la cabeza. Se incorpora con la taza en mano y camina hacia uno de los ventanales que dan a la plaza. La luz del sol todavía no ha incidido sobre el suelo, pero la claridad ya hace tiempo que ha invadido el monumento. Viktor le da a un botón del reloj y la maleta de los drones se abre. Uno de ellos, el que sobrevuela la plaza, aterriza en su interior. El otro lo hará en breve.

—Fue hace más de medio siglo. Estaba caminando por uno de los pueblos, entre las casas, con mis ropas de humano, algo ostentoso. Parecía un pavo real. Nada que ver con la simpleza de los gigantes. Buscaba la posibilidad de tener una residencia cuando me topé con una mujer transportando lo que parecían unos cubos enormes llenos de barro. Los llevaba en una suerte de carro tirado por dos enormes alces. Me quedé contemplando aquella mujer, con el pelo largo, recogido en una coleta. Apenas vestía una blusa blanca y una falda de un material recio. Su rostro era de rasgos fuertes, angulosos, con una expresión firme y decidida. Nuestras miradas se cruzaron por unos segundos. Aparté la mirada sobrecogido, casi asustado, y me disponía a seguir mi camino cuando me dijo.

»—¿No vas a ayudarme?

»Me di la vuelta sorprendido.

»—¿Cómo dices? —respondí.

»—Dos personas avanzan el doble.

»Me costó un par de segundos reaccionar, pero finalmente fui corriendo a su lado.

»Llegamos a una vivienda a medio construir. Dos gigantes se afanaban en rematar el tejado de una de las secciones. Tenía una forma cónica, al menos la cara que estaban terminando. A continuación, conectado por un pasillo, se erigía otra sección sin terminar. Comenzamos a descargar mientras los dos gigantes recogían sus pertenencias y se marchaban regalándonos una sincera sonrisa.

»Me despojé de mi disfraz de humano y nos pusimos manos a la obra. Poco a poco la nueva estancia fue tomando forma con el barro de aquellos cubos. Éramos auténticos expertos en construcción, pese a lo que pueda parecer. La luz se fue ocultando hasta que la penumbra se convirtió en la antesala de la oscuridad.

»Recogí mis pertenencias y me disponía a marchar cuando me invitó a seguirla.

»—Aquí, después de trabajar duro, nos limpiamos.

»—¡Por supuesto!

»Le contesté que en el mundo de los hombres también se hace así, aunque a veces los hay que no lo consideran una obligación. —Se para, me mira expresivamente y prosigue con su relato—. El camino estaba iluminado por bombillas, una de las pocas cosas que adoptaron entonces, aunque los generadores fueron invención nuestra.

»Llegamos a una estructura circular con una altura considerable, de nuevo con forma cónica. Accedimos al interior a través de un arco sin puerta. El sonido del agua se podía escuchar por todas partes. Otra estructura, también cónica, conformaba el interior separando el núcleo del exterior y manteniendo siempre la misma temperatura. Es parecido a un termitero catedral, búscalo en internet. Muy ingenioso. Al entrar, el lugar era una especie de ducha comunitaria. Desde el techo caía un grueso chorro de agua. Por las paredes había canalones por los que salía más agua a diferentes alturas. —Viktor gesticula emocionado—. Dos gigantes más estaban terminando su aseo. Ahí dentro no había distinción de sexos.

Viktor se queda en silencio por un instante. No habría visto ni una manada de lobos cruzando la plaza, tal era su entrega en el relato. Continua hablando.

—Ahí mismo, con la naturalidad de quien se siente solo, aquella desconocida se despojó de sus sucias ropas y comenzó a ducharse, como si yo no estuviera ahí admirando su precioso cuerpo bajo el agua. En las paredes había oquedades con unas pequeñas piedras de basalto que usaban a falta de esponjas, junto a unas pastillas de jabón natural. Yo me desnudé, tal y como ella había hecho antes y me fui a otro de los canalones. El agua me golpeaba la espalda, no estaba fría, más bien templada. Levanté la cabeza para limpiarme el sudor y las manchas de la cara. Cerré los ojos por la fuerza del agua cuando sentí sus manos por detrás, abrazándome, pasando la áspera piedra por mi magullado cuerpo, lleno de cicatrices por las innumerables batallas. Me dejé acariciar. Me di la vuelta respondiendo a sus deseos. Ella rechazó educadamente mis erróneas intenciones.

»—No te equivoques, Viktor. Aquí es tradición ayudar si no estás solo en las duchas —me dijo. En aquel preciso instante me enamoré de Seranda.

CAPÍTULO 12:
TUMBAS

El vehículo va dejando atrás nuestra última etapa, la plaza circular donde casi nos devoran los lobos. Pasamos por un arco que nos lleva de vuelta a la senda, que retomamos sin mirar atrás. La vegetación ha formado cortinas que intentan desesperadas cortarnos el paso. El coche de Viktor las atraviesa con la misma resistencia que una tela de una araña. El camino se hace algo más incómodo por los baches y el peso del coche no ayuda a suavizarlos. Más adelante parece que el terreno se suaviza y mi estómago lo agradece.

Una hilera de cipreses adultos marcan el camino. Carteles a los lados nos recuerdan el uso de indumentaria de protección para evitar contagios. Una familia gigante oculta tras mascarillas. Me recuerda a aquellos carteles propagandísticos sobre cómo proteger a tu familia de un ataque químico, una de las múltiples amenazas que proliferaban en el siglo pasado.

—Una verdadera catástrofe —comento.

—¿Cómo dices?

—La enfermedad.

—Absolutamente.

—Yo era muy pequeño cuando empezaron los primeros casos en vuestra especie, quizás cinco o seis años. En los humanos ya llevábamos un año con ello. Nadie podía imaginar que sería tan devastadora en vosotros.

—Nunca. ¿Cuántos murieron de los vuestros?

—¿Humanos? No lo sé, quizás doscientos o trescientos antes de que pudiera ser controlada. No lo recuerdo bien.

—En vosotros la mortalidad fue muy baja, teniendo en cuenta que hubo cerca de trescientos millones de contagios. En nosotros simplemente fue una condena a muerte. De los trescientos mil que éramos no sobrevivió nadie, solo mi hermano y yo.

—Recuerdo haber visto un documental en la televisión. La psicosis que había entre la población, los controles en los aeropuertos, las granjas arrasadas por el ejército... Y recuerdo el primer caso en un gigante, un granjero cerca de la frontera que trabajaba con humanos.

—Sí, fue totalmente inesperado. Nunca antes un gigante había enfermado de nada. Era algo ajeno a nosotros.

Una manada de grandes aves negras vuelan en círculos a corta distancia del camino. Viktor las señala con la cabeza.

—A veces la muerte llega cuando menos te lo esperas.

Miro hacia los pájaros, imaginando los restos del animal que evitó que nuestro viaje se convirtiera en una carnicería.

—Por lo que he podido leer, se formó un equipo de investigación para saber si el virus fue creado en laboratorio y liberado a la población con el propósito de adquirir una vacuna de una malvada corporación o si fue simplemente una mutación que logró penetrar vuestro potente sistema inmunológico. Igual que ese pobre alce, nadie diría que su muerte fue planeada de antemano, y sin embargo...

Viktor ríe con sorna.

—Siempre surgen teorías conspiradoras en momentos de temor y caos.

—Si te digo la verdad, siempre he pensado que lo que os hizo desaparecer fue una invención humana. Yo soy de los que creen en las conspiraciones. No en algo que se liberó a propósito, pero sí que fue diseñado como una posible arma biológica por un gobierno imprudente y se liberó por una serie de errores en cadena.

—No lo sé. Lo que sí creo es que la relación con los humanos, de una u otra forma, nos iba a costar caro. A pesar de haber convivido con ambas especies, a pesar de haber ayudado al acercamiento, pienso que todo lo que el hombre toca lo acaba destruyendo, eso es algo que he aprendido con los años.

En el horizonte se aprecia una figura geométrica. A medida que nos acercamos se hace evidente la forma del monumento. Es una estructura hecha de grandes esferas gigantes dispuestas en una base cuadrangular y formando una suerte de pirámide perfecta de unos cincuenta metros de altura.

—¿Qué monumento es ese?

—Es un cementerio.

Frunzo el ceño sorprendido.

—¿Qué? ¿Ahí dentro hay gigantes?

—No, es un cementerio simbólico. Cada esfera representa un gigante muerto.

—Pero yo creía que no había cementerios ni culto a los muertos como en nuestra especie.

—Cierto, esto solo se hizo a raíz de la epidemia. En realidad fue construido por los hombres. Una especie de monumento para no olvidar quien vivió en estas tierras. Cada territorio tiene la suya, esta es de las más pequeñas.

—¿De quién fue la idea? Nunca oí hablar de ello. —Viktor arquea las cejas y me mira—. ¿Fuiste tú? —El gigante menea la cabeza afirmativamente—. Pues es impresionante.

—No quería que desaparecieran sin más. Las generaciones futuras han de saber quiénes eran no solo por los libros de historia. Estas pirámides estarán aquí por miles de años. Cada esfera lleva inscrito el nombre de un gigante y un fragmento de su historia.

—Nunca había visto una pirámide igual. ¿Por qué esferas?

—¿No has oído hablar de la expresión cada persona es un mundo?

—Sí.

—Pues ahí lo tienes, con una ligera variación.

Circulamos por el camino atravesando el valle donde la pirámide se yergue a un lado de la carretera entre el cada vez más frondoso paisaje. La imagen me recuerda enormemente a las pirámides aztecas del imperio precolombino, solo que en este caso su construcción es para honrar a los muertos y no para sacrificar a los vivos.

El vehículo sigue su camino seguido por el dron en la distancia. Por alguna razón, quizás por respeto, no me siento con ganas de ponerme las gafas de visión remota. Por el contrario, me produce cierta inquietud contemplar el enorme monumento a los muertos. Casi puedo escuchar el lamento de los difuntos generado por el viento colándose entre las múltiples cavidades de la construcción. Finalmente va quedando atrás y he de reconocer que me siento algo aliviado.

—¿Qué hacíais con los cadáveres? Si me permites la pregunta.

—Hay una zona volcánica no muy lejos de aquí. Antiguamente se practicaba un rito con los muertos. El fallecido era conducido a lo alto de un lago de magma y arrojado al interior. Del fuego venimos, al fuego regresamos.

—Eso me suena a misticismo. ¿Algo religiosos sí que erais, no?

—Quizás sí, en el principio de los tiempos seguro, pero hace más de tres mil años descubrimos que los elementos que nos conforman, el hierro, el calcio, el carbono, etc., fueron generados en el fuego de una estrella al explotar. De ahí surgió este rito. Es una forma de devolver a la tierra lo que una vez salió de ella, sin despojos, sin envenenar los suelos, sin ocupar terreno…

—Cremación natural. —Viktor me mira molesto—. Perdona, no quería sonar irrespetuoso, continua, por favor.

—Dentro de cientos o miles de años, cuando ese magma discurra por el monte ladera abajo, se convertirá en una de las tierras más fértiles para la naturaleza y el ciclo de la vida volverá a empezar.

—¿Todos los muertos por la enfermedad acabaron en un lago de magma?

—No, era un trayecto demasiado largo y había demasiados. Fueron depositados en cámaras frigoríficas para ser llevados a incineradoras a través del océano.

—¿Y qué país se encargó del proceso?

—Fue una decisión de las Naciones Unidas. Se habilitaron dos o tres incineradoras para el trabajo.

—Eso sí que suena bastante irrespetuoso.

—Sí lo fue. La especie más avanzada, sin ofender, borrada de la faz de la Tierra por el resfriado de una especie inferior.

Ahora soy yo el que frunce el ceño.

—Ya sé que hemos hecho cosas monstruosas, pero también hemos hecho cosas bellas e inventado muchas cosas útiles.

—Lo sé, vuestro problema es vuestra individualidad. Es fácil que haya conflicto cuando cada uno piensa solamente en sí mismo. En vuestro millón y pico de años de historia seguís cometiendo los mismos errores. Nosotros aprendimos hace miles de años que el bien común es el único camino hacia la salvación de la especie y del planeta.

En ese momento el dron avisa de un obstáculo en la carretera. Viktor aminora la velocidad. El vehículo se acerca lentamente a lo que parece un tráiler a un lado del camino. Está abandonado desde hace años. La maleza ha invadido los bajos y las ruedas aparecen desinfladas y carcomidas por el paso del tiempo. El metal hace tiempo que se ha degradado en óxido y la cabina es ahora usada como refugio de las alimañas.

—Era uno de los *containers* que transportaban a los muertos. Se averió y prefirieron dejarlo aquí antes que moverlo.

Observo los restos del camión intrigado.

—¿Podemos bajar a estirar las piernas? —pregunto.

—Claro. No estamos lejos de la última parada.

—Ah, genial.

El vehículo se detiene. El camino es una línea recta que se pierde en el horizonte. Estamos en mitad de un prado. Abro la puerta y me bajo del coche. Son cerca de las dos de la tarde y el sol está bien arriba. Viktor sale y se dirige a la parte de atrás. Abre el maletero y saca un enorme rollo de papel higiénico.

—Ahora es mi turno.

—Claro.

Rodeo el coche y saco un bocadillo de mi mochila. Me acerco al camión mientras sacio mi apetito.

Es un modelo antiguo de gasolina de treinta y dos ruedas. Avanzo hacia la parte trasera con cuidado, mirando a mi alrededor. No quiero alejarme mucho del coche, después de lo el alce no me atrevo a correr riesgos.

Por la parte de atrás la matrícula apenas se distingue, no así un letrero descolorido de transporte de mercancías peligrosas. El cierre del contenedor no está echado del todo y tampoco hay un candado que lo asegure. Me siento tentado a abrirlo. Por un momento dudo bocadillo en mano. No sé por qué, pero mi curiosidad vence a la cautela y muevo la descolorida y desconchada palanca. El metal aúlla herrumbroso mientras giro el mecanismo. Por fin parece abierto, tiro de la pesada puerta y un fuerte olor a amoniaco me golpea en la cara. Me aparto un poco cubriéndome el rostro y vuelvo a mirar. De pronto, decenas de murciélagos salen en bandada por la puerta. Me alejo lo suficiente para impedir que se agarren a mi escaso pelo, al menos eso es lo que me decían de pequeño cuando tirábamos guijarros al aire para confundir a los pequeños mamíferos. Tras unos segundos de agitación recupero la calma y puedo ver mejor el interior del contenedor. El suelo está cubierto de guano y de insectos muertos. Hay también algunos murciélagos en descomposición y un agujero en el techo que intuyo es la entrada de la morada que acabo de arruinar.

Creo distinguir un objeto al fondo del camión. Me cubro la boca y nariz con la manga del jersey y accedo al interior. El guano seco cruje a cada paso, avanzo lentamente con cuidado de no caer. Ya dentro distingo lo que parece una bolsa de plástico semitranslúcida. Acierto a ver el anagrama de la compañía: «CRIOGEN» y una advertencia en forma de calavera: «DANGER. BIOLOGICAL HAZARDS». Vuelvo tras mis pasos, me inquieta estar dentro de un contenedor en el que un gigante cargado de virus era transportado. No creo que haya sido una buena idea subir aquí. ¿Es posible que el virus siga vivo después de tantos años? No quiero ser el primer idiota en descubrirlo.

Me bajo del camión y al cerrar la puerta ahí está Viktor. Casi me da un paro cardiaco.

—¿Y bien? —dice.

—Cielos, Viktor. Casi me da algo.

—¿Por qué has subido ahí?

—No lo sé. Imagino que por curiosidad.

—No deberías tocar nada. Esta zona está toda contaminada.

—¿De verdad crees que sigue estándolo?

Viktor duda unos instantes.

—No lo sé, pero yo no correría el riesgo.

—No lo haré.

Nos subimos de nuevo al coche y proseguimos el viaje.

—¿Sabes si los murciélagos de aquí transmiten la rabia? —pregunto algo preocupado.

Viktor me mira incrédulo, con cara de ¿no estarás hablando en serio? El coche se aleja por el camino dejando atrás el maltrecho camión mientras decido intentar echar una cabezada. La chaqueta me sirve de improvisada almohada y cierro los ojos sin mucha esperanza.

Un susurro me despierta. A mi lado, Viktor me mira impasible. Aparto mi cabeza que sigue reposando en la ventana. Me seco la comisura de los labios, húmeda de saliva.

El sol me deslumbra y me duele el cuello por la incómoda postura.

—Ya hemos llegado —dice Viktor.

Salgo del coche a estirar las piernas. El sonido de una chicharra me torpedea los tímpanos. En momentos así andaría torpemente a la nevera, sacaría una cerveza helada y la bebería de un trago. Es una pena que no esté en casa, sino en este viaje infernal por una tierra muerta.

—¿Dónde estamos?

—En el final del trayecto.

El sol está a medio camino en el horizonte, no hace tanto calor, pero la chicharra todavía no se ha enterado. De pequeño jugábamos a ver quién era capaz de localizarla en el árbol y con un tirachinas apostábamos al que tuviera más puntería. Siempre ganaba yo. Ahora ni siquiera la podía ver, y mucho menos acertar a espanzurrarla con una piedra.

El coche está aparcado bajo un gran pino. Puedo ver una construcción entre los árboles.

—¿Qué lugar es este?

—Mi casa.

Viktor arrastra los dos pesados macutos por el polvoriento camino. Yo lo hago detrás, pensando en aquella cerveza.

Empujamos la puerta de entrada. El chirrido herrumbroso me taladra los oídos. No hay perro que nos venga a recibir, ni música que provenga del interior, ni risas, ni palabras de bienvenida. No hay una familia que se abrace al gigante en su larga ausencia. El interior está muerto, como todo lo demás. Me llama la atención una cosa: o bien la naturaleza ha pasado de largo, o Viktor se ha encargado de mantener todo esto limpio y despejado.

Las ventanas son redondas, me recuerdan a los ojos de una máscara africana. Atravesamos el umbral de la puerta, abierta de par en par. Nos metemos directamente en lo que parece la boca de la verdad. Una ráfaga de aire fresco se siente en el interior. Está oscuro. Viktor se apresura a quitar las cubiertas de las ventanas. Ahora al menos entra algo de luz.

Huele a cerrado, pero no es desagradable. El interior es diáfano. No se ven cuadros, ni fotos, ni objetos que adornen la estancia.

Viktor deja las mochilas en el suelo y se apresura a abrir la última ventana, al hacerlo se detiene un instante. Mientras lo hace, imagino la escena sacada de un cuadro que bien podría llamarse *El gigante y la ventana*. Ahora me doy cuenta. Es ahí donde Viktor hizo la foto a su amada. Soy yo el que ahora observa la escena e imagino el abrazo en el que ambos se fundieron. La mujer de Viktor de pie junto a la ventana, con una expresión de serenidad en el rostro, feliz.

—Pasaremos aquí un par de noches antes de regresar.

—Una pregunta. ¿Por casualidad no habrá un sitio por aquí donde uno pudiera darse un baño? Creo que he visto una mosca vomitar al acercarse a mí.

—Sí, luego te muestro donde. Yo también necesito un baño. Ni los lobos se acercarían a nosotros. Jo, jo, jo. —Ríe socarronamente.

Con las manos en los bolsillos, camino entre los diferentes compartimentos. Tienen una curiosa forma esférica y mantienen una temperatura agradable, a pesar del calor exterior. Su forma recuerda a las casas burbuja de Pascal Häusermann, perfectamente integradas en el entorno con sus formas orgánicas. En el interior apenas hay muebles, solo unos cilindros de barro que parecen crecer del suelo.

—¿No tienes algún mueble que sea algo más blando que estas… piedras?

—Lo que hay es lo que ves. Tú dormirás en esta sala. Yo lo haré en la siguiente.

El gigante se encierra tras la única puerta de la vivienda. Me asomo a la ventana. El coche se encuentra a apenas cincuenta metros. La chicharra continúa con su canto ensordecedor. Se percibe un ligero olor a tierra mojada, las bajas presiones hacen que el aire se mueva inquieto, se aproxima una tormenta. Tal vez podría salir cuando estalle junto con una pastilla de jabón, pero no veo dónde puedo conseguir una. Este lugar no tiene nada, ni una mísera silla donde descansar, ni una revista, ni un libro, nada con lo que pasar el rato. Seguro que Viktor esconde de todo tras la puerta. A lo mejor se está masturbando ahora. Joder, ahora que caigo, aquí dentro no tengo la más mínima privacidad. Voy a salir a dar una vuelta, pero antes quiero estar seguro de que no me devorará nada ahí fuera.

—¡Viktor!

La puerta se abre.

—¿Qué puedo hacer por ti, Sebastián?

—He pensado en salir a dar una vuelta. Quería saber si tus halcones andan por ahí.

Viktor mira su reloj un instante.

—Es seguro salir, pero no te vayas muy lejos.

—Gracias.

Estamos tan acostumbrados a estar rodeados de máquinas, pantallas y dispositivos electrónicos en general, que hemos perdido el rumbo de hacia dónde vamos, de qué es lo que queremos hacer. Internet y las redes sociales están en todas partes, pero en ningún sitio. Me enteré de lo de la Antártida a través de la web, pero me importó una mierda. Ya se encargarían otros de llenarse las manos de crudo. Aquello sí que fue un desastre, ahí empezó el viaje a los infiernos. Se quiso invitar a los gigantes a buscar una solución, tan perdidos estábamos, pero estos estaban demasiado ocupados en intentar sobrevivir.

Se tomaron medidas a la desesperada para intentar corregir el rumbo, y vaya si lo hicieron, no era una «dictadura aplastante» como lo llamaban los intelectuales, era una «transformación necesaria» para prosperar. Las normas impuestas buscaban un equilibrio entre el ecosistema y la humanidad, pero estaba claro que una cosa no sobreviviría a la otra. Aquellos que se erigieron en garantes del nuevo orden tergiversaron las leyes en beneficio de unos pocos, oprimiendo salvajemente a quienes se atrevieran a cuestionarlo.

Recuerdo haber ido de pequeño a una manifestación en contra de levantar el veto de explotación de la Antártida. De nada sirvió. En cuanto empezaron las prospecciones estaba claro que tarde o temprano la cagarían, como siempre.

Pero eso no fue lo peor. Si ya estábamos jodidos con lo del derrame, la erupción solar terminó por reventar la olla. No me enteré hasta que me quedé sin portátil. Afortunadamente, lo que había escrito no valía para nada. Me hizo un favor, no así a los cientos de miles que perdieron la vida por un estornudo del sol.

De hecho, la llamarada solar fue tan fuerte que arruinó países enteros y promovió un cambio de ciclo en las economías de todo el planeta. Paradójicamente, los países que más sufrieron fueron los más industrializados. Surgió una nueva corriente política, el nuevo orden mundial, lo llamaron, la mejor excusa para imponer unas reglas opresoras e inhumanas en beneficio de nuestra supervivencia. Y ciertamente lo lograron. Un viaje al totalitarismo disfrazado de ecologismo.

La explotación de los recursos se detuvo, la protección de la naturaleza se convirtió en una religión, en una trampa que todos abrazaron. Aquel que matara un animal protegido sería ejecutado y su carne sería usada para alimentar a las especies en peligro inminente de extinción. Los bosques se recuperaron, el efecto invernadero se revirtió y una gran parte de la humanidad se convirtió en esclava de su destino. El planeta se recuperó a un precio demasiado alto para la gente.

Las leyes, antes vehementes con los delitos ambientales cambiaron radicalmente. El estallido social se produjo cuando una pareja fue condenada a muerte. El padre había cometido el crimen imperdonable de cortar un árbol para poder sobrevivir al invierno. El hombre y su esposa fueron ejecutados una fría mañana de febrero. «Un error de cálculo, una torpeza», se oyó en una reunión de urgencia a micrófono abierto. Pero ya era demasiado tarde. La sociedad tomó las calles y pese a los miles de muertos, la represión no fue suficiente para detenerla. Colgaron a los líderes de los tobillos y saquearon el parlamento y otras instituciones. Los disturbios se propagaron por otros países y pronto la mayor parte de las naciones cedieron el mando a sus ciudadanos. Se crearon asambleas, se solicitó la presencia de gigantes para ayudar en la creación de un nuevo gobierno, pero los pocos que quedaban vivos estaban demasiado débiles para afrontar algo tan importante como el destino de los hombres. Viktor nunca fue invitado, era demasiado «humano» para ser imparcial.

Pasaron los meses y se tomó la decisión de levantar las sanciones al consumo energético. Se volvió, en parte, al libre mercado. Se logró un equilibrio entre las leyes más duras sobre la protección al medio ambiente y la necesidad de libertad. Fue un cambio de paradigma en la sociedad, no querían volver a la dictadura verde, pero tampoco envenenar nuestro futuro.

Ahora las cosas están bien, mejor que antes, pero ya hay voces que auguran una vuelta a los infiernos si no trabajamos en una solución a largo plazo. Tratar de encontrar la mejor fórmula para gobernar es, actualmente, como el alquimista que busca convertir el plomo en oro, una tarea imposible. Hace falta un nuevo enfoque, un cambio radical para saciar de esperanza a la población que ha perdido la confianza en un futuro cada vez más negro. Quizás lo que necesita el planeta sea una epidemia que nos borre del mapa, pero eso no sucederá, o al menos yo no estaré aquí para contarlo. Me conformo con contemplar como sería ese futuro apocalíptico, recorriendo este país abandonado y muerto, pero a la vez tan poblado y vivo. Aunque no estará así por mucho tiempo. El País Gigante es el último oasis que queda libre de humanos y un depósito de recursos naturales que, pese a las prohibiciones, alguien se encargará de explotar. Y sino tiempo, al tiempo. La codicia del hombre no conoce fronteras.

Mientras divago sobre el futuro incierto que nos espera, llego a un lugar interesante. Varios árboles forman una circunferencia. Los gigantes gustaban de las formas circulares. Sus casas, sus plazas, las aristas no existían en su mundo. La hostilidad de las formas de los hombres no tenían cabida aquí.

En medio de la plaza hay un tronco parcialmente descompuesto, un trozo de él ha caído y sirve de base para que las bacterias y los hongos se alimenten de lo que lo poco que queda. Me siento en un pedazo que parece firme y me seco el sudor de la frente. La tormenta parece que va a pasar de largo, las nubes negras no descargarán aquí esta noche. Pienso en lo que ha debido presenciar Viktor durante estos últimos siglos, en la de guerras que habrá intervenido.

Pronto volveré a mi rutina, a mi aburrida vida, a mi soledad. Al menos la biografía de Viktor me mantendrá ocupado por un tiempo y tal vez hasta descubra algo de mí mismo.

Ya se está poniendo el sol. Un insecto vuela justo frente a mí, de pronto de su abdomen surge un destello, ¡es una luciérnaga! Había olvidado lo hermoso que era ver esa suave luz verdosa. De niño ya casi no había, pero eran tan increíbles que podía seguirlas durante un buen rato con tal de ver su abdomen resplandecer. ¡Veo una más a unos pocos metros, y otra! ¡El prado está lleno de ellas! ¡Es una lluvia de estrellas en agosto! Es como las lágrimas de San Lorenzo, cuando las partículas de un cometa entran en la atmósfera y se encienden por la fricción del aire provocando unos bonitos destellos nocturnos, pero esto es más bonito, mil veces más bonito. Un concierto de luces al atardecer al alcance de mi mano. Mi padre me contaba que de niño las solía cazar y meter en un frasco de cristal y que la luz que emitían era suficiente para leer un tebeo en la noche. Me provoca cierta tristeza pensar que en mi mundo nada de esto existe, que los niños crecen sin el estímulo de lo que la naturaleza puede ofrecer. Hace años que se perdió ese contacto, ahora sus sentidos se reducen a dos, la vista y el oído, la experiencia al aire libre se ha reducido a la pantalla de un dispositivo electrónico.

Decido volver a la casa de Viktor. Los insectos saltan a cada paso entre la hierba alta. Otra cosa que no recordaba, caminar por un campo lleno de vida. De donde yo vengo ni los grillos cantan por la noche, solo en algunos barrios el ayuntamiento instaló altavoces por los que reproducir los sonidos nocturnos. Patético. En fin, dejo atrás el baile de luces y regreso a la morada del gigante.

Entro y no veo a nadie. La puerta de su habitación está abierta. Me asomo cuidadosamente a lo que es un amplio dormitorio, apenas hay un camastro y nada más. Para ser un tipo tan poderoso podría tener esto un poco más decente. En una esquina yace la mochila y por la pared multitud de recortes de periódicos se mezclan con fotos de su mujer, dibujos, hojas escritas a mano, garabatos en el idioma gigante. Escucho la puerta por detrás. Salgo de la habitación y me topo con Viktor. No parece sorprendido de verme aunque percibo en su mirada cierto malestar. Tiene el pelo mojado.

—Oh, hola, Viktor. No sabía dónde estabas.

—Salí a darme una ducha.

—¿Tienes ducha? ¿Dónde?

—A diez minutos andando. Dirección este.

Me quedo unos segundos perplejo. No sé ni donde está el norte.

—Por allí —me señala con el dedo.

—Gracias. Creo que me voy a dar el gusto.

Recojo una muda de mi mochila y salgo. Todavía queda algo de luz, lo justo para llegar. Estoy ansioso por ver dónde están esas duchas. Puedo imaginarme una de esas que ponían en los festivales de música. Lo bueno es que aquí no tendré que esperar.

Continuo por un estrecho sendero, Viktor debe despejar el terreno de cuando en cuando, de otra forma sería imposible verlo. Llego a un camino de tierra parduzca. En el suelo algo inesperado, pequeños fuegos me marcan el camino. Son cuencos cuyo aceite arde con una pequeña llama anaranjada. Al fondo puedo ver el recinto donde Viktor ha saciado sus ansias de limpieza. No es la ducha de un festival de música, es el lugar donde se bañaban los gigantes. Lo he reconocido al instante. Su forma cónica y su elevada altura lo confirman. La entrada sin puertas con forma de arco me invita a entrar. En la parte superior hay pequeños agujeros que intuyo son de ventilación.

Entro cauteloso, aunque si el gigante se ha dado una ducha no debería haber ningún peligro. Por si acaso me muevo en silencio. Existe una pared interior que lo separa de la pared exterior. En la base existe un pequeño canal que sigue la forma de la pared. El sonido del agua se hace cada vez más fuerte.

Camino por el pasillo circular y llego a la entrada. Me quedo petrificado cuando en su interior, jalonado por múltiples canaletas, veo una mujer desnuda bajo una de ellas. Está ahí, ajena a mi presencia, con los ojos cerrados y la cabeza apuntando hacia arriba. El agua le golpea la frente, apenas iluminada por la tenue luz de unas velas. Se frota el pelo, abre los ojos y me mira. Yo agacho la cabeza avergonzado. Me siento igual que Viktor cuando conoció a su esposa. Mi timidez desaparece cuando vuelvo a levantar la cabeza para ver que la mujer sigue a lo suyo sin importarle mi presencia. Diría que ronda los treinta y pocos. Es joven, pero la piel de naranja se asoma ya por su curtido cuerpo.

Las ganas de estar bajo el agua vencen cualquier intento de claudicar, está claro que no le importa mi presencia, por lo que me desnudo tratando de aparentar una normalidad inexistente. Tras colgar mi ropa de una especie de percha que sale de la pared me sitúo bajo un chorro de agua opuesto al de la desconocida. Me coloco de espaldas a ella y comienzo a disfrutar del agua. Está templada. Tiene la temperatura perfecta. Al principio me encojo un poco, pero un instante después me entrego al placer del líquido elemento sobre mi cuerpo maloliente. Una piedra pómez reposa en un hueco en la pared justo delante de mí. La agarro y comienzo a frotar la suciedad que se ha ido acumulando estos días.

Absorto estoy en mi tarea cuando noto una mano por detrás sujetando la piedra por mí. Me tenso del susto, pero pronto me relajo. Sus manos curtidas me echan una crema en la espalda y con la piedra me frota la piel con firmeza Parece una madre bañando a su hijo. Mis brazos cuelgan inertes, los puños los tengo cerrados, a veces hasta siento algo de dolor por la presión, pero me dejo hacer. Se detiene. No sé muy bien qué hacer, me giro y la tengo justo detrás, dándome la espalda. Acierto a ver que tiene la piel quemada por el sol, es evidente el contraste de color de las zonas que no han estado cubiertas. Gira la cabeza y me mira. Tiene los ojos claros y el pelo moreno y tan largo que termina donde empiezan sus posaderas. Me ofrece la piedra, ahora es mi turno. La cojo dudoso y empiezo a frotarle la espalda con suavidad, ella la mueve bruscamente y gira la levemente la cabeza. Me dice algo que no acierto a entender. Imprimo más fuerza, como ella lo hizo anteriormente. Agacha la cabeza y la mueve hacia un lado lentamente. No puedo evitar que la sangre me fluya ahora por donde no debe. Cada vez me separo más para evitar cualquier contacto. Recuerdo lo que me contó Viktor, no es sexo, es un acto de deferencia hacia un igual.

Termino de frotar y me aparto. La mujer me mira y asiente con la cabeza, vuelve a su lugar en las duchas, se pasa las manos por su cuerpo una última vez más y se marcha.

—Gracias —acierto a decir antes de que desaparezca.

Regreso a la vivienda, veo que Viktor se halla escribiendo unas notas en un cuaderno. Una lámpara de aceite cuelga del techo.

—¿Qué tal la ducha?

—Muy bien. ¿Quién es ella?

—Se llama Nowe. Es la que mantiene esto más o menos habitable.

—Pensé que estaba prohibido el acceso a los humanos.

—Ella nació aquí, en una pequeña colonia de humanos.

—No sabía que hubieran nacido humanos en esta tierra.

—Algunos sí, pero pocos. Existían muchas restricciones para poder acceder. Solo en los casos más excepcionales se podría permitir la entrada de refugiados, cuando ningún otro país los podía aceptar.

—¿Y qué fue de su familia?

—Cuando estalló la crisis con la gripe, todos los humanos que vivían aquí se tuvieron que marchar. Su familia fue enviada a una gran ciudad, a uno de los múltiples pisos de acogida. No fue nada fácil adaptarse a ello. Empezando por el idioma. Creo que Nowe debía tener diez años. Ella hablaba el idioma gigante principalmente. Sus padres apenas chapurreaban algunas palabras.

—¿Y cómo llegó a parar aquí?

—Su padre enfermó de los pulmones y no llegó a adaptarse. Murió con cuarenta y pico. Su madre no supo hacerse cargo de Nowe. Con dieciséis era intratable. No tenía amigos y se sentía ajena a su nueva vida. Tenía continuas peleas con su madre. Además, hace treinta años la vida entre los humanos era muy difícil, tú lo sabes bien. Un día cogió una mochila y se fue de su casa para no volver. Apareció una mañana en la puerta de la mía. Salí con el coche y ella se puso a correr detrás, gritando en el idioma gigante. Yo quedé tan sorprendido que la acogí por unos meses hasta que la traje aquí. Es la única humana a la que se le ha permitido vivir en esta tierra, con una condición, no regresar jamás.

—Debe ser duro estar aquí en soledad.

—Es su decisión. Nowe nació aquí y aquí pretende morir.

—Me quedo meditando la última frase de Viktor. El gigante

rompe el silencio—. Cambiando de tema, me muero de hambre.

—Sí, yo también. ¿Qué comida precocinada hay para cenar?

—No lo sé. Nowe se encarga de eso. Cenará con nosotros.

—Estupendo.

De mi mochila saco un cuaderno y un bolígrafo. Me voy hacia una de las estancias que parece un poco apartada y me siento en el suelo sobre un almohadón.

Ya es hora de empezar a escribir.

CAPÍTULO 13:
EL MUNDO REAL

En la cola del supermercado, Claudia espera para pagar. Tiene prisa y parece que le ha tocado la fila de los tontos. Mira el reloj. La mujer que tiene delante la observa impaciente, sobran las palabras. Otra vez lo mismo. De pronto alguien protesta.

—¡No podemos estar aquí todo el día!

—¡Métete en tus asuntos! —grita el hombre al que atiende la cajera.

De pronto un forcejeo y el cliente intenta llevarse los productos de la bolsa.

—¡Déjelo! ¡Usted no ha pagado!

—¡Suéltalo, zorra!

Entonces le propina un puñetazo a la cajera que la tumba en el suelo. Un tipo de seguridad aparece rápidamente, saca una porra extensible y le golpea contundente en la cabeza. Es un sonido seco, igual al de golpear madera con madera. El hombre se tambalea e intenta torpemente arrebatarle la porra. Otro golpe más y el hombre cae rotundo al suelo. Algo de sangre ha salpicado a los asustados clientes que se apartan horrorizados. En el forcejeo han caído varios botes de comida para bebé. Una mujer llora desconsolada y mira a su alrededor buscando una reacción, pero nadie hace nada. Un chico joven se dedica a grabar la escena. En el último momento aparta sus zapatillas nuevas antes de que el charco de sangre se las manche y luego sea imposible de limpiar.

Claudia sale de la tienda con las bolsas, sin pagar, sabe lo que pasará si se queda. Pronto llegará una patrulla y empezarán a hacer preguntas a las que no podrá responder, quizás se ponga nerviosa y le pidan la documentación, no le interesa identificarse, hace años que tiene el carnet caducado, pero para renovarlo primero tendría que haber puesto en orden la declaración de la renta y pagar los casi veinte mil euros que debe al Estado por haber tenido multitud de empleos de mierda. Hoy en día no se puede hacer nada sin una identidad y Claudia hace años que enterró la suya. Suplantarla lleva pena de cárcel. Mínimo cinco años. No le interesa. Prefiere el anonimato, no confía en este Gobierno ni en las leyes que han impuesto.

Claudia es una renegada. Forma parte de una organización ilegal que se dedica a publicar en el internet profundo las actividades delictivas de jueces, políticos, policías, corporaciones, etc. Trabaja también cuidando ancianos para poder hacer frente a los gastos de alojamiento, comida, transporte… Es apenas lo justo para mantenerse, le da para comprar los productos básicos y algún que otro «capricho», si es que una manzana se puede considerar así, por eso, a veces, si ve la oportunidad se salta ese pequeño detalle de pagar por los productos.

Su aspecto pálido y enfermizo, sus dedos finos y nerviosos más parecidos a las patas de una araña y unos ojos grandes y penetrantes salidos de un comic de *anime* contrastan con una boca pequeña y unos labios que apenas parecen dos líneas rojas. Aunque lo más llamativo de ella es su fuerte carácter. Sin duda, es hija de su padre.

De camino a casa, en el tren, piensa en los acontecimientos que acaba de presenciar, un incidente más. La gente está harta de la política, de las normas, de la escasez. No hay para todos, repiten de una vez. Volar a Marte, tal vez sea esa la respuesta, pero si el abastecimiento aquí está en peligro, allí arriba es incluso peor. La falta de inversión ha vuelto a retrasar la expansión de la base para los primeros colonos de larga duración. De momento, el personal que vive ahí sigue sin saber si vendrán más o si el sueño de una colonia permanente en Marte morirá como tantas otras promesas incumplidas. Por ahora, este es nuestro único hogar, no podemos delegar nuestro futuro en habitar otros mundos, es dar palos de ciego, una apuesta demasiado arriesgada, casi suicida. El mundo se va a la mierda, otra vez, y no hay solución. Se acerca el tren y Claudia corre escaleras arriba para no perderlo, los retrasos son constantes y uno nunca sabe cuánto le tocará esperar.

En lo alto de las vías, el tren avanza silencioso entre los edificios. Abajo, la gente sobrevive en un mundo cada vez más difícil, más restrictivo. Ya hay movimientos que llaman al Gobierno actual una versión moderada del régimen totalitario que mató a tanta gente no hace mucho.

Dicen que las cosas no están tan mal, pero Claudia sabe que no es verdad, es pura propaganda. Hace dos semanas la policía intervino una imprenta y se llevaron a seis de sus compañeros, a otros tres les mandaron al hospital por intentar evitarlo.

Desde la ventanilla se aprecia una manifestación más, es pequeña, en alguna pancarta se puede leer, «COMIDA PARA TODOS». Sí, el hambre es la principal causa de inestabilidad. Atrás quedaron los eslóganes de independencia, libertad, nucleares no, no en mi nombre… Ahora la ideología es la que dicta el estómago. No estamos peor que antes, pero tampoco mucho mejor. La humanidad es una olla a punto de explotar.

Más adelante, en una esquina, varios vehículos policiales esperan apostados. Va a ser rápido, pronto se cubrirá el suelo de tipos como el de la tienda. Gente que solo quiere algo que llevarse a la boca, no las porquerías hormonadas a las que llaman comida. El agua es mejor, el aire es mejor, los alimentos mejores, ¿y de dónde vienen tantos cánceres?

Nos prometieron calidad de vida, salud, vivir cien años…
Los únicos que llegan a viejos son los ricos y poderosos, y ni
ellos sobreviven. Acabarán comiéndose los unos a los otros
y al final, cuando la naturaleza se haya recuperado de nuestra
nociva presencia, dentro de millones de años, tal vez otro
primate se reconozca en el espejo y haga las cosas mejor.

Claudia saca del bolso un cómic, es un clásico sobre los
gigantes. Contempla la portada unos segundos. Si los gigantes hubieran exterminado a los hombres cuando tuvieron
ocasión, o al menos subyugado a la especie para moderar su
impacto, tal vez estaríamos mejor, pero no fue así. Los gigantes ya no están, el último que queda forma parte de la elite
empresarial que está acabando con lo poco que queda en pie.
Aun así, tiene clara una cosa, si los gigantes dominaran la
tierra, el mundo sería un lugar mejor.

El tren se acerca a los suburbios, donde la gente vive del
trueque, donde no hay dinero para comprar ni comida para
vender. Ya ni los huertos comunitarios son legales; la subsis-
tencia ha sido raptada por el poder y los esclavos pagan el
precio con hambre y sometimiento. «Espero no estar cerca
cuando la olla explote», piensa Claudia ante el panorama.

Se baja del metro una parada antes. Siempre lo hace.
Teme que un desconocido le pregunte la hora, o si tiene un
cigarrillo, o cualquier otra estúpida excusa para detenerla en
un momento de duda. Ha estado mucho tiempo sola, pero
tampoco necesita a nadie. Le basta la compañía de su gato,
Fígaro, y si quisiera echar un polvo lo tendría fácil, cualquiera de sus amigos estaría feliz de contestar a su llamada, como
han hecho tantas veces. Incluso una noche, preparando los
detalles con dos compañeros para una asamblea, acabaron
montándoselo entre los tres. En otra ocasión, una niña pija
que quiso entrar en la organización terminó en su cama, admirando como admiraba su potente personalidad. Claudia
el placer lo encontraba tanto en ellos como en ellas. Su an-
droginia despertaba en ambos sexos una atracción difícil de

ignorar, disparando las hormonas en los dos sexos. Eso sí, es muy celosa de su privacidad. Su vida es suya y de nadie más. Su padre le enseñó que uno nace solo y muere solo.

En su momento, Diego, un joven intelectual de ideas marxistas y verborrea fácil, quiso empezar con ella algo más allá de una relación sexual, fue precisamente la perseverancia en su insistencia, la impaciencia y al mismo tiempo la tozudez temperamental de Claudia las que acabaron por dilapidar cualquier atisbo de relación que podría haberse dado entre los dos. Es más, el mujeriego Diego, el cautivador de las mil amantes, quedó tan cansado de negativas y tan roto su corazón que lo siguiente que supo Claudia fue que se había pasado a la otra acera, abandonado la política y pillado el sida en una fiesta de *chemsex*. A ella eso no le pesaba en absoluto. Cada cual es dueño de su destino y responsable de sus actos. Alguna vez se lo ha encontrado por la calle, más delgado, pero en buenas condiciones. Ahora se dedica a cuidar de su madre y cuando esta muera se mudará al domicilio de su progenitora para seguir los estudios de enfermería. Raro será que le admitan siendo portador del VIH, pero está acostumbrado a mentir y el miedo al rechazo puede más que la prudencia.

Claudia cruza rápido la calle hasta llegar a su portal. Una rata aplastada convertida en silueta le da la bienvenida. Lleva días ahí y seguirá hasta que los gusanos se lleven lo que queda de ella.

Abre la puerta rápidamente y se mete nerviosa en su interior, con miedo de un entorno cada vez más hostil. En un instante ha subido los setenta escalones hasta el tercer piso. Fígaro maúlla al otro lado de la puerta. Entra torpemente sorteando al pesado gato que se mete entre las piernas ronroneando ruidosamente. Cierra la puerta a su espalda y suspira aliviada.

CAPÍTULO 14:
CUANDO SE ACABA EL BAILE

Las últimas brasas reposan incandescentes en el fondo de la hoguera. En la distancia se escucha un chacal. Viktor se seca con la manga la grasa de la carne. Ha sido una copiosa cena.

La mujer contempla los restos del fuego. No ha abierto la boca en todo este tiempo. Antes la he visto hablando con Viktor, no he podido entender nada. Me resulta extraño ver a un ser humano hablando igual que ellos. He cerrado los ojos y he creído que Viktor no estaba solo en este mundo.

—Estaba delicioso. ¿Qué era? —pregunto a Nowe.

—Chacal.

—Creí que era cordero. ¿Cómo lo has cazado?

—Vino a por el cordero. —La mujer tiene un acento muy fuerte al idioma gigante, algo que me llama poderosamente la atención.

Viktor se levanta con dificultad. Sus entumecidos huesos crujen. Se adentra en la casa. Yo me quedo un rato más contemplando los restos del festín.

—¿Tienes mujer en tu casa? —pregunta Nowe.

—Tenía, pero murió hace años.

—¿Hijos?

—Sí, una, a la que tampoco veo. ¿Tú? —Nowe niega con la cabeza—. Solos nacemos y solos moriremos —concluyo con filosofía. Nowe asiente levemente—. ¿Tenéis servicio por aquí? Me estoy meando.

Nowe me mira sin mayor importancia y me hace un barrido alrededor.

—Por todas partes —dice finalmente.

—Entiendo.

—Cúbrelo con arena cuando termines.

—Claro.

Me levanto y me alejo tras unos árboles. Entre la espesura diviso algo de luz. Me dirijo hacia una caseta de barro que antes no había visto. Me asomo por una de las ventanas intrigado antes de proseguir mi camino. Una lámpara de aceite ilumina débilmente la humilde estancia. Unos libros descansan en el suelo junto a un colchón. No hay muchas cosas, pero se puede ver cierto orden. Aquí vive Nowe.

Continúo mi camino y me oculto tras unos setos para orinar, que ya tocaba. En el horizonte se puede ver una tormenta que pasa de largo. Algunos relámpagos de los que apenas sobrevive el fulgor. El leve sonido del trueno aúlla casi muerto. Parece que por aquí no se atreven a pasar.

Regreso por donde he venido, pero al pasar por la casa algo me llama la atención, un sonido apenas audible hace que me detenga. Me aproximo a la ventana sin llegar a asomarme. Ahora lo escucho perfectamente. Entre el sonido del viento agitando las hojas, penetra en mi interior el jadeo inconfundible del placer. Nowe está pasando un buen rato a solas. Quiero más. Me asomo lentamente tentado por la curiosidad y la veo, apenas una silueta recostada en el colchón. La contemplo. Escucho su respiración ansiosa, sus suaves gemidos. Mi corazón bombea sangre sobreoxigenada y me anima a permanecer ahí más tiempo del necesario. Me acerco algo más a la ventana, intentando distinguir algún detalle de su anatomía oculta entre las sombras. Mi voyerismo descarado pasa factura cuando piso una rama traicionera. La torpeza del mirón que ha sido descubierto, o tal vez no. Ni siquiera respiro. Pasan los segundos. La naturaleza camufla cualquier sonido. Puede ser cualquier alimaña en busca de algo que llevarse a la boca. No escucho nada, ya no hay jadeos, la he cagado. Le he cortado el rollo.

Me giro para regresar y la encuentro justo delante. Apenas hay luz para ver nada, pero noto su presencia, su silueta, su pelo enmarañado. Sujeta mi mano y me conduce al interior. Me dejo llevar. Parezco un roedor miserable atrapado por una serpiente hambrienta. Se enrosca en mí y me devora en un arrebato de sudor y sexo. Me entrego a su juego y sacio la sed de miles de horas de ostracismo. En la soledad de un terreno inhabitado alcanzamos un orgasmo que sabe a gloria.

Al terminar, Nowe continúa disfrutando los ecos del coito, contoneando su delgado cuerpo empapado en sudor. Entonces se da la vuelta dándome la espalda.

—Ahora vete —me dice con un susurro.

Me levanto y regreso a la casa del gigante. Al entrar me encuentro a Viktor sentado en el suelo. La petaca reposa a su lado. Un pequeño fuego alimenta la chimenea.

—Ah, Viktor. ¿No será demasiado para ti?

—Lo he mezclado con agua. —Su voz suena intoxicada.

—Será mejor que no bebas más.

—Aquí no hay lobos de qué preocuparse —dice mientras da un trago. Me ofrece la petaca y bebo de ella.

—Gracias.

—La velocidad de mutación era muy rápida, demasiado rápida, nadie pudo preverlo. Intenté salvarla.

—¿Hablas de tu mujer?

—Estaba cada vez peor, su piel se tornó color cera. El pueblo entero desapareció y nosotros no fuimos la excepción. Era tan bella.

—Hiciste lo que pudiste.

—Hice lo que pude para convencerles, pero no me hicieron caso.

—¿Convencer a quién?

—A los míos. No quisieron escucharme y pagaron por ello. Todos pagamos por ello.

—No te sigo, Viktor.

—El virus. La enfermedad que acabó con nosotros. Fui yo.

De pronto, mi fantástico episodio de erotismo consumado pasa a un segundo plano. Me siento en el suelo frente a él. Viktor bebe otro trago. Las llamas de la hoguera dibujan una siniestra figura en su rostro.

—Todo fue un montaje. El virus de los humanos fue creado para ser un vector de entrada al inquebrantable sistema inmune de los gigantes. Las víctimas serían los reacios a aceptar a los humanos como parte indispensable del progreso. Solo yo, el gigante-humano tendría la llave para salvar a mi especie: la vacuna que logré producir en tiempo record. Era una estrategia perfecta. Los gigantes enfermarían por primera vez y aceptarían en masa la vacuna. Mi empresa sería la primera farmacéutica en acceder al País Gigante.

Finalmente estoy escuchando la verdad de los labios de Viktor. Sin condiciones, sin adornos, sin tapujos, tal y como dijo que lo haría, y quizás hubiera deseado que no lo hiciera. Prosigue con su confesión.

—Pero la enfermedad se extendió rápidamente y nadie quería la vacuna. Todos pensaron que no era necesario, cegados por el orgullo de seguir con sus absurdas tradiciones. Entonces algo sucedió, los enfermos empezaron a morir. La enfermedad no fue diseñada para ser mortal, pero estaba acabando con ellos. Empecé a repartir miles de vacunas sin condiciones. Quise deshacer el entuerto, pero algo salió mal. La vacuna ya no servía. Todos morían, el mal se extendió como la peste. Nadie estaba a salvo y finalmente le tocó a ella. —Viktor le vuelve a dar un trago—. En los últimos días de embarazo. Postrada en la cama, perdida en su delirio. A veces me miraba y sonreía. Me cogía la mano y la posaba en su barriga. «Tengo ganas de tenerlo en mis brazos», me decía. Yo solo podía asentir, muerto de miedo en mis adentros. Estábamos los dos solos. No había nadie más. El resto había muerto o abandonado el pueblo. Cuando llegó el momento de sacar al bebé, estaba tan débil que apenas podía empujar. Aun así, logró que saliera en el último suspiro. La casa se quedó en silencio. Su vida se fue en el último esfuerzo, lo justo para que saliera la pequeña Naia. Me quedé a solas, con mi bebé en brazos. Tan pequeña, tan maravillosa y tan fría. No hubo un quejido que rompiera aquel silencio, la pequeña Naia nació muerta, al igual que su madre. La coloqué en su pecho, abrazadas la una a la otra. Mi casa se transformó en un cementerio. Todo lo que más quería se había convertido en un montón de carne y huesos sin vida. Todos muertos, se acabó. Me quedé completamente solo. Mi maldición fue haber crecido entre vosotros, la soledad fue la condena por la traición a mi raza.

—¿Mataste a tu especie por hacer negocio?

—Para ellos era el «humano». Solo quise hacerme sentir útil, convertirme en el salvador de la especie, no en su verdugo, quizás así me hicieran rey, como al resto de los gigantes. Para cuando logré la vacuna ya no quedaba nadie, solo mi hermano y yo.

La llama de la lámpara parece languidecer, pero recobra de nuevo su brillo.

—Estaba solo en medio de aquel cementerio. Lleno de rabia e impotencia. Me odiaba a mí mismo. Salí de allí como pude. Aquella noche había luna llena, parecía querer delatarme en la oscuridad, aunque ahí no quedaba nadie para hacerlo. Me subí al coche y conduje sin rumbo por unas horas hasta que me quedé sin gasolina. Comenzó a llover y me puse a caminar en mitad de la noche sin saber a dónde ir. Quería morir. Entonces subí por una colina, resbalé en el barro y caí. Por un rato estuve ahí tendido lloriqueando, los truenos parecían bombas cayendo a mi alrededor, imploré al cielo porque un rayo me matara ahí mismo, ya no tenía sentido vivir.

»Estando ahí, de rodillas, algo me sacó de mis atormentados recuerdos. Era música. Venía de cerca. En medio del dolor había gente disfrutando, riendo, bailando. Humanos.

Se burlaban de mi dolor, se reían con sus voces y sus risas de mi desgracia. La ira se apodero de mí.

»Caminé en la noche hacia la fiesta. Entre los árboles, una carpa blanca, coches aparcados, voces, música, felicidad. Agarré un tronco caído y… El resto ya lo conoces.

Un escalofrío me recorre el cuerpo. Estoy petrificado, de pronto me siento atenazado por el miedo. Por un momento creo que no soy capaz de reaccionar. Finalmente me levanto lentamente. Nuestras miradas continúan unidas por un hilo invisible. Viktor, con sus ojos cansados y su corpulencia, todavía conserva un aire de guerrero pese a la edad.

—¿Fuiste tú el que mató a mis padres?

—Sí. No fue mi hermano, Sebastián. Fui yo.

De pronto los grillos han parado, parece que ni el viento sopla.

—¿Me has traído aquí para matarme?

—No, te he traído aquí para confesarme.

—¿Quién más lo sabía?

—Por aquel entonces, mi junta directiva. Acordaron por unanimidad ocultarlo todo, sería un varapalo para los accionistas.

—Y decidisteis inculpar a tu hermano.

Viktor asiente con la cabeza. Por unos instantes me quedo sin habla, sin saber qué decir.

—¿Por qué ahora? —pregunto finalmente.

—Llevo casi cuarenta años con esto en mi conciencia. Llegados hasta aquí, he creído necesario que lo supieras y que escribas lo que pasó tal y como pasó, para eso eres mi biógrafo. Te dije que te contaría la verdad de lo que ha sido mi vida, por muy duro que sea para mí contarlo y para ti tener que escucharlo.

Estoy confundido. No sé cómo digerir esto. Esperaba actos horribles, pero no que me afectaran directamente.

Viktor se dispone a dar un trago a la petaca y me aparto asustado.

—No voy a hacerte daño.

—No te acerques a mí.

—Tómate el tiempo que necesites.

Salgo de la vivienda y camino deprisa. Me alejo por una zona llena de árboles. No puedo contener las lágrimas de rabia e impotencia. Más adelante hay un claro. Miro hacia atrás y corro huyendo a través del bosque.

De pronto escucho un zumbido sobre mi cabeza. Distingo la silueta de uno de los drones de Viktor que me observa.

—¡Eres un asesino hijo de puta! ¡Lárgate!

Agarro una piedra del suelo y se la lanzo inútilmente. Cojo más piedras y empiezo a lanzarlas una tras otra. El dron se aleja hasta que queda demasiado lejos para que lleguen a él.

—¡Déjame en paz! ¡Mataste a mi familia! ¡Mujeres, niños, ancianos! ¡Los mataste a todos por haberla cagado con tu propia especie! ¡Eres un psicópata y te mereces toda la mierda que has pasado!

El dron sigue ahí arriba sin inmutarse.

—¡Ojalá tuviera tu talla para matarte con mis propias manos!

Agotado por el esfuerzo, me dejo caer y lloro desconsoladamente.

—Claudia...

El dron vigila en la distancia. La voz de Viktor sale del artilugio.

—Vuelve, Sebastián.

—¡Vete al infierno! ¡Púdrete en tu cementerio!

—Ahí fuera no pasarás de esta noche. Morirás de hipotermia.

—¿Qué harás, atraerás a los lobos igual que con el alce? ¡Los traerás aquí para que acaben conmigo? ¡No me importa! Prefiero morir despedazado aquí afuera que pasar un segundo más ahí dentro.

De pronto se escucha un disparo y el dron se aleja volando sin control. Es Nowe, la distingo fugazmente entre los árboles. Le doy las gracias con un gesto y emprendo la huida.

Apenas hay luz para orientarme. Corro entre la vegetación, los árboles, meto el pie en un arroyo. Las ranas croan cerca y el viento, que antes camuflaba mis jadeos ahora lo hace con mis pasos.

No sé cuánto tiempo llevo así, quizás una hora o dos, quizás toda la vida. Me importa una mierda, estoy agotado y no puedo más. No escucho nada, no veo el halcón de Viktor por ninguna parte. Me siento sobre las raíces de un árbol. Pienso en aquella noche y lloro por haber tenido a mi verdugo a mi lado, respirando mi mismo aire, compartiendo el almuerzo. Durmiendo en la misma estancia. Creí haberlo superado, pero esto es demasiado.

Pienso en Claudia sin moverse bajo la mesa hecha trizas y en el agua de lluvia teñida de rojo, rodeado de cuerpos aplastados en posturas imposibles. Lamentos. Olvidé por completo a mis padres cuando levanté la lona e intenté sacar a mi amada bajo los muebles. Sangrando, el pecho hundido, la mirada aterrorizada y su grito de dolor cuando intenté moverla. Esa noche corrí de la misma forma que lo estoy haciendo ahora. Corrí bajo la lluvia por la carretera, no recuerdo por cuánto tiempo, hasta que un coche casi me pasa por encima. El resto es historia.

Todos tenemos monstruos de los que escondernos, miedos de los que huir, traumas perdidos entre las hojas del libro de nuestra existencia. A veces los creemos olvidados, pero no es así, se encuentran dormidos con un ojo medio abierto. Son como los virus, acechantes, escondidos en las células, esperando un cambio en nuestro estado de ánimo, en nuestra salud, para salir a recordarnos que siguen ahí, que nunca se irán del todo, que volverán para hacernos la vida imposible. El monstruo ha salido esta noche en la forma de Viktor. No estaba en el fondo del océano, como tantas veces soñé, estaba gobernando el mundo con sus empresas.

Una vez de niño, en casa de mis tíos, pillé una pulmonía (a mí me daba todo a lo bestia). Estuve tan enfermo que me metían en agua helada para bajar la fiebre. Deliraba tanto que creía que el hueco que separaba mi cama de la pared era un precipicio cuyo fondo estaba oculto en la más absoluta oscuridad. En mi alucinación, caía por el abismo a un mar negro. Mientras me hundía, creía ver un barco en el fondo. Era el barco que transportaba al hermano de Viktor. Me hundía irremediablemente en las tinieblas. En la cubierta estaba el acceso a la bodega y en esta un enorme contenedor de madera corrompida por el tiempo en las profundidades. De pronto las maderas se reventaban de golpe y de entre una nube de burbujas salían dos enormes y huesudos brazos que me agarraban y me llevaban hacia la enorme y putrefacta boca del gigante; parecía la espeluznante imagen de una pintura negra. Mi tía me recordaría siempre que le partí el labio a mi tío de una patada mientras me encontraba inmerso en la alucinación provocada por la fiebre.

No sé cuánto llevo aquí, pero tengo frío. El ser humano no está hecho para estar a la intemperie, no tenemos una capa de pelo grueso, no nos hace falta, para eso se la arrancamos a los animales, necesitamos abrigarnos para no perder calor corporal y yo lo estoy haciendo a pasos agigantados. Necesito taparme con algo, aunque dado mi estado de ánimo no lo veo una prioridad.

Me acurruco entre dos piedras dispuesto a dormir. No quiero que me encuentren, o sí. Pienso en Nowe, no sé por qué, pero lo hago. Pienso en lo bien que estaría que apareciese y me diera calor. Desnuda, abrazada a mí, los dos cobijados en un rincón del bosque, en el País Gigante.

Me vuelvo a levantar, no puedo quedarme aquí, me muero de frío. Al menos necesito algo con que taparme. Me subo a una gran roca, luego a otra. Estoy temblando. No sé hacia dónde voy. He de bajar a los árboles para cobijarme del viento. Quizás un tronco hueco en el que pasar la noche, o me hago un chamizo con unas ramas. Me deslizo por la roca, pero el suelo no está donde debería estar. Caigo apenas dos metros y meto el pie entre unas piedras. El tobillo se me dobla bruscamente y un chasquido precede a un intenso dolor. Grito al apoyar mis ochenta kilos sobre un pie mal plantado, me tambaleo y pierdo el equilibrio. Al caer intento apoyarme en algo, pero la oscuridad evita un suave aterrizaje y me golpeo la cabeza contra una roca que no entraba en mis planes. Pierdo el conocimiento.

CAPÍTULO 15:
EL REGRESO

Una luz cegadora me despierta. No puedo ver bien. Alguien me seca el sudor de la cara con un trapo húmedo. Huele a lavanda, el mismo olor de la ropa de...

—Mamá.

Apenas es un hilo de voz lo que sale de mi boca.

—Sshhh.

Me susurra una enfermera. Le sujeto la mano. Cierro los ojos. Tiene la piel dura, las manos curtidas, no es mamá, ella siempre las tuvo suaves, preciosas.

—Nowe.

—Shhh. Soy la enfermera Leonor, está en un hospital.

Abro los ojos lentamente y veo a la enfermera que me observa condescendiente.

—¿Cómo he llegado aquí? —pregunto desorientado.

—Le trajeron en helicóptero, tenía un cuadro severo de hipotermia, un esguince en el tobillo y un traumatismo en la cabeza, pero ya está mucho mejor.

Me toco la cabeza y noto el aparatoso vendaje.

—Pero ¿cuánto tiempo he estado inconsciente?

—Cerca de tres días.

—Joder. Al menos no acabaron conmigo los lobos.

—Veo que tiene sentido del humor. Eso es bueno. ¿Quiere un poco de agua?

—Sí, gracias.

La enfermera me ofrece un vaso que bebo a sorbos. Dejo el vaso sobre la mesita de noche y me fijo en unas flores que hay sobre el sofá.

—¿Y las flores?

—Ah, son de su hija.

—¿Ha estado aquí? ¿Cuándo se ha marchado?

—Hace un instante. Casi nos tropezamos al entrar.

Me incorporo de un salto, pero todo me da vueltas.

—¿Qué hace? ¡No puede levantarse! ¡Todavía está muy débil!

No hago caso a lo que dice y salgo de la cama. El tobillo me recuerda que vaya con cuidado, pero me da igual, tengo que ver a Claudia. Intento dar un paso y me caigo hacia la bandeja donde espera el almuerzo. El puré de verduras termina desparramado por el suelo.

Salgo al pasillo cojeando y miro hacia los lados. Voy medio desnudo, aunque no me importa. Claudia, ¿dónde cojones estás?

Me meto en el ascensor. Una anciana en silla de ruedas me mira extrañada. Sus gruesas gafas me hacen un repaso de arriba abajo. El enfermero que la acompaña ni siquiera me presta atención, atento como está a su maldito móvil.

—¿Se ha perdido?

Le regalo el silencio a su estúpida pregunta. El ascensor me salva de soltar una bordería. Salgo de ahí.

—Pues tiene un buen culo —comenta al enorme enfermero la anciana mujer.

La salida. Me lanzo a la puerta giratoria con cautela. Odio estos ingenios diabólicos.

Ya en la calle, miro sobresaltado hacia todos lados. No la veo por ninguna parte. Los transeúntes se apartan y me observan extrañados. Estoy en medio de una ciudad grande. Mi ciudad, conozco este hospital. Viktor me ha traído de vuelta a mi mundo.

La enfermera aparece por detrás justo en el preciso instante en el que empiezo a tambalearme.

—No puede salir así. Todavía está en observación. Volvamos adentro.

—Mi hija. Solo quiero verla.

—Ya tendrá ocasión, pero antes ha de recuperarse.

De vuelta en la habitación la enfermera me ayuda a tumbarme en la cama.

—Le voy a dejar aquí para que descanse. Han sido demasiadas emociones. No debe exponer su corazón a estos sobresaltos, el riesgo de sufrir un infarto es extraordinariamente alto, no importa la edad que tenga.

—¿Qué hay de malo en querer ver a mi hija?

—Nada, pero si no quiere que su hija le lleve las flores al cementerio es mejor que se recupere.

La enfermera se marcha. No me gusta que me sermoneen, pero tiene razón. Lo último que recuerdo es estar maldiciendo al maldito dron de Viktor observándome con ojos metálicos, la misma mirada fría que me mostró el gigante al confesar haber sido el asesino de mi familia.

Quiero llamar a mi editor, quiero contárselo a alguien, lo necesito, aunque no puedo denunciarlo, no serviría de nada, seguramente el delito habrá prescrito y, si no fuera así, no puedo luchar contra un gigante, aquí el mito de David contra Goliat va más allá de un sentido metafórico y su retórica victoriosa ante las adversidades no se ajusta para nada a la injusta realidad.

Ahora todos los recuerdos de aquella noche han salido de sus tumbas para perseguirme como una película mala de zombis, pero no dejaré que me atrapen. Ahora ya sé quién eres, Viktor, ya le he puesto cara a mi verdugo y no pararé hasta hacer que los gusanos devoren tu carne igual que devoraron la de mi familia.

¿Cómo pude estar tan ciego? Era un niño que nunca había visto un gigante de verdad y lo vio de la peor forma posible. Debería haberme dado cuenta de que fue él. Ahora entiendo la expresión de desconcierto y miedo de su hermano. Pudo ser un bala perdida, un borracho y un putero, pero no un asesino. El grotesco honor se lo llevó Viktor, quién lo hubiera dicho. Por otro lado, me asusta pensar que dentro de la irracionalidad de sus actos puedo ver un hilo de justificación, una línea delgada dentro de la sensatez por donde se cuela la locura, la rabia, el odio. Quizás, si hubiera sido un adulto, yo mismo habría intentado saciar mi ira de la misma forma. Habría intentado pagarles con la misma moneda, o quizás me habría quitado de en medio, pero, eso sí, llevándome a algunos por delante. Tal vez me parezca más a Viktor de lo que imagino. Mi desgracia se convirtió en su salvación, su salvación se convirtió en mi desgracia.

Quizás lo que realmente desea es la redención por sus actos. La muerte como penitencia. Matarle dará sentido a mi vida y le hará libre. ¿Será ese el significado de mi existencia? ¿Acabar con el último gigante de una vez por todas?

La enfermera me despierta de mis delirios al traer otra bandeja con el almuerzo.

—¿Se encuentra mejor?

—Sí, gracias.

—Espero que tenga hambre.

—Sí.

—Me alegro. ¿Quiere que le ponga la tele?

—Sí, gracias. No creo que me deje peor de lo que estoy.

—No exagere. No está tan mal, siempre y cuando no haga ninguna locura, como salir corriendo por ahí medio desnudo.

La televisión se enciende. Hay una fotografía borrosa de Viktor. Qué oportuno.

—¿Le importa subir el volumen?

—Tome, si puede ir corriendo por ahí también puede usar el mando.

Accedo a su mandato y enciendo el televisor. La voz en *off* habla sobre las empresas que se han ido adquiriendo a lo largo de medio siglo.

—… Con la adquisición de la última corporación, el misterioso comprador se ha convertido en el personaje más rico del planeta. Si, como sostienen varios expertos, se trata de Viktor, el último gigante de su especie, estaríamos ante una situación que no va a dejar indiferente a nadie.

A continuación, aparece una redactora preguntando a la gente de la calle su opinión al respecto de la noticia.

—Debería estar prohibido —comenta un hombre rondando la vejez. Una joven le interrumpe.

—Pues a mí me parece muy bien. He leído que los gigantes eran superjustos con todo el mundo y que por eso acabamos con ellos.

—De eso nada —interrumpe el hombre—, ellos se murieron solitos. Yo lo llamo selección natural.

—No sabía que quedara alguno. ¿No los matamos a todos? —responde un joven con gafas de sol y gorra de lado.

Le llega el turno a un hombre de gafas y barba poblada.

—Confío más en los gigantes que en los seres humanos. A mí me parece estupendo.

Un septuagenario interrumpe su discurso escupiendo al suelo, recordando con su gesto el trato dado a su inocente hermano por aquella noche infame.

—En el fondo del mar, ahí es donde tendría que estar —protesta vengativo.

El viejo profesor arquea las cejas y concluye su intervención:

—Como si no hubiera habido canallas en nuestra especie.

Alguien me está llamando. Puedo oír el zumbido del móvil. Me levanto pesadamente, todavía me duele algo la cabeza. Rebusco en el armario y encuentro mi chaqueta colgada. Del bolsillo interior saco el teléfono y veo que es Pablo, mi editor. Lo descuelgo mientras me vuelvo a echar en la cama.

—Sí.

—¿Sebastián, eres tú? Por fin te localizo. Me llamaron de la casa de Viktor. ¿Es cierto que te perdiste en el monte?

—¿Eso te han dicho?

—Sí. ¿Acaso no es verdad?

—Bueno, no exactamente. Escucha, ¿me puedes venir a recoger?

—Claro, ¿ya te han dado el alta?

—Sí.

—De acuerdo. Estaré ahí en una hora.

—Gracias.

—Por cierto, le dije a Claudia lo que te había pasado. ¿La has visto?

—No, pero me ha dejado unas flores.

—Qué detalle. Te veo en un rato.

—Gracias.

Cuelgo el teléfono y me reclino en la cama. La tele ahora anuncia un programa especial sobre los gigantes. Ser el hombre más poderoso de la tierra y además gigante ha hecho que la especie salga del olvido.

De nuevo suena el teléfono. Espero que no sea otra vez mi editor. Odio cuando me llama de nuevo porque se le ha olvidado algo.

Es un número oculto, dudo por unos instantes, pero al final descuelgo.

—Sebastián.

La voz de Viktor retumba al otro lado. Me quedo en silencio, petrificado, transportado de golpe a aquella noche en que vi su sombra tras de mí.

—¿Estás ahí?

—No quiero hablar contigo, Viktor.

—Tu voz suena cansada, pero firme. Me alegro de que estés mejor.

—¡Déjame en paz, puto loco de mierda!

Cuelgo el teléfono de golpe. Los ojos se me llenan de lágrimas, pero me niego a que salgan, no quiero darle ese gusto. Me siento impotente. Desde esta cama no puedo hacer nada. Aunque estuviera bien tampoco podría hacerlo.

Ya pagó en su momento su hermano pudriéndose en el fondo del océano, necesitaban un cabeza de turco y la balanza ya había decidido. Bastante fácil lo tuvieron. Hijos de puta. Claudia tiene razón, los poderosos siempre salen ganando y los débiles son la carnaza con la que alimentan su poder.

Intento no pensar en ello, miro a mi alrededor. Estoy en una habitación individual. Es de día y las cortinas están echadas. Me levanto de la cama y me quedo unos segundos sentado en el borde. Pongo los pies en el suelo, no está frío. Avanzo hacia la ventana y abro las cortinas. Desde la planta treinta la ciudad se ve pequeñita ahí abajo.

Conocía este hospital, pero nunca había estado aquí, es un hospital elitista, donde solo van los forrados. Nunca pensé en poner un pie aquí dentro, y menos de la forma en la que lo he hecho.

De pronto, siento un odio visceral creciendo por dentro, bajo la vista y junto las cejas que ahora parecen dos corderos enfrentados. No puedo seguir ni un momento más en este sitio, mis puños se cierran de rabia hasta que las uñas se me clavan en la piel. En un arrebato arranco mi ropa de las perchas y me visto apresuradamente. Me encierro en el baño y me mojo la cara. Mi reflejo es la imagen de un hombre lleno de odio. Las marcas que surcan mi rostro dan muestra de la fatiga transformada en resentimiento. Todo un poema de realidad. Me quito la venda de la cabeza y la dejo en el lavabo. Tengo una especie de apósito a un lado de la frente.

Abandono el hospital cojeando. Antes he tenido que firmar el alta y una enfermera me ha dado una muleta. En la calle tengo que parar. Pierdo el aliento, todavía no estoy bien. Me agarro a un bolardo para no caer. Alguien toca el claxon, es mi editor, justo a tiempo. Me meto en el coche sin hablar. Me reclino en el asiento y cierro los ojos.

—Tienes un aspecto horrible.

—Cierra la boca y llévame a casa.

—Me alegra ver que sigues de buen humor.

—No debería haber aceptado este encargo.

—No quiero saber tus razones, recuerda que existe una cláusula de confidencialidad.

—Lo sé, pero o bien me pego un tiro o se lo pego a él.

—Sea lo que sea lo que te haya dicho no dejes que te pudra por dentro. Ya superaste esa etapa, no vuelvas a caer.

—No me des sermones.

—Como quieras.

—¿Dónde vamos? Por aquí no se va a mi casa.

—Lo sé, quiero enseñarte una cosa.

El coche avanza por las calles. Ríos de gente, vehículos, personas, perros, la ciudad vibra, la masificación de las metrópolis me agobia. Habiendo estado en el país prohibido, desolado y abandonado de los gigantes, ahora toda esta muchedumbre me sobrepasa.

Recuerdo haber visto alguna película sobre el fin de la humanidad, exterminada por un virus mortal. En ella, la vegetación había invadido todos los rincones, las fieras campaban a sus anchas por las avenidas, acechando las manadas de herbívoros que rumiaban inconscientes su dieta vegetariana, tal y como lo he vivido por aquellas tierras. No me importaría vivir así.

Ya hace milenios que hemos perdido nuestra capacidad de sentir miedo, que se lo digan a aquel alce devorado por los lobos. O por lo menos ha quedado relegado a lo más profundo de nuestro instinto de supervivencia. Ahora es otro miedo el que nos acecha, que el jefe reclame tu presencia, que sea la policía la que llame a tu puerta para echarte de tu propia casa. Ese es el miedo moderno, esa indefensión ante los que quieren acabar con nosotros. Y no hay peor miedo que el de sentirse vulnerable, como un ciervo con su fina piel bebiendo de una charca.

Cuando estaba en el País Gigante sustituí un miedo por otro, el miedo artificial de los humanos por el miedo natural de todo ser vivo. No sé si algún día volveré a pisar esa tierra, probablemente no, aunque algo me dice que esta no será la última vez que lo haga.

El coche se detiene en segunda fila delante de un portal.

—¿Qué hacemos aquí?

—Ahí enfrente vive tu hija. Cuando la llamé para comentarle tu ingreso me pidió que la viniera a buscar.

—No parece una zona tan mala.

—Tampoco es de las mejores.

—Siempre pensé que viviría en los suburbios y veo que no me equivocaba.

—Bueno, ahora ya sabes que por lo menos no está debajo de un puente.

El coche se pone de nuevo en marcha. Le debo una visita a Claudia, aunque quizás ella no quiera verme. Es tan rara que por eso nos parecemos tanto.

CAPÍTULO 16:
TODO HA CAMBIADO

El despertador suena. Mierda, ¿por qué cojones está el móvil al otro lado de la habitación? Me duele mucho la cabeza, es la maldita deshidratación y el hematoma, por no hablar del esguince de tobillo.

Apago la maldita alarma, no recuerdo ni por qué la he puesto. Me acerco al cuarto de baño y bebo directamente del grifo, el pie todavía me molesta, pero en pocos días estará curado. Necesito mi dosis diaria de cafeína o seguiré arrastrando los pies como un imbécil. En la cocina no hay nada, solo cartones de comida del «tai» en la encimera. La nevera parece un triste escaparate de comida podrida.

Lo primero el café, luego la ducha. Me pongo los pantalones y la bata de terciopelo de unas navidades de hace veinte años. Me coloco una gorra con cuidado y salgo de casa con algo de cojera. Bajo por las escaleras, no me apetece compartir el ascensor. Salgo del portal y me cruzo con el conserje, no levanta sus pequeños ojos del juego de los mil pezones. Una guarrada que le tiene enganchado todo el día.

Entro en el bar de la esquina.

—¡Sebastián! ¿Qué es de tu vida? —Jorge me recibe tras la barra—. ¿Y esa brecha?

—Me he caído de la cama.

—¿Dónde duermes?, ¿en el techo?

Echa un rápido vistazo a mis zapatillas, a juego con la bata de terciopelo.

—¿Has dormido en vaqueros?

—Que esté bien cargado.

—Claro.

Me siento en una de las pequeñas mesas redondas. Una taza reposa con un café a medio terminar, una marca de labios en el borde. La cojo con cuidado y bebo lo que queda de él. Todavía está templado. Alzo la vista y una joven me mira disimuladamente tras el portátil. Observa con la mirada hacia la puerta. Una mujer entra y se guarda el móvil en el bolsillo. Me mira sorprendida.

—Perdona, estaba aquí sentada, he salido a hablar por teléfono.

—No me importa, te puedes sentar.

—¿Te has bebido mi café?

—Creí que habías terminado.

—Qué fuerte, ¿no te da vergüenza?

—Todavía queda algo.

La chica me mira de arriba abajo.

—Encima no me vaciles.

—Mira, tía…

Jorge me interrumpe colocando dos cafés sobre la mesa.

—Aquí tenéis, invita la casa. —dice a la mujer—. Y tú, deja de tomarte el café de mis clientes.

—No, si ya me iba, pero dile a tus amigos que no sean tan impresentables —reprocha a Jorge antes de irse.

—Mejor, más me toca.

—¿Me equivoco o estás más irascible que de costumbre?

—No preguntes.

—Hace días que no te veo por aquí, ¿has estado fuera?

—De camping.

En la calle, un grupo de chicos saca el móvil y se dedica a hacer fotos. Miro intrigado mientras Jorge habla de la posibilidad de poner una terraza.

Varias personas se dirigen en la misma dirección cámara en mano. La calle parece concentrarse en un punto que no puedo ver. No me interesan las *celebrities*, pero algo me llama la atención, el sonido hueco y pesado de unas pisadas. Alzo la vista y veo primero a los *paparazzi* caminando de espaldas y una horda de curiosos retratando lo que muchos nunca han visto. Viktor se abre paso entre la nube de moscas. El último gigante empuja la puerta de cristal del bar y entra agachando la cabeza. Jorge se ha quedado sin habla. El gigante se planta delante de mí. Detrás, dos guardaespaldas impiden la entrada a la muchedumbre que se amontona en la entrada.

—¿Cómo te encuentras, Sebastián?

—¿Qué haces aquí?

—Era la única forma de contactar contigo.

Le doy un sorbo al café.

—¿Cuándo estarás preparado para volver?

—¿Volver? No cuentes con ello.

—Entiendo que estés disgustado, pero has firmado un contrato que no puedes romper.

—Demándame.

—Volver al trabajo te ayudará a superarlo, al menos a no volverte loco, como me ayudó a mí en su momento.

—¿Fue esa tu terapia para volver a la normalidad? ¿Destrozar la vida de unos inocentes?

—No fue aquel suceso, precisamente. Hay muchas cosas que necesito contarte. Mi vida está llena de hechos desgraciados y tú eres el portavoz que se encargará de contarlos cuando me haya ido.

—Cuando te hayas ido, todavía te quedan más años que a mí, si es que no acabas antes conmigo.

—Me estoy muriendo, Sebastián.

Me detengo en mis pensamientos. Alzo la vista.

—Eso es imposible.

—Vivir tanto tiempo entre vosotros me ha hecho vulnerable, mi sistema inmunológico ya no es tan resistente y la plaga que acabó con nosotros debilitó mi organismo. La vejez ha propiciado lo que anteriormente nos era ajeno, el cáncer.

—No diré que me apena oírlo.

—No espero condescendencia, pero entiende que no me sobra el tiempo.

—Creía que ahora esas cosas se curaban.

—Conmigo es diferente, es un linfoma muy agresivo y no existen donantes. Mi destino está sentenciado.

—Tú te lo has buscado. —Le doy otro sorbo a mi exquisito café. Viktor acepta mi impertinencia y continua.

—A pesar de todo, tengo todavía cerca de un año antes de que la enfermedad acabe conmigo.

Uno de los guardaespaldas se acerca a la mesa.

—Disculpe señor, ha venido la televisión. —Viktor asiente.

—Espero que cambies de opinión. Ya sabes donde encontrarme.

El gigante se levanta de la pequeña silla. Uno de los guardaespaldas se acerca a Jorge y le da a leer un documento. Un instante después lo firma y todos abandonan el local. La nube de periodistas y curiosos le sigue como un enjambre. Jorge se acerca a la mesa.

—Me acaba de dar una importante suma de dinero, por no decir nada de lo que se ha hablado aquí. ¿Es amigo tuyo?

—No.

Termino el café de un trago y me levanto. Salgo del bar y me acerco a la tienda de la esquina. Compro un cartón de leche y regreso a casa. Entro en la cocina y vacío la nevera de toda la porquería caducada. Me desvisto y me voy a la ducha. Pienso en Nowe, en su hermoso cuerpo bajo el agua, en su piel brillante, su silueta, sus manos frotando mi cuerpo, su olor, su sabor en la oscuridad. Sus jadeos, todo lo que merece la pena en esta vida me lo dio esa noche entre la fragancia a tierra mojada y el murmullo del viento aullando en el exterior. Dejo que el agua caliente me golpee la espalda mientras me masturbo pensando en sus senos y en el calor de su sexo.

Bonita manera de empezar el día. Me invitan a café, Viktor me viene a ver y además me dice que se está muriendo. Mi absurdo plan de acabar con él se desmorona antes siquiera de empezar a tejerlo. De alguna forma, su confesión ha quedado contrarrestada por su destino. Si es su muerte lo que deseo, se cumplirá sin mover un dedo.

Me visto y salgo a la calle. Un taxi compartido por un tipo de doscientos kilos y una amplia sonrisa me recibe en la puerta. Siempre elijo este medio de transporte, cada viaje es una sorpresa.

El coche se detiene delante del portal de Claudia. Miro a mi alrededor buscando donde sentarme a esperar. Hay un pequeño salón de té que parece un lugar idóneo. Me siento al lado de la ventana. El camarero se acerca y le pido un té, si pido un café me pegan. El lugar es estrecho y alargado. Una barra a la izquierda deja ver lo humilde del local. Fotografías descoloridas de paisajes aparecen salpicadas por la pared. El olor a hierbas inunda el ambiente, es agradable y dulzón. Apenas hay dos personas más en el local que hablan entre ellas sin demasiado entusiasmo. En el exterior, los coches pasan y la gente camina sin ganas. Un grupo de niños juega a la pelota en la acera.

—¿Papá?

Me giro sorprendido y veo a Claudia delante de mí. Me quedo sin habla, no la he visto en el local, y si lo hubiera hecho me hubiera dado un pasmo, es la viva imagen de su madre.

—Claudia, no te había visto.

—¿Qué haces aquí?

—Recibí tus, tus, flores. —Las palabras se atascan en mi boca. Trago saliva.

—¿Qué estás haciendo aquí, papá?

—No sé nada de ti, quería verte, saber cómo estás. Ni siquiera tengo tu teléfono.

—A lo mejor no quiero que lo tengas.

—Por favor, no he venido aquí a discutir.

Claudia se sienta a la mesa.

—¿Cómo te encuentras?

—Mejor, la sanidad de los ricos hace milagros. Gracias por preguntar.

Claudia parece relajarse. Sus ojos no me quitan la vista de encima, tan seria y penetrante como siempre.

—¿Qué tal te va con Viktor?

Me hace gracia que me pregunte por el gigante, por otro lado no me sorprende, de niña siempre le gustaron estos seres de leyenda. A pesar de la desgracia en la que un gigante nos sumió, la pequeña Claudia nunca tuvo miedo de ellos, para ella, lo sucedido en aquella noche infame fue un episodio que le resultaba ajeno, una pesadilla de la que ella nunca formó parte y de alguna forma así me sentí yo de adulto. Parecería algo irreal, si no fuera porque Viktor me devolvió de golpe a aquella noche.

La observo atónito, ya sobrepasa los veinticinco años, pero no importa, sigue siendo una niña, mi niña. Por mucho que crezca, por mucho que pasen los años, por mucho tiempo que haya pasado desde la última vez que nos vimos.

Apenas había cumplido trece años cuando su madre decidió dejarnos. No fue fácil criarla, para ella no existía autoridad, bastante ocupado estaba yo con su madre como para poder ser un padre modelo. Tuve mis problemas con la bebida y ella pagó el pato. A veces quisiera volver atrás en el tiempo y haber sido un mejor padre para ella, más paciente, dialogante y comprensivo, sin embargo, el alcohol me apartó de lo que podría haber sido y no fui.

Toqué fondo una noche hace casi diez años. Embriagado por un mar de cervezas, llegué a casa de madrugada. Entré dando tumbos a su habitación e intenté abusar de ella.

Claudia tenía dieciséis años. Lo que la salvó no fue que alguien interviniera al oír sus gritos pidiendo que parara, fueron los años de karate que aprendió. Qué triste ironía, la inscribí con apenas cinco años para que aprendiera a defenderse por sí misma y al final resulté ser yo el que justificó tal decisión. Esa misma noche, tras dejarme inconsciente con una llave de estrangulación, cogió sus cosas y se fue de casa. Al despertar, me encontré solo en aquel piso, orinado en los pantalones y con un inmenso dolor en el alma. Aquella noche me hundí en la más absoluta de las miserias, en lo metafórico y en lo literal. Me fui a la ventana que daba al patio, el mismo en el que encontré a su madre, y me arrojé al vacío. Mi querida Claudia no tuvo tanta suerte, el destino escribió su final aquella noche de luna llena, no así el mío. Las cuerdas de tender amortiguaron la caída y tan solo me partí un brazo. Las heridas sanaron en unos meses, pero la brecha entre Claudia y yo no cerró nunca.

Después de eso intenté varias veces pedirle perdón, pero fue imposible, nunca quiso volver a verme, al menos durante un par de años pareciera que yo también había muerto. Ambas Claudias se fueron de mi vida. No la culpo, al fin y al cabo, la persona que debería haber sido su mentor en la vida se transformó en lo más parecido a un monstruo. Me convertí para Claudia lo mismo que los gigantes se convirtieron para mí.

—¿Quieres que te pida algo? —pregunto a Claudia.

—No, gracias. Me acabo de terminar un té.

—Quería darte las gracias por las flores. Y saber de ti, básicamente.

—Estoy bien. Me defiendo.

—¿Estás trabajando?

—A ratos.

—Muy bien. ¿Necesitas ayuda económica?

—No, gracias. Y aunque la necesitara tampoco te la pediría.

—Ya. Sigues siendo tan orgullosa.

—Siempre, ya me conoces, o no.

—Escucha, quiero que sepas que siento mucho todo el daño que te he causado. No sé si es demasiado tarde para empezar a ser un buen padre. Quiero pensar que las flores significan que de alguna forma te importo algo. Y... bueno, que eso. Me gustaría saber si puedo conocerte un poco más.

—No hubiera sabido nada de ti si no me llega a llamar tu editor, después de todo intentaste violarme, ¿recuerdas?

—Desgraciadamente, sí. Debería haberme matado esa noche, pero no fue así. Quizás fue cosa del destino que quería darme una segunda oportunidad.

—En eso estamos de acuerdo, deberías haberte matado esa noche, aunque ya sabes lo que dicen, bicho malo nunca muere.

Claudia me mira fijamente. Su sinceridad es como un rodillo demoledor. Me esperaba algo así, por fuera será como su madre, sin embargo, por dentro es un calco de mí mismo. Prosigue con su discurso.

—Tu editor me puso al día. Me dijo que estás escribiendo la biografía del último gigante.

—Así es. Pero quiero dejar de hacerlo.

—¿Y eso?

—Conflicto de intereses.

—¿Qué conflicto puede haber entre él y tú?

—Cosas del pasado.

—¿Todavía no has superado lo de mi madre?

Me empieza a exasperar su frialdad y falta de respeto. A ver cuándo se cansa.

—Creí que sí, hasta que conocí a Viktor —prosigo.

—Pues esperaba que me ayudases en un par de cosas relacionadas con él.

—¿Ah, sí? ¿De qué se trata?

—Necesito tener una reunión con el gigante.

—¿Para qué?

—No es asunto tuyo.

Suspiro resignado, de nuevo.

—No creo que sea buena idea, pero al final vas a hacerlo me guste o no. ¿Alguna cosa más?

—Dinero. Ahora que ya hemos roto el hielo te lo puedo pedir, ¿no?

—Creí que no necesitabas, pero puedes contar con ello. ¿Cuánto necesitas?

—Cinco mil.

—¿Cómo es posible? ¿Estás metida en drogas? ¿Le debes dinero a alguien?

—¿Lo primero que se te pasa por la cabeza es que soy una especie de yonqui?

—No lo sé, hace años que no sé de ti.

—No soy yonqui, ni puta, ni me dedico a nada ilegal, bueno, casi, pero hace un año que no pago el alquiler.

—Joder, ¿y eso?

—Soy, o más bien era, profesora de yoga, pero con la crisis se fueron todos mis clientes y ahora ya estoy desentrenada para volver a ejercer. Trabajo en una sociedad cultural. Enseño a leer y a escribir a los inmigrantes. Ah, también cuido ancianos. El dinero es escaso, pero es o gastarlo en comer o en pagar el alquiler. Así que vas a tener que seguir trabajando para Viktor si quieres ayudar a tu hija.

Me quedo unos segundos en silencio.

—¿Para qué quieres ver a Viktor? Si quieres que te ayude al menos merezco saber cuáles son tus intenciones.

Claudia suspira resignada.

—Estoy afiliada a un partido político que basa sus ideales en los gigantes, o en su forma de hacer política.

—Entiendo. Tal vez vuestras intenciones sean buenas, pero Viktor no es el mejor ejemplo de su raza.

—Es el único que existe, no tenemos otra alternativa. Además, nos daría la publicidad que necesitamos para salir a la luz.

—No le conoces, no es lo que parece. Los gigantes desaparecieron hace ya años. Él es un humano en el cuerpo de un gigante. Créeme, hay un lado oscuro que no querrás ver.

—No me interesa su lado humano, seguro que está podrido como el resto de nosotros, pero creo que nos ayudaría a lograr nuestros objetivos. Si quieres hacer lo correcto, ayúdame, si no, mejor que no hubieras venido.

—Está bien, te ayudaré, aunque eso signifique volver a trabajar para ese hijo de puta.

CAPÍTULO 17:
PUNTO Y SEGUIDO

Un coche me viene a recoger a casa. Es uno de esos que van solos. Se detiene justo en la puerta, o al menos eso es lo que me indica el móvil. Bajo las escaleras con algo de cuidado. La cojera prácticamente ha desaparecido y las muletas hace días que quedaron atrás. Mis lesiones se han curado casi por completo. Hace tan solo una semana estaba postrado en una cama y ahora aquí estoy, como si nada. El dinero de Viktor apesta, pero al menos me ingresó en uno de los hospitales privados más modernos del país. Es lo menos que podía hacer, después de todo, por su culpa acabé ahí dentro. Los avances en medicina han dado sus frutos y casi no tengo secuelas. Los ligamentos de mi tobillo se han regenerado y de la aparatosa brecha en la cabeza apenas queda una marca difícil de apreciar. Por lo que a mí respecta no le debo nada. Llevo conmigo una pequeña bolsa de deportes con ropa para dos días. Viktor me va a llevar de viaje otra vez, aunque no va a ser al País Gigante. Me meto en el amplio vehículo de color negro. La tapicería es de piel con un color beige impoluto. Todo es automático, no hay nadie que intervenga en el cierre de la puerta ni del maletero. Mejor así, no estoy de humor de aguantar a nadie. Solo espero no vomitar cuando le vea. Todo sea por Claudia.

El coche se pone en marcha con un leve zumbido. Delante de mí hay una pantalla con el telediario. Todavía es noticia la escalada al primer puesto de Viktor en su entramado de empresas a nivel mundial. Ya nadie se acuerda del tratado de no intervención en la Antártida, tal y como me recordó Claudia, ni la aprobación de la futura ley de privacidad en aras de la protección de la ciudadanía que es una burda copia, torpemente maquillada, de las leyes más mezquinas e injustas de las dictaduras latinoamericanas. Te controlo para protegerte. Mis cojones, te controlo para esclavizarte.

Llegamos al edificio de la sede central del conglomerado de empresas de Viktor. Un hombre me espera en la puerta del imponente edificio de cristal. No es el mismo que me recibió la última vez. Este es de piel oscura y corpulento. Me sentiría algo acojonado, sino fuera por las gafas de ver que le hacen parecer un fornido aunque inofensivo intelectual.

Me escolta hasta los ascensores. Subimos a una de las plantas superiores y me acompaña hasta un pasillo. A un lado está la ciudad, diminuta desde esta altura, perfectamente visible a través de la pared de cristal. Al otro varias puertas. Viktor está en el salón dieciséis, en plena reunión con sus accionistas. No tardará mucho en salir, o eso es lo que me ha dicho su escolta.

Me entretengo observando desde las alturas el ininterrumpido trasiego de personas y vehículos. Alguna aeronave surge de la azotea de los edificios más altos. Una de ellas, de un aspecto imponente, se aproxima desde el horizonte. Parece una libélula gigante. Pasa por encima y me fijo en la panza de color gris metálico, con una luz roja intermitente, el logo de la empresa de Viktor parpadea con un tono rojizo. Las ventanas retumban cuando se acerca para posarse en la azotea.

La puerta de la sala de reuniones se abre. Los trajeados hombres de negocios salen con rostro serio murmurando entre ellos preocupados. Alguno se seca el sudor de la frente. Viktor no sale. Me asomo lentamente y veo su imponente figura de espaldas. Entro despacio.

—No parece que se hayan ido muy contentos.

Viktor no se inmuta.

—Hola, Sebastián. No aceptan lo que se les viene encima. —Se levanta y se da la vuelta—. Me alegro de que hayas cambiado de opinión.

—Agradéceselo a Claudia, ella es la que me ha metido de vuelta en la boca del lobo.

—Dale las gracias de mi parte.

—Se las podrás dar tú mismo. Quiere que la ayudes a dar visibilidad a su partido.

—Ah, no sabía que se había metido en política. Por supuesto se las daré. Ella... ¿Lo sabe?

—No creas que no he tenido ganas, pero no quisiera desanimarla en su aventura.

—Te lo agradezco.

—¿Alguno de tus subordinados sabe lo de tu cáncer?

—Nadie, solo mi equipo médico y tú.

—¿Y quién heredará tus empresas cuando ya no estés?

—Por eso no te preocupes.

—Por cierto, todavía no sé a dónde vamos.

—¿Tienes miedo a volar?

—No, ¿por?

La ciudad se aleja bajo nuestros pies. La mole de tres toneladas de acero y aluminio despega con un sonido ensordecedor. Las turbinas propagan el aire en sentido opuesto a nuestra dirección y en apenas unos segundos estamos a casi mil metros de altura. Con la puesta de sol en el horizonte, las nubes altas se vuelven de un color turquesa. La ciudad empieza a inundarse de luces de bajo consumo a medida que la oscuridad intenta imponer su reino. No quito la vista de la ventana del cuadricóptero. Ahí abajo, todo está invadido por el progreso. Poco a poco la extensión de luces comienza a fragmentarse en núcleos urbanos dispersos hasta que por fin la oscuridad se impone. Hemos llegado al mar.

El océano se extiende por todas partes y la costa es ahora una línea salpicada de luces anaranjadas. Del sol apenas queda un mosaico de colores en el horizonte. Me recuesto en el asiento de piel y observo a Viktor concentrado en su tableta. Las gafas se asoman por su prominente nariz. Nadie diría que hace casi cuarenta años masacró a sangre fría a veinte personas que celebraban una boda. Viéndolo así parece que él no tuvo nada que ver. Su confesión parece una quimera forjada entre los grados de alcohol de una botella.

El ruido del motor me adormece. Cierro los ojos un momento y lo siguiente que veo es a Viktor despertándome.

—Ya estamos llegando.

—¿A dónde?

—A una plataforma de gas. Pasaremos aquí la noche. Mañana saldremos de excursión al amanecer.

Me asomo a la ventana y veo que nos aproximamos a una plataforma en mitad del océano. Parece un raquítico árbol de navidad con todas las luces puestas. El agua se mueve ondulante en la base donde las gruesas columnas de hormigón emergen de entre las tinieblas. Aterrizamos en el helipuerto con suavidad. Dos operarios nos esperan con sus monos de trabajo.

El viento sopla con fuerza en la cubierta de la plataforma. Aquí afuera la meteorología es salvaje. Un hombre me ayuda a bajar del aparato. Viktor lo hace a continuación mientras conversa por el móvil.

—¡Sí, ya hemos llegado!… ¡Mañana a primera hora!

Ha sido un viaje corto, de apenas dos horas. Viktor posee la compañía de hidrocarburos más importante del planeta, una empresa más en su enorme imperio. Esta es una de las plataformas que abastece de gas a varios países de Europa durante los inviernos. A pesar del empuje de las renovables, Viktor no tiene pensado clausurar ninguna de ellas, aunque tampoco abrir nuevas. De hecho, leí hace poco que estaba dejando morir las empresas energéticas de combustibles fósiles. Adquirió una a una las grandes compañías petroleras para ir desmantelando sus refinerías. Una más de las grandes operaciones que de vez en cuando copan los titulares de las revistas de economía.

No me sorprende que Claudia lo vea como un héroe, o al menos como una especie de salvador del planeta; pocas personas sabían quién era la mente que se escondía detrás del conglomerado de empresas tan diversas, desde el papel higiénico sintético o el bálsamo regenerador de tejidos quemados hasta la fabricación de cohetes interplanetarios. El cómo ha llegado hasta ahí es algo que daría para una novela histórica.

Ya es tarde, cerca de las once de la noche. Una mujer con casco amarillo me recibe en la cubierta. Hace frío, o más bien es el viento húmedo el que penetra en mis huesos. Ahora veo que no he venido del todo preparado para estas latitudes. Afortunadamente, la mujer me trae una cazadora de la empresa.

—¡Tenga, nadie viene del todo preparado para estar en alta mar!

—¡Sí, supongo que es bastante obvio que soy una rata de ciudad!

—¡Claire te conducirá hasta tu aposento! —me grita Viktor antes de alejarse con un técnico hacia una parte de la plataforma.

La estructura lleva funcionando cerca de quince años y está llegando al final de su vida útil. Todavía no sé qué es lo que ha venido Viktor a hacer aquí, pero al menos viene una vez al año. Parece que es un hombre de costumbres.

Bajamos unas escaleras y cruzamos por una pasarela sobre el oscuro mar que ruge unos metros más abajo. Trago saliva. No me gustan las alturas, ni el mar ni la oscuridad y aquí tengo los tres ingredientes de mis peores temores.

—No tema, la plataforma es segura, ¡ha pasado todos los controles con nota!

—Lo mismo que la de BP.

Entramos en la construcción y la mujer cierra la puerta a mi espalda. De pronto el viento se transforma en un murmullo y es la música clásica la que cobra protagonismo desde los altavoces del techo.

—Se agradece el silencio. ¿Cuántas personas trabajan aquí?

—En la plataforma residen veinte personas de forma más o menos permanente, pero se rotan cada dos semanas.

—Yo no aguantaría aquí ni dos días.

Seguimos por un pasillo estrecho mientras nos cruzamos con varios técnicos.

—A veces es difícil, sobre todo para los que tenemos familia, pero bueno, contamos con internet superrápido y una sala de realidad virtual.

—Nah, no es igual que tenerlos delante.

—Creí que no le gustaba el contacto con las personas.

Nos detenemos delante de una pequeña puerta con el número 036.

—Ya hemos llegado.

—No es mi especialidad tratar con la gente, pero eso no me convierte en un sociópata.

—No, claro.

—Gracias por el paseo. Y le agradecería que no juzgue a las personas sin conocerlas, es una falta de respeto.

—Claro, no quería ofender…

Cierro la puerta en sus narices.

—Sociópata yo, menuda imbécil.

El camarote es pequeño aunque acogedor. Carece de ventanas, pero en una pared tiene un ojo de buey donde el cristal ha sido sustituido por una pantalla LCD que reproduce lo que sucede en el exterior; un par de botones me permiten navegar por unas cuantas cámaras más. Veo a Claire atravesar una de las salas cabizbaja. No haberme tocado los cojones.

Dejo la maleta en el suelo y me siento en la cama de muelles. Un pequeño lavabo en una esquina me invita a mojarme la cara. Tras asearme, veo mi rostro reflejado en el espejo y me doy cuenta de que no he dormido bien, demasiadas emociones en los últimos días. Me echo en la cama y selecciono la cámara que me muestra el océano. Solo se distingue difícilmente la espuma de las olas cerca de la plataforma, el resto es negro, como una noche sin estrellas. Preferiría una ventana de verdad, pero donde esté la ficción de una pantalla, ¿quién necesita la realidad? Me incorporo y salgo del camarote. Me pregunto dónde estará la cantina. Camino por el pasillo mientras Mozart me acompaña en la búsqueda. Me cruzo con un hombre de treinta y tantos, patillas rockeras y gafas.

—Perdona, ¿tenéis cantina aquí dentro?

—Más o menos, pero a estas horas ya no hay nadie, está todo cerrado, solo hay máquinas expendedoras.

—Me vale.

Me indica la dirección y la encuentro sin problema. Es una sala llena de mesas y sillas ancladas al suelo. No hay nadie, a excepción de Claire, la listilla que habla sin tener ni idea. Se está tomando un café mientras mira el móvil. La soledad de la plataforma sumada a la soledad del ser humano hiperconectado. Casi siento pena por ella.

Me dirijo a las máquinas expendedoras de una esquina. Al menos es gratis. Dudo de cuál es el mejor de los peores.

—¿Sabes qué café es el menos malo de aquí?

—El capuchino tiene un aprobado justo, el resto suspenden clamorosamente.

—Gracias.

Pongo un pequeño vaso de plástico bajo el orificio y le doy al botón, debe ser el favorito, está tan desgastado que apenas se ve lo que es. Sale el chorrillo de café, o mejor dicho, petróleo, luego la leche y la espuma. Al menos no huele muy mal. Lo pruebo y no me desagrada su sabor artificial. Seguro que con esto pueden quitar el óxido de cubierta, pero no me importa, es lo único que puedo conseguir a estas horas en mitad del océano.

Me dirijo hacia la mesa de Claire justo cuando se levanta.

—¿Ya te vas? Pensaba limar asperezas contigo, no hemos tenido un buen comienzo.

—Mañana empiezo la jornada temprano, y usted también.

—Me puedes tutear, no soy tan mayor.

—Como quieras.

—Tal vez me puedas contar lo que he venido a hacer aquí.

—¿Viktor no te lo ha dicho?

Niego con la cabeza.

—Bueno, supongo que me puedo quedar unos minutos más.

—Gracias.

—Viktor viene una vez al año desde hace casi cuarenta.

—¿Tanto lleva esta plataforma aquí?

—No, la plataforma la adquirió hace unos pocos años. Antes estaba ubicada en otra localización, no muy lejos de aquí.

—¿No es un poco raro invertir en una plataforma de gas cuando los combustibles fósiles están en desuso?

—El petróleo sí, pero al gas todavía le quedan unos años de explotación. Además, esta plataforma hace años que no extrae gas.

—¿Ah, no?

—No. Fue transformada en una estación de investigación submarina.

—Eso tiene más sentido.

—Tiene un barco, el Nautilus, que recorre el océano recogiendo muestras marinas, midiendo la contaminación de las aguas, la degradación de los ecosistemas y la biodiversidad en las zonas abisales. Después de cada misión vuelve a la plataforma para descargar las muestras, que son analizadas en uno de los laboratorios de la estación.

—Interesante.

—De hecho, tengo entendido que mañana irás a visitar el barco oceanográfico.

—¿Ah, sí? Aquí nadie me cuenta nada.

—Vaya, no sé si he dicho algo que no debiera.

—No lo creo, es solo que Viktor y yo no nos llevamos muy bien últimamente.

—¿No eres su biógrafo?

—Por eso mismo. Mi relación con él va más allá de lo comercial.

—No lo sabía. ¿Os conocíais de antes?

—Digamos que le conocí siendo un niño.

—Debió ser impresionante para ti, de niño, conocer a un gigante.

—Sí lo fue, y me marcó para toda la vida. —Le doy un trago al café.

—Bueno. Yo me retiro. Mañana hay que levantarse temprano.

—Claro. Me alegra haber hablado contigo. Y perdona si antes fui un borde, no es nada personal, soy así de gilipollas.

—No pasa nada.

Claire se marcha de la cantina. Ahora solo quedamos Mozart y yo, y el café-lavativa. Encima de mí, uno de los fluorescentes del techo parpadea. El zumbido de las máquinas acompaña al traqueteo y a Mozart, que sigue incansable. Una cucaracha corre por el suelo y se detiene a comer algo. Le doy un sorbo más al café y salgo de la deprimente sala con cuidado de no lastimar al rastrero insecto.

Camino por el pasillo a explorar el entorno. Salgo por una puerta que marca la salida y me encuentro en el exterior. El olor a sal y la humedad me dan la bienvenida. Decido ir en dirección a donde ha ido Viktor. Tal vez me aclare algunas dudas.

A pesar de la cazadora empiezo a sentir frío. Cruzo la pasarela y me encamino hacia donde Viktor se fue con el operario. Subo unas escaleras y una ráfaga de viento se lleva el vaso de plástico. Apenas quedaba café, pero hace que me agarre fuertemente a la barandilla como un geco. Llego a una puerta de acceso al otro lado de la estación. Me meto dentro. Aquí dentro no hay música, mejor así.

Este pasillo tiene alfombra, sube el caché. Continuo y paso delante de una sala abierta, un despacho. Sobre el escritorio algunas cartas de navegación y un portátil abierto. Parece apagado. Pulso una tecla y sale de su hibernación. Hay un mapa abierto con nubes superpuestas. Veo la zona donde está situado y me resulta familiar. En el centro hay un punto marcado. Amplío la imagen y caigo donde es, la zona donde se hundió el barco que llevaba a su hermano. Ahora ya sé por qué ha venido aquí. ¿Iremos a rendir algún tipo de tributo? No me imagino a Viktor lanzando una corona de flores al océano. Sea como fuere, mañana dan malo, al menos lluvia y viento.

Salgo de la sala y continúo por el pasillo. Escucho a alguien toser, por la contundencia de la tos diría que es Viktor. Me asomo a una puerta que hay medio abierta. Es la enfermería. Veo a Viktor de espaldas vestido con un pantalón de pijama.

—Hola —me atrevo a decir.

Viktor se da la vuelta.

—Sebastián. ¿Has salido a dar una vuelta?

—Eso mismo, y a tomarme uno de esos asquerosos cafés.

—¿Y qué esperabas, un Starbucks?

—Podrías haber puesto uno, la verdad.

—¿En qué te puedo ayudar?

—Quería saber a dónde vamos mañana.

—Quiero enseñarte una cosa.

—¿La tumba de tu hermano? He visto en el ordenador un mapa de la zona y he reconocido el lugar.

—Esperaba que fuera una sorpresa.

—No me gustan las sorpresas. ¿Es para rendirle tributo? Yo lo hago cada año, a toda mi familia, ya sabes.

Viktor avanza su pesado cuerpo hasta una camilla y se sienta en ella. Abre un bote de pastillas que tiene en la mano.

—A veces vengo aquí a pensar en el pasado y el futuro.

—Pues no te queda mucho futuro para pensar.

—Acepto tu sarcasmo si eso ayuda a normalizar nuestra relación, de lo contrario ya te habría arrancado la cabeza y echado los restos a los tiburones.

—Claro que ayuda.

Viktor se toma una pastilla de un bote, otras dos de un segundo bote y una tercera de un tercer bote.

—¿Para qué son?

—Para paliar los dolores y poder dormir.

Me quedo unos segundos contemplando cómo se medica, no lo veo como un gigante, más bien parece un hombre de un tamaño desproporcionado que va camino de la tumba.

—¿Qué se siente al estar muriendo?

—Que todavía me quedan algunos cabos por atar.

Salgo de la enfermería y atravieso la cubierta. Me quedo un rato agarrado a la barandilla contemplando el océano, misterioso, desconocido y amenazador. El miedo hace que mi corazón palpite con fuerza. Una tormenta en el horizonte ilumina el cielo. El sonido del trueno se escucha a lo lejos. Quizás sea esa la tormenta que vi en la pantalla. Espero que pase de largo como la del País Gigante. Vuelvo a mi camarote y me quito la ropa. Me echo en la cama y selecciono la cámara que muestra al exterior. No me había dado cuenta de que también tiene audio. Subo el volumen y me quedo dormido escuchando el sonido del viento, del mar y de la tormenta.

CAPÍTULO 18:
OH, HERMANO

Me ha costado algo despertar. Creí que los golpes de la puerta eran parte de mi sueño hasta que he abierto los ojos.

—¡Ahora salgo! —grito desde la cama.

—¡Buenos días, en veinte minutos en cubierta! —me informa Claire.

—¡Vale...!

Nadie me ha advertido de que hubiera que levantarse tan temprano. No me levantaba a las seis de la mañana desde que Claudia era una enana de tres años y venía corriendo a la habitación a pedir leche caliente. Ahora nadie me despierta de mi sueño, nadie se preocupa de si estoy bien, si necesito algo... De todas formas, ¿a quién le importa un escritor que escribe sobre la vida de otros? Quizás lo haga para no recordar la mía propia.

A veces he imaginado a alguien aporreando la puerta de esa forma, pero en mi grotesca visión serían los bomberos atendiendo la llamada de los vecinos por el fuerte olor a podrido de mi casa. Un triste final para mi patética existencia.

Me refresco la cara en el lavabo y me meto en la pequeña ducha. Que esperen, me tomo mi tiempo. Me asomo a la pequeña ventana virtual, el día empieza a despuntar.

Por fin me decido a salir del camarote. Lo único que tengo ahora en la cabeza es un café. De máquina, de ayer, de donde sea.

Me apresuro a la cantina, pero está vacía. Me niego a salir de aquí sin mi café. La máquina es mi última y única opción. Bostezo mientras se llena el diminuto vaso de plástico. Decido llenar otro y ahora no me quedan manos, no me importa. Voy hacia la salida con las manos ocupadas esperando que se enfríen los dos vasos de lava incandescente.

Dejo los cafés en el suelo para poder abrir la puerta de la cubierta. Al hacerlo, una ráfaga de viento me pilla desprevenido y los cafés se desparraman por el pasillo.

—¡Hostia puta!

Maldigo mi torpeza. En ese momento aparece Claire.

—Le estábamos esperando, estamos a punto de partir.

—¡Se me ha caído el puto café! Es que aquí no tenéis una puta cafetera. —Claire me mira sorprendida—. ¡Sí, soy de esos que se levanta de muy mala hostia si no tiene su dosis de cafeína!

—¡A mí me pasa lo mismo, pero no digo tantas palabrotas! ¡Venga, nos tenemos que ir ya!

La sigo por la plataforma hasta la pista de despegue. El cuadricóptero está con el motor encendido. De día se ve mejor. Es de color negro en la parte de arriba, la base es de color blanco, lo que le da un aspecto de alta gama. Es bastante grande, adecuado para el gigante.

Nos agachamos mientras avanzamos hacia el aparato. La puerta se desliza para darnos paso. Está chispeando y el cielo está encapotado.

Me acomodo en el interior. No quiero ni saber lo que puede costar esto. Se cierra la puerta. Viktor está sentado frente a mí, al lado de la ventana que compartimos. Oh, cielos, qué aroma.

—¿Te apetece un café?

Le miro sorprendido, creo que todavía estoy dormido. No me hace falta contestar, mi mirada habla por sí sola. Viktor baja el posabrazos de separación entre los asientos. Abre una cubierta de piel y deja ver una hilera de cápsulas de café. Le miro.

—El más fuerte.

Viktor introduce la cápsula en un orificio donde se dobla el posabrazos y vuelve a subirlo. Coloca una taza con el anagrama de su empresa y le da a un botón justo en la base. Empieza a llenarse la taza y a inundarse la cabina con el intenso aroma del café recién hecho. Casi quiero llorar. Me alcanza la taza. Mojo mis labios en el espumoso líquido.

—Delicioso.

—No existe un modelo igual a este.

Solo el placer de un buen café en la mañana es capaz de hacerme olvidar por unos instantes la razón por la que odio al ser que tengo frente a mí.

—Vamos al navío de investigación. Está a unas cien millas náuticas de la plataforma. Una hora de vuelo normalmente, pero con este tiempo será algo más.

—¿Qué es lo que vamos a hacer, Viktor?

—Lo sabrás cuando lleguemos.

Me quedo un rato pensativo. Luego miro a Claire, que observa la conversación interesada. Me mira y se encoge de hombros.

—¿Y tú qué haces aquí?

—Soy bióloga marina. Tengo que inspeccionar unas muestras que capturamos hace unos días.

Me reclino en el asiento y saboreo de nuevo el intenso aroma del café. Viktor me pasa una tableta. Leo en la pantalla la noticia del hundimiento del carguero en el que iba su hermano.

—Un poco de historia —me dice.

Los recuerdos que tengo de aquel acontecimiento son vagos y confusos. Aun así, sé de qué me habla. Una tarde, siendo todavía un chaval, cenábamos en casa de mis tíos intentando mantener la impresión de ser una familia normal, con unos padres que no eran mis padres y con un hermano que no era mi hermano. Mi primo estaba mirando el móvil, él fue el que dio la noticia.

Continúo leyendo en el dispositivo. El buque llevaba más de quinientos contenedores marítimos hacia un destino desconocido, entre ellos, oculto en su interior, se encontraba el carnicero de Deva, el pequeño municipio donde sucedió la masacre. El seguimiento mediático fue absoluto, sensacionalismo en estado puro. Existía una campaña brutal por demonizar a la especie.

Para poner algo de luz en el contexto de lo que acontecía por aquel entonces, existía mucha presión entorno a la firma de un tratado de libre comercio entre el País Gigante y el resto de los países del continente. Se vertieron muchas mentiras para tratar de convencer a la opinión pública de la necesidad de dicho tratado. Se inventaron históricos abusos por parte de los gigantes hacia la raza humana, pero a los gigantes no les interesaba abrir sus fronteras a los que intentaban destruir su modo de vida. No eran solo los abundantes recursos naturales, la península era un punto intermedio entre las dos culturas de Oriente y Occidente. Un lugar con un alto valor estratégico en lo político y en lo comercial. En definitiva, la apertura que en su momento hubo propició décadas de estabilidad, de intercambio cultural, de enriquecimiento mutuo. Pero nunca fue suficiente y el ser humano siempre quiso más. Ahí entró Viktor, sacando lo peor de la raza humana y su insaciable ambición de poder. Su desesperada huida hacia delante, su infalible plan de propagar un virus artificial para forzar la firma del tratado llevó a la eliminación de su propia especie.

Las imágenes del hundimiento se retransmitieron en directo por todas las cadenas. La bomba estaba situada en la bodega del carguero. Varios barcos que navegaban por la zona llegaron para socorrer a la tripulación. Murieron veintiséis marineros y el buque se fue al fondo del océano partido por la mitad, como lo hiciera el Titanic un siglo antes, pero esta vez no hubo una banda de música tocando hasta el final, fue un hundimiento silencioso. Las imágenes estaban ahí para regocijo de la población. El enorme buque se fue a pique dejando tras de sí un remolino de aguas turbulentas.

La noticia habría pasado desapercibida de no ser por la inesperada mercancía de su interior. Alguien filtró a la prensa que el hermano de Viktor se hallaba en el carguero y eso espoleó a la audiencia. La gente aplaudía en los bares, en las casas, en la calle, viendo como desaparecía el barco bajo las frías aguas. El mar se convirtió en su tumba. Días después y para darle un toque kafkiano al asunto, el océano se llenó de miles de patitos de goma de uno de los contenedores que transportaba, ocupando las portadas de los principales periódicos con la tierna imagen de los juguetes. Algo de humor negro con el que poner punto y final a tan trágico episodio.

Siempre ha habido teorías conspiradoras en torno a este suceso, en torno a todo lo que sucedió con los gigantes. Los más tarados defienden que fue un castigo divino por no seguir las leyes de Dios, otros que fue una maniobra de los gobiernos para eliminarlos y tener vía libre para la invasión de su territorio. Personalmente, nunca me ha importado una mierda todo este asunto aunque he de reconocer que yo fui uno de los que aplaudieron al ver el hundimiento del barco.

Navego por los diferentes documentos relacionados con la noticia. En los siguientes días, la destreza policial para dar con los autores dejaba mucho que desear. ¿Por qué había que dedicarle tiempo y esfuerzo a resolver el misterio de la bomba en un barco que se llevó para siempre al enemigo público número uno? No importaban los veintiséis tripulantes ahogados, gente sin recursos, en condiciones de trabajo miserables. Se había hecho justicia mandando al infierno al carnicero. Bueno, a casi nadie. Viktor estuvo presionando a las autoridades para encontrar a los culpables. Después de todo, era él el que lo había puesto ahí.

Finalmente, la madrugada del 26 de noviembre, un grupo de operaciones especiales de la policía asaltó una vivienda en los suburbios. Un confidente informó que allí se encontraban los integrantes de un grupo de extrema derecha que aprovechó el tirón mediático del hundimiento del barco para insinuar que habían sido ellos los autores, o por lo menos los instigadores de aquella tragedia. El comando de la policía mató a los siete individuos que dormían en aquellos momentos. Sobrevivió uno de ellos, al menos al asalto, días después aparecería ahorcado en su celda tras confesar públicamente haber participado en la fabricación del potente explosivo. A muchos, a casi todos, les pareció bien la declaración de aquel hombre por televisión, no importaron las condiciones en las que había confesado, visiblemente torturado, con ojeras hasta el suelo, los ojos vidriosos y asustado, de la misma forma que lo hizo el hermano de Viktor confesando un crimen que no cometió.

Muchos teníamos serias dudas sobre la autoría del atentado, pero nos daba igual, el carnicero estaba en el fondo del océano. Era evidente que esos tipos eran lo suficientemente descerebrados e inexpertos como para llevar a cabo una acción semejante.

Viktor nunca supo quién estuvo detrás del atentado, pero tuvo sospechas más que justificadas. Él mismo había sufrido innumerables amenazas de muerte e incluso algunos intentos de eliminarle que no llegaron a materializarse; tenía sus propios confidentes que le advertían de cualquier peligro que se le viniera encima. Tantos años sobre la tierra le han generado muchos contactos, muchos favores a devolver. Viktor puede haber acabado con su especie, pero otra cosa es acabar con él.

Me hace una señal. Ya estamos llegando al barco. Tiene la cubierta de color blanco y el exterior de un color rojo apagado. Es enorme, bastante más grande de lo que había imaginado. En la popa se encuentra el helipuerto, marcado en letras amarillas sobre un fondo negro. Las rachas de viento zarandean el cuadricóptero que parece que tiene dificultades para mantener la estabilidad.

Nunca me he mareado, ni en barco ni en avión y no lo voy a hacer ahora. A pesar de todo he de cerrar los ojos y concentrarme para no llenarlo todo de una asquerosa mezcla de bilis y café, no quiero que el sagrado elixir abandone mi cuerpo, sería una ofensa imperdonable.

Finalmente conseguimos posarnos de una forma brusca en la plataforma. Al abrirse la puerta el viento frío me sienta de maravilla y respiro profundamente. Los músculos de mi estómago se relajan y ya no hay peligro de llamar la atención con su contenido.

En la cubierta se encuentra toda la tripulación, casi dos decenas de hombres y mujeres. Todos miran a Viktor con veneración. El gigante se acerca a la comitiva y comienza a estrechar manos, parece más bien un político que un empresario, yo prefiero quedarme atrás, no me gusta llamar la atención. A pesar de todo, Viktor me introduce cordialmente. Habla alto y claro a pesar del viento y la lluvia de la cubierta.

—Este es Sebastián, ¡está escribiendo mi biografía antes de que me vaya al otro barrio!

—Hola, chicos… qué tal, ¿habéis visto el Titanic?

—El Titanic está en el océano Atlántico, estamos en el Pacífico —comenta un listillo arruinando mi intento de hacerme el gracioso.

—Otro que le han dado el pecho hasta la pubertad —murmuro para mis adentros.

—Vamos dentro, hay mucho que hacer —interrumpe Viktor.

Camina con dos tripulantes. Hablan entre ellos de algo que no logro entender. Me distraigo mirando a mi alrededor. El barco se balancea, pero no tengo intención de vomitar. Viktor se gira.

—Vamos a hacer un pequeño viaje, Sebastián, y me gustaría que vinieras conmigo.

—¿Ok, dónde vamos esta vez?

—Hacia abajo.

—Oh, pero yo no sé bucear.

—No es necesario.

—Salimos en veinte minutos, la tormenta se va a hacer más fuerte y no podemos retrasarnos más —interrumpe uno de los técnicos.

—Sebastián, date una vuelta por el barco, Martín te hará un *tour*.

—Venga por aquí —me dice el tipo.

Martín, un hombre de cuarenta y tantos, con gafas y una poblada barba, me acompaña por el amplio pasillo. Al igual que la plataforma, este barco ha sido acondicionado para el tamaño del gigante. Excepto algunos departamentos, el enorme tamaño de Viktor se ajusta a cualquier estancia, aunque debe agachar algo la cabeza.

Llegamos a la zona recreativa, donde la tripulación se entretiene durante las horas muertas. Una mesa de pimpón, un futbolín y un par de televisores. En uno están poniendo un partido de fútbol, en el otro un chaval de no más de veinte años maneja concentrado un videojuego.

—Aquí es donde pasamos el rato que no estamos metidos en el laboratorio o leyendo en los camarotes.

—¿Se puede ver el laboratorio?

—¡Claro! Sígame.

Salimos de la sala y continuamos por un pasillo. Bajamos una escalera metálica y llegamos a una puerta con un ojo de buey. Un letrero anuncia que es el «Laboratorio 1».

Martín me abre la puerta y me muestra las mesas con tubos de ensayo, los matraces y las estanterías llenas de frascos. Un tipo de bata blanca mira por un microscopio un espécimen que parece una gamba.

—¿Algo interesante?

—Lo cierto es que sí, este pequeño lleva un parásito en su interior que lo está devorando por dentro.

—Pues no parece muy estresado.

—Todo lo contrario. El parásito segrega serotonina para ocultar el dolor.

—Una muerte feliz.

—De lo más reconfortante.

—Y dígame, ¿antes de desterrar este crustáceo para siempre de mi dieta, es habitual en las gambas tener un alien dentro?

—En las gambas no, pero en el *Azilmatis malicensis* es habitual.

—No sé lo que me ha dicho, pero me deja más tranquilo.

—Venga, le voy a enseñar el museo de los horrores.

—Por supuesto.

Abandonamos al tipo de la gamba feliz y bajamos unas escaleras.

Una puerta con un letrero, «Por favor, mantened la puerta siempre cerrada» nos da la bienvenida.

Martín gira una palanca con fuerza y abre la pesada puerta. La temperatura aquí dentro es de apenas cinco grados.

Una hilera de estanterías conforma la sala de luz azul. En cada balda hay frascos de diverso tamaño. Toda clase de pequeños especímenes reposan inertes en su interior. Es increíble la cantidad de formas que tienen estas criaturas.

—Parecen sacados de una película de ciencia ficción, ¿eh? —comenta Martín.

—Absolutamente.

La gran mayoría tiene los ojos enormes y negros, como salidos de una pesadilla de Lovecraft. Uno tiene la boca de forma circular, minúscula. Dos apéndices le salen de los lados, con sendos garfios en los extremos. Apenas tiene el tamaño de un pulgar.

—Oh, esta especie la descubrimos hace apenas un año adosada a un celacanto. Se alimenta de la sangre del pez. Tenía varios adosados a su cuerpo. Lo curioso es que no nada, tiene las aletas atrofiadas. Cuando su cuerpo está saciado se suelta y se hincha igual que las garrapatas, entonces comienza a brillar. Un pez atraído por su luz se lo come y en el estómago suelta los huevos que al eclosionar se alimentan de lo que haya comido el pez. Luego salen por el culo en una mala digestión.

—¿Aquí abajo es todo tan repugnante?

—Yo más bien creo que es fascinante —afirma Martín con sincera admiración.

Al otro lado de la sala hay una puerta que dice «CRIOGEN». ¿Dónde he visto yo antes eso?

—¿Qué hay aquí dentro?

—Es donde se metaboliza el compuesto para mantenerlos vivos.

—¿Vivos? ¿A quiénes?

—A los bichos. —Me indica señalando a los alienígenas de los tarros.

—¿Estás diciendo que esos bichos están vivos?

—Más bien en animación suspendida.

Me acerco a uno de ellos que posee un cuerpo alargado. Un ojo redondo y negro a cada lado y la boca gigante en relación con su tamaño bordeada por un millar de pequeños dientes. Otro juego de dientes enormes se asoman en el interior. Me fijo detenidamente en el monstruo abisal y percibo un ligerísimo movimiento en el abdomen. De pronto cierra la boca de golpe y pego un salto del susto. Casi me da un paro cardiaco.

—¡Joder!

—Es un movimiento involuntario, o tal vez esté soñando.

—Cielos, es verdad. ¡Están vivos!

—De vez en cuando muere alguno, pero sí, están todos vivos.

Me acerco detenidamente a los tarros, contemplo uno a uno sus grotescas figuras y no puedo evitar que un escalofrío me recorra el cuerpo.

—Aquí abajo, con estas temperaturas tan bajas, el metabolismo de algunos animales es muy lento. La escasez de alimentos ha hecho que algunas especies sean capaces de ralentizarlo de tal manera que podrían estar años sin probar bocado, esperando el momento de mayor abundancia para despertar de su letargo y empezar a devorar todo lo que encuentren. El criogen ha sido en parte fabricado tomando como referencia la estrategia de estos bichos para sobrevivir en las profundidades.

—Qué interesante.

—Es lo mismo que utilizan los astronautas en su viaje a Marte para ahorrar en alimentos y aligerar carga y combustible.

—Aaaah… Claro, Criogen es una de las empresas de Viktor.

—Correcto. Siempre llevamos un cargamento de Criogen en el sumergible para las posibles capturas.

—¿No lo hacéis aquí arriba?

—Morirían a medio camino, están acostumbrados a la presión de las profundidades. Es mejor mantenerlos así.

—¿Y cuánto tiempo pueden estar en este estado?

—Indefinidamente, pueden estar siglos en estado de letargo, siempre y cuando les cambies el líquido una vez al año. Mira.

Me enseña una especie de pez con unas branquias enormes que parecen mechones de pelo y una boca sobre dimensionada de la que cuelgan unos apéndices en los extremos como el bigote de Dalí.

—Menudo bicho más feo.

—Este fue de los primeros en entrar. Tienen una esperanza de vida de tres años pero lleva ahí dentro más de treinta.

—Joder…

En ese momento le llaman por el Walkie Talkie.

—Pero ¿qué hacéis? Viktor lleva esperando diez minutos.

—Subimos ahora. Estamos en el museo de los horrores.

—Venga. Daos prisa.

Dejamos atrás la extraña sala y subimos a cubierta. Ahí está Viktor acompañado de varios empleados.

—¡Siento el retraso, chicos!

—¡Venga, lo peor de la tormenta está a punto de llegar!

Las olas mecen el barco cada vez más fuerte. La lluvia se ha hecho más intensa y me golpea la cara con fuerza. Uno de los técnicos habla con Viktor.

—Hace demasiado viento, podremos tener un problema con Orás.

—¿Quién es Orás? —pregunto a Martín.

—Ahora lo verás.

—¡No me importa el viento. Salimos ahora!

El técnico parece resignado y le hace una señal a uno de sus compañeros. Uno de los hombres escribe algo en una tableta. Martín me pide que me eche hacia atrás. En la amplia cubierta hay marcado un cuadrado en el suelo, justo delante del helipuerto. Unas luces en el suelo parpadean mientras suena un pitido intermitente. De pronto, comienza a abrirse una trampilla justo en la zona delimitada por las luces. A continuación, de una plataforma elevadora del subsuelo empieza a surgir lentamente un batiscafo de exploración submarina. Tiene una forma ovalada y de la proa salen dos brazos robóticos. En un lateral hay escrito «Orás».

—Impresionante. ¿Qué profundidad puede alcanzar? —pregunto a Martín.

—Este modelo ha sido preparado para bajar a los siete mil metros.

—¿Para qué tantos?

—El barco se hundió a seis mil.

—Vaya… —Me quedo meditando esas palabras—. ¿Y el nombre?

—Así se llamaba su hermano.

Lo había olvidado por completo. Orás, el pobre diablo condenado injustamente por su hermano y su grupo de asesores sin escrúpulos. Un recuerdo más desenterrado.

Una vez anclado el submarino a cubierta, los técnicos se apresuran a comprobar las sujeciones. Viktor se agarra a una escalerilla por un lateral y sube hasta la parte superior. Abre una escotilla y me mira.

—¡Vamos, no hay tiempo que perder!

Un rayo cae muy cerca. La tormenta se convierte en tempestad y las olas golpean el barco con fuerza. Me quedo un instante paralizado. Nunca he subido a un trasto de estos. Martín me saca de mi trance.

—¡Venga, seguro que le gusta. Lo mismo descubre alguna especie nueva! —grita.

—¡Si es así, espero que no le pongan mi nombre! —respondo recordando el museo de los horrores.

Me agarro a la escalerilla y subo torpemente. Viktor me observa impaciente. En el último escalón me ayuda a subir. Llego hasta arriba y me meto por el acceso. Viktor cierra la escotilla tras entrar y de pronto se hace el silencio. El tamaño del gigante hace que el habitáculo sea espacioso. Una ventanilla circular de apenas medio metro de diámetro se encuentra en la parte delantera del ingenio. Otras dos ventanillas más pequeñas se encuentran en los laterales. A ambos lados hay paneles de instrumentos para medir el oxígeno, la profundidad, la presión, etc.

Un *joystick* y un panel de control para los brazos mecánicos se hallan al frente. Me asomo por una de las ventanillas y veo a la tripulación que nos saluda. El tipo de la tableta parece concentrado en el aparato. Entonces mira hacia un costado. Me asomo por curiosidad hacia ese lado por una de las pequeñas ventanas del submarino y veo lo que está manejando remotamente.

Una enorme grúa se asoma por el lateral del barco hasta situarse justo sobre el batiscafo. Un instante después nos levantamos del suelo. Casi me caigo por el súbito movimiento. El viento sopla con fuerza y el vaivén del aparato comienza a sentirse en mi estómago. Un movimiento brusco del barco provoca que golpeemos la quilla derecha, pero el operario rectifica rápido y logra evitar un segundo envite. Ya estamos sobre el océano. Me asomo a la ventana opuesta y veo el mar totalmente encrespado. Las olas no dan tregua y la lluvia rompe la superficie en millones de gotas. Viktor abre una pequeña ventana en el suelo del sumergible. Ahora veo la superficie mientras descendemos lentamente. El sumergible se zarandea violentamente cuando la enorme pinza nos suelta de golpe a un palmo del agua.

Lentamente, Viktor acciona unos controles y empuja una palanca hacia abajo. Los tanques comienzan a llenarse de agua y empezamos a sumergirnos. Tengo que agarrarme bien para no caerme. La cápsula se mueve dando bandazos y las olas golpean el casco produciendo un sonido hueco en el interior.

Por fin descendemos. El nivel de profundidad empieza a cambiar el número de metros en la pantalla. 3... 4... 5... 6...

Viktor empuja la palanca lentamente y bajamos más rápido. El sonido de los motores eléctricos resuenan en el interior. Por un momento cierro los ojos y me viene a la memoria el ventilador que solía poner en verano en casa de mis tíos para poder dormir. Me acostumbré tanto a ese sonido que lo seguía usando hasta bien entrado el otoño.

30... 40... 50... 70... 90... me asomo por la ventana del suelo y siento vértigo al ver el mar de un azul oscuro intenso, el vacío por el que descendemos. Atravesamos nubes de plancton microscópico. Por los laterales veo la superficie que va quedando atrás como un mosaico de texturas borrosas por la tempestad. Bancos de peces nadan en la distancia y hasta puedo distinguir una tortuga.

—¿Cuánto tiempo se tarda en llegar al fondo?

—Algo más de una hora.

—¿Tan lejos está? —Viktor asiente.

—Espero no tener ganas de orinar.

—Esa puerta de ahí es el baño.

—Lo tienes todo.

—Vamos a estar unas horas aquí abajo.

—Claire me dijo que vienes una vez al año.

—Así es.

—Yo no podría ir a la tumba de mi mujer, o de mis padres.

—Lo siento.

—Los cremaron.

Viktor activa un comando en la consola, es el piloto automático. Se da la vuelta y saca de un compartimento un CD. Lo introduce en una ranura de la pared y selecciona con un cursor la canción número ocho. Empieza a sonar la canción de Rem: «Everybody hurts, sometimes...», como si sirviera para algo. La música inunda el silencio en que se ha convertido el sumergible. El murmullo de la melodía nos zambulle lentamente en las tinieblas.

Noventa minutos después el marcador de profundidad marca cinco mil novecientos metros. Viktor enciende las luces de largo alcance situadas en la panza del sumergible.

La oscuridad es total. Parecemos los tripulantes de una nave espacial perdida en el espacio. Alguna medusa extraviada se cruza en la distancia. De pronto comienza a aparecer la figura fantasmagórica del pecio. El enorme barco empieza a hacerse visible en el fondo marino. La proa y la popa separadas por algo más de cien metros. Al parecer, está en una extensa llanura abisal. No hay cordilleras marinas ni irregularidades. Es el perfecto cementerio, inaccesible al mundo exterior. Conservado imperturbable de la mano del hombre. Solo Viktor es el que baja por estas latitudes.

Tendría que sentirme afortunado, pero no me agrada el mar, ni las profundidades, ni mucho menos la suma de ambas cosas. Aun así, es un viaje que no me perdería por nada del mundo. Quizás sea esta la terapia de choque que necesito para no enloquecer. Conocer a mi no verdugo, a una parte tan importante de la historia de Viktor y de la mía propia

191

es algo por lo que he de pasar aunque no lo haya pedido. Y hacerlo, además, encerrado en un submarino a seis mil metros de profundidad junto con mi peor enemigo. Droga dura administrada a la fuerza. Mi corazón dicta mi estado: una mezcla de emoción y miedo traducidos en un latir intenso.

Alrededor de la mole empiezo a distinguir decenas de figuras desperdigadas por el fondo. Son los contenedores. Estamos a apenas cincuenta metros del lecho marino cuando Viktor toma los mandos del sumergible. El ingenio se desplaza suavemente hacia un lateral. Con las luces puedo ver un enorme agujero en el casco. Los hierros se hayan retorcidos hacia afuera por la explosión. El silencio se convierte en una tensa marcha fúnebre donde el ritmo lo marcan los diferentes sonidos de los mecanismos que nos mantienen vivos aquí abajo.

Ahora se distinguen los contenedores perfectamente. Reventados por la presión, dejaron escapar su contenido. Muchos de ellos aparecen rodeados de un montón de productos indescifrables, sin embargo, hay otros cuyo interior se asoma perturbador.

—¿Qué es aquello que se asoma de tantos contenedores?

—Esto es lo que quería enseñarte.

Nos acercamos lentamente hacia unos cuantos apilados desordenadamente a unos metros del pecio. En la distancia y con la poderosa luz puedo ver unas bolsas que quedan libres del limo por las hélices del submarino. Para mi sorpresa, son gigantes, multitud de ellos, dentro de unas bolsas de contención transparentes. Ahora caigo, son las mismas que vi en el camión abandonado en el País Gigante. Probablemente aquel camión transportaba a uno de ellos. Criogen, eso es lo que leí en la etiqueta. Ahora entiendo que los gigantes estaban en animación suspendida, sumergidos en el líquido que los preservaba de la vida, y también de la muerte.

—¿Por qué estaban aquí estos gigantes? Nunca se mencionó nada en las noticias.

—Nadie lo sabía, era una operación secreta. El odio hacia los gigantes había hecho que se multiplicaran las amenazas contra ellos y contra mí. No bastaba con que estuviéramos al borde de la extinción. Había que acabar con nosotros definitivamente. Quedarse en el País Gigante era una sentencia de muerte para los que continuaban sin la enfermedad, tampoco había ningún país que acogiera a los vivos hasta que todo pasara, nadie quería correr el riesgo. Se optó por enviarlos a un archipiélago junto con mi hermano. De esa forma nadie sabría de su existencia, por lo que podrían darle una oportunidad a mi especie.

El sumergible recorre el perímetro en torno al barco. Multitud de cuerpos dispersos por el fondo que las hélices van limpiando de su manto de sedimentos. Aparecen bien preservados, pero con el esternón aplastado por la presión. Hay muchos, demasiados.

—Son muchos, ¿cuántos había?

—Trescientos perecieron aquella noche.

Seguimos recorriendo el entorno. Me fijo en unos puntos de colores, rojos, verdes, naranjas, dispersos por el fondo.

—¿Qué hay por todo el fondo?

Viktor empuja la palanca lentamente hacia delante. Nos acercamos hasta casi rozar el lecho marino. Ahora puedo distinguir lo que realmente son: todo tipo de juguetes sobre los gigantes. Ahí están, descoloridos por el agua y la sal. El rey gigante, la reina, el palacio, las armas gigantes que tanto disfruté en mi niñez. Todo un mosaico de figuras de los que antaño fueron héroes para luego convertirse en villanos.

A mi memoria vienen los recuerdos de golpe, momentos felices, de emoción, cuando yo mismo pretendía ser un gigante, luchando contra un ejército de hombres despiadados. Los recuerdo todos, memorias de una época que me resulta ajena, y sin embargo, es la esencia de lo que una vez fui, un niño lleno de ilusiones, de imaginación, de felicidad.

—El populismo hizo que los niños se deshicieran en masa de sus juguetes. A lo largo de estos años, los miles de cruceros que han ido pasado por aquí han arrojado su inocente carga llena de simbolismo. Un odio que no entendían ampliado por la prensa sensacionalista y unos padres ignorantes.

—Del que tú fuiste responsable —añado. Viktor me mira un instante y continúa concentrado en los mandos.

Seguimos recorriendo la zona cuando volvemos a elevarnos sobre el fondo. Algunos sacos aparecen rajados y en su interior se intuye el resto consumido de lo que antes era un ser de leyenda convertido hoy en un montón de huesos.

—¿Dónde está tu hermano?

Viktor gira el mando y se dirige con el batiscafo hacia la proa. Los restos del pecio dan muestras de los casi cuarenta años que lleva bajo las aguas. Una parte del costado se ha derrumbado dejando entre ver las cavidades de su interior como una casa de muñecas.

A unos cien metros de la proa del barco, un montículo en el lecho me llama la atención, tiene una forma diferente, no es rectangular, es más bien ovalado. Parece un supositorio de gran tamaño. Viktor se detiene a escasos metros.

—¿Qué es eso?

Viktor enciende un monitor y navega por varias opciones. En una de ellas selecciona «Orás».

—¿Ahí dentro está tu hermano?

—Sí.

La pantalla muestra un cardiograma. Una línea plana que separa la luz de la oscuridad. Entonces en el monitor aparece una pulsación. Me acerco a la pantalla sin dar crédito. Otro latido rompe el hipnotismo en el que me encuentro. A intervalos de casi diez segundos, el corazón de Orás late como el eco de una gota de agua en el silencio.

—¡¿Está vivo?!

Viktor asiente.

Contemplo atónito la cápsula iluminada por los potentes faros. Unas anémonas danzan adheridas en su superficie. Viktor baja de golpe la intensidad de las luces y acciona la palanca de control. El ingenio se eleva lentamente levantando una nube de limo. Se alza unos metros sobre el lecho y se sitúa justo sobre la cápsula. Lentamente desciende limpiando con sus hélices la superficie. Observo con detenimiento desde una de las ventanas del fondo como va quedando al descubierto lo que Viktor quiere mostrarme. Las luces se apagan casi por completo para mostrar la tenue luz azulada que sale de una pequeña ventana a la altura de la cabeza. Milímetro a milímetro, nos acercamos a ella para poder ver tras el cristal el rostro dormido de Orás teñido de un frío azul. Tanto nos acercamos que el casco del submarino golpea levemente la cápsula con un sonido metálico hueco. Doy un salto cuando veo la enorme cabeza que se mueve de un espasmo en el interior.

—Dios, no puedo creer que lleve aquí abajo tanto tiempo. ¿Nadie más lo sabe?

—Solo yo, y ahora tú.

Me niego a quitar la vista del rostro tras el cristal.

—No puedo creer que siga vivo después de tantos años.

—Cada año vengo aquí a cambiar las baterías de la cápsula y renovar el líquido.

—Con la excusa de rendirle homenaje…

—Correcto. Es una tarea rutinaria no exenta de riesgo.

Viktor se coloca en paralelo a la cápsula e introduce los dedos en unos guantes de control remoto. Se coloca unas gafas y comienza a manejar las pinzas con soltura. Los apéndices se titanio se mueven de una forma asombrosamente ágil. Viktor manipula una llave en la base de la cápsula. Sujeta una pequeña muesca en la superficie y tira hacia afuera. Una pieza con la forma de un rectángulo alargado sale con facilidad. El brazo la coloca en un compartimento bajo el batiscafo. El otro brazo saca una pieza del mismo tamaño y la introduce en el hueco. Tras girar la llave a la posición original, oímos un pitido en una de las pantallas. Ahora se lee «Batería 100 %».

—El siguiente paso es vaciar la cápsula del líquido criogénico mientras lo lleno con el nuevo. Esto es más complicado.

Uno de los brazos se pliega hacia adentro. Un instante después reaparece con un extenso tubo flexible. Mientras, yo me entretengo observando por una de las escotillas. Al fondo, puedo distinguir lo poco que queda del enorme carguero. Varado en el lecho parecen los restos de una ballena muerta. La tenue luz del sumergible me permite acostumbrarme a la oscuridad del exterior. Ahí fuera el silencio es sepulcral, los cuerpos de los gigantes apenas se distinguen desde aquí, unos bultos uniformes en el lecho marino. La piel se me pone de gallina al imaginar a los gigantes despertar de su sueño en completa oscuridad mientras el sarcófago comienza a llenarse de agua. Una muerte horrible.

Algo me saca de mis pensamientos. Una sombra a lo lejos, que diría sale del mismo buque. En la oscuridad es fácil que la vista te juegue malas pasadas. Trato de enfocar hacia el centro, pero no logro distinguir nada. Miro de reojo para poder ver más, el rabillo del ojo es capaz de captar más luz, una sencilla técnica para poder ver, o más bien intuir, figuras en la oscuridad. Lo veo de nuevo, ahora mejor sin mirar de frente. Es una silueta alargada, enorme, que sale del pecio. Se dirige hacia aquí.

—¡Viktor! ¡Apaga las luces!

Viktor parece no inmutarse ante mi nerviosismo.

—No puedo parar ahora. ¿Qué sucede?

—Algo grande viene hacia aquí.

Viktor se detiene y suelta los guantes. Se aparta de las gafas virtuales y se asoma por la apertura.

—¿Qué dices? Ahí fuera no hay nada.

—Acabo de ver algo saliendo del barco. Parecía muy grande.

—Te habrá engañado la vista.

—Ahí fuera había algo, era largo y delgado, como un…

—¿Calamar…?

—¡Eso es, como un calamar gigante!

Viktor se apresura a apagar unos interruptores del batiscafo. El sumergible se queda a oscuras, tan solo unos comandos
permanecen encendidos en la consola central. El silencio
invade el submarino. Ahora el batiscafo parece un enorme
insecto intentando pasar desapercibido ante un depredador.
De pronto un chirrido rompe la tensa calma. Es un sonido
parecido al de un cristal siendo rayado, pero no en nuestro
sumergible.

—¡Qué es eso?—susurro asustado. Viktor me manda callar.

El gigante activa un par de comandos en un panel y se
pone las gafas virtuales.

—¿Y eso para qué?

—Visión nocturna. —Viktor mueve un *joystick* en la consola.

—¿No tienes unas gafas extras?

A tientas, Viktor saca unas gafas tamaño humano de un
compartimento. Me las pongo. La imagen se llena de un verde fluorescente. Estamos viendo la proa del barco a lo lejos
que ahora brilla por el haz de infrarrojos. Su figura se distingue perfectamente. Viktor mueve el *joystick* y la cámara
responde a un lado y a otro. Nada. Cambia de cámara por la
de la parte superior. Nada. Ni rastro del calamar. La última
es la de la parte frontal del submarino. Entonces los vemos,
un enorme y colosal calamar de veinte metros abrazado a
la cápsula de Héctor. Me estremezco al ver su descomunal
tamaño con sus tentáculos escudriñando con cada palpo del
sarcófago.

Viktor se quita las gafas de golpe y se asoma por la ventana. Yo le sigo. Por la pequeña ventana de la cápsula, de donde emana la fría luz del sarcófago, vemos con horror como

el enorme molusco intenta perforar con su enorme boca en forma de pico de loro el cristal. Viktor enciende los potentes focos del submarino. Ahora lo observamos con nitidez. Perfectamente enroscado a la cápsula, el escurridizo calamar colosal intenta acceder al interior del sarcófago.

Apenas se inmuta ante nuestra presencia. Está más interesado en penetrar el grueso cristal y así obtener su preciado trofeo. Si no hacemos algo pronto, solo le bastará arañar algo más la superficie, la presión del agua a esta profundidad hará el resto. Los moluscos de la familia del calamar o el pulpo son sumamente inteligentes y saben que una vez ganado acceso introducirán su enorme cuerpo por la pequeña abertura para devorar sin contemplaciones a la indefensa víctima.

Viktor se enfunda los guantes de nuevo y con los brazos robóticos agarra fuertemente dos de los tentáculos del monstruo marino. Este se suelta de golpe y se enrosca rápidamente en las extremidades de metal. El submarino se mueve con violencia mientras el animal intenta zafarse de las tenazas.

Uno de los tentáculos se agarra con fuerza a uno de los focos. La fuerza inmensa del gigante invertebrado lo arranca de cuajo. Con los bruscos movimientos, la manguera con la que Viktor llenaba la cápsula se ha soltado. Una pequeña fuga es visible por la boca de repostaje.

—¡Sebastián! ¡Tienes que encajar la manguera de vuelta a la cápsula! ¡Si se queda sin líquido mi hermano morirá!

—¿¿Cómo hago eso??

—Coge este mando y las gafas, mientras yo entretengo a este hijo de puta.

Me pongo las gafas y me enfundo el guante con firmeza para manejar una de las tenazas que ha quedado libre. A través de la cámara puedo ver perfectamente dónde está la manguera. El submarino se mueve de un lado a otro. El calamar obstaculiza el enganche con su enorme cuerpo de color rojizo. Apenas hago el primer intento cuando me da un golpe que hace que suelte el tubo. El sudor hace que se me empañen las gafas. Viktor continua por todos los medios intentando zafarse del animal, o el animal zafarse de Viktor.

Vuelvo a coger la manguera y pruebo de nuevo encajar la boca del flexible tubo. Ahora o nunca, no voy a dejar morir a un inocente, por mucho que sea el hermano de Viktor. Con un movimiento firme, empujo el brazo hasta el fondo y la manguera encaja a la perfección en el orificio.

—¡Listo! —exclamo eufórico.

Al instante, un manto negro lo oculta todo. El calamar ha hecho uso de su último recurso expulsando un chorro de tinta.

De pronto escuchamos un fuerte ruido y el sumergible deja de moverse. Se hace el silencio. Unas cuantas alarmas son los únicos testigos de lo que ha pasado ahí fuera. Ni Viktor ni yo nos atrevemos a mover un músculo. El sudor recorre nuestros extenuados rostros mientras intentamos recuperar el aliento.

Un pitido nos saca del estado de *shock*. El tanque se ha llenado. Miramos por las diminutas ventanas frontales y vemos aparecer la cápsula mientras se dispersa la tinta. De pronto el brazo articulado cae sobre el sarcófago con un estruendo. El colosal calamar lo arrancó de cuajo en su huida.

—Esto no entraba en mis planes.

Viktor se mueve de panel en panel comprobando el estado de la nave. Una a una va desactivando las alarmas ensordecedoras.

—Contigo no hay tiempo para aburrirse.

—Tenemos que irnos, ya.

—¿Crees que puede volver?

—No lo sé, pero no aguantaremos otra embestida.

—¿Y qué pasa con tu hermano?

—Tengo que tapar la apertura o la luz atraerá a otras criaturas.

Viktor toma los mandos del sumergible y se alza entre el limo que comienza a posarse de nuevo. Con el brazo que queda en funcionamiento recoge un poco de lodo del fondo y lo vierte sobre la ventana azulada de la cápsula. El rostro tras el cristal rajado desaparece bajo el manto de arena.

—Espero que sea suficiente —afirma esperanzado.

El batiscafo retoma el ascenso de forma suave. Dejamos atrás uno de los brazos mecánicos y una de las potentes luces como trofeos para el enorme animal.

La cápsula, el pecio y el cementerio de gigantes se pierden en la oscuridad. Viktor aumenta la velocidad.

—¿Cuánto tiempo nos queda hasta la superficie?

—Un par de horas.

El sumergible avanza entre las tinieblas de vuelta. Viktor alcanza el comunicador.

—Aquí el Orás , estamos de camino. Subimos a casi tres metros por segundo.

Tras un breve chasquido, el equipo de superficie responde.

—Recibido, Orás . ¿Algún contratiempo?

Viktor duda un instante.

—Nada que el Orás no pueda solventar.

—Recibido. Esperamos vuestra llegada.

El gigante se acomoda en el asiento de mando. Se pasa la mano por la frente y resopla. Por un momento parece que se va a desmayar. El batiscafo sigue su rumbo.

De pronto una fuerte sacudida hace que me me golpee con la pared de enfrente. Un dolor agudo en la cabeza y una herida que sangra son el resultado. Otra maldita brecha que añadir a la colección. El submarino comienza a descender rápidamente. De nuevo las alarmas suenan.

Por una de las ventanas puedo ver el tentáculo del calamar que no se ha dado por vencido. Ahora desea acceder al interior de cualquier manera.

—¡Está muy enfadado! —grita Viktor.

Yo estoy aterrorizado. Miro a Viktor buscando una respuesta. El gigante se enfunda el único guante que queda disponible y comienza a contraatacar.

—¡Agárrate!

Me agarro a donde puedo mientras caemos en barrena dando vueltas. Cierro los ojos esperando en cualquier momento el impacto contra el fondo. La nave cae en círculos. Viktor suda con las gafas enfundadas, se muerde el labio. Aprieta algunos comandos con la mano que le queda libre y vuelve a la carga. Siento una enorme sacudida que casi hace que me estrelle de nuevo. El profundímetro sigue bajando rápidamente. Estamos ahora a casi quinientos metros del fondo. Se diría que el inteligente animal nos quiere estrellar contra el lecho marino para que la presión termine de reventarnos y así poder devorarnos a placer. De pronto la nave se estabiliza, deja de moverse enloquecida y Viktor parece recuperar el control.

—¿Se ha ido? —pregunto asustado.

Viktor asiente con rostro serio. Su cara es un poema, está casi más descompuesta que la mía.

—Volvemos a casa —dice zanjando la conversación.

Le respondo alzando el pulgar antes de caer conmocionado. Lo siguiente que veo es a Viktor despertándome con un vaso de agua. Me noto la cabeza hinchada. Me la toco levemente y siento el vendaje que Viktor me ha puesto de cualquier manera.

—Me alegro de que despiertes.

— ¿Qué ha pasado? ¿Hemos llegado?

—Sí, nos están alzando a cubierta.

—¿Hemos sido atacados por un calamar gigante?

—Dos veces.

Una vez en el barco, todos en la cubierta observan con asombro el estado del sumergible y sobre todo el enorme tentáculo que mantiene atenazado el brazo mecánico. Al parecer, perderlo fue lo único que obligó a la bestia a soltarnos. Si no llega a ser por la sierra mecánica ahora formaríamos parte del cementerio marino, enterrados en un batiscafo hecho trizas convertido en nicho. No llevaría muy bien terminar en el fondo del mar codo con codo con Viktor y los otros trescientos gigantes. Claire se apresura a ayudarme a bajar.

El mar sigue encrespado, pero ha bajado en intensidad y la tormenta ya ha pasado de largo. Los operarios se afanan en amarrar el submarino e inspeccionar los daños. Viktor conversa con uno de los técnicos. Yo le observo mientras un enfermero me hace preguntas que ahora no puedo contestar. Esta es la segunda vez que casi pierdo la vida acompañando a Viktor. No me interesa una tercera, es tentar demasiado a la suerte.

CAPÍTULO 19:
CUANDO GOBERNABAN
LOS GIGANTES

Si repasamos un poco la historia de las relaciones entre humanos y gigantes se pueden entender los acontecimientos actuales, o al menos los que han copado las portadas de los periódicos en los últimos lustros.

Hace casi trescientos años se aprobó, en pleno auge de liberalismo intelectual y humanismo exacerbado, una ley que permitía a cualquier gigante ocupar un cargo público más allá de las fronteras de su territorio, ya sea como ministro, alcalde o incluso gobernante de cualquier país del nuevo y del viejo continente. Todo ello obedecía al interés de lograr una armonía en la población humana de la que solo los gigantes parecían disfrutar. Ellos no tenían guerras, ni hambrunas, ni tan siquiera pestes que los asolaran, a pesar de su paganismo insultante, crimen este que escandalizaba a los más beatos. La providencia los respetaba de tal manera que algunos achacaban su buena estrella a lo divino. Tampoco faltaban los escépticos que creían que se debía a algún pacto con el diablo. No podría explicarse de otra manera que la carencia de un espíritu santo, de un mesías, pudiera otorgarles tanta beneficencia.

En las iglesias y en los colegios más conservadores era común tacharlos de adoradores de Satán, no así en las universidades de las grandes ciudades, donde las malas artes educativas no formaban parte del curso escolar, al menos durante los prósperos años de apertura, porque en el pasado venerarlos era cosa de locos o insensatos e incluso estaba penado por la ley.

Como en todas las civilizaciones, aquellas regiones que no estaban enfrentadas con sus vecinos lo estaban consigo mismas, de ahí que los conflictos fueran tan comunes. Mil veces se han repetido en la historia del ser humano eventos sanguinarios por parte de los ignorantes, arengados por un agitador de oscuros intereses que llevaba a las hordas, cegadas por un odio irracional, a los más horribles crímenes.

Durante poco más de un lustro, los gigantes gobernaron ciudades, villas y algún que otro país, llevando la concordia y el respeto como estandarte de su política. A pesar de ello, la historia nos enseña una y otra vez que la demagogia y el populismo son tendencias tan antiguas como el propio ser humano y este los utiliza una y otra vez en su propio beneficio sin importarle el bien común.

En los libros de historia quedó registrado un hecho que fue la excusa perfecta para excluir a los gigantes de todos los derechos que les fueron otorgados entre los humanos. Una noche, una fuerte tormenta sacudió la pequeña aldea de Las Polvorosas. Los gigantes, sabedores del funcionamiento de la naturaleza, advirtieron horas antes de que la meteorología golpearía con fuerza la zona. Pero los gobernantes, enfermos de orgullo, no tomaron medidas para paliar sus efectos. Durante la noche varios árboles cayeron y la cosecha se arruinó. Pero la peor parte se la llevaría la casa de curaciones. El tejado salió volando como si fuera de papel y uno de los muros de carga del piso superior se vino abajo provocando con ello el hundimiento de las dos plantas del edificio. Mujeres, niños y ancianos que pernoctaban curándose de diferentes males murieron aplastados. Poco tardarían los responsables políticos en cargar contra los gigantes como autores de la tragedia y, además, en connivencia con la iglesia, se encargaron de fomentar el bulo del satanismo para lograr así agitar a las masas en pro de su beneficio, severamente mermado por la llegada a la región de la nueva e influente especie.

Una noche, la tristemente bautizada noche de la Luna Roja, hordas de hombres y mujeres enfurecidos asaltaron las viviendas de los gigantes. Tras bloquearles la salida, arrojaron por las ventanas numerosas granadas de arcilla rellenas de *fuego griego*, un compuesto altamente inflamable y aún más peligroso en contacto con el agua. Muchos morirían abrasados sin posibilidad de escapar. Los que lograron hacerlo no aguantarían mucho, sus enormes cuerpos serían rematados con miles de puñaladas, hachazos y golpes. A pesar de las gravísimas lesiones, algunos de ellos vendieron cara su derrota aplastando con sus puños a casi un centenar de asaltantes antes de sucumbir a sus heridas. Se permitió vivir a un puñado de ellos, por mediación del episcopado, para poder depurar su alma en una descomunal hoguera. Una docena de ellos, moribundos en su mayoría, perecerían en las llamas de la santa inquisición. Del resto de los masacrados darían buena los responsables en una orgía de sangre y violencia. Las crónicas de entonces describirían a las mujeres bebiendo de sus testículos abiertos como nueces para así lograr la fertilidad. A los hombres vendiendo sus entrañas a precio de oro para aumentar la virilidad y fuerza, y hasta a los niños bebiendo de su sangre, alentados por sus padres, para así alcanzar la madurez antes de tiempo.

Estos pogromos contra los gigantes se repitieron varias veces hasta expulsar de las ciudades cualquier resquicio de aquellos que pudiera dar esperanza de futuro a una población analfabeta e ignorante.

Desde aquellos oscuros años, los gigantes fueron vetados de cualquier evento, de cualquier reunión. Todos debían estar únicamente en su país. Todos menos Viktor, solo él quedaría exento de este mandato.

Un par de siglos más tarde, cuando finalmente se produjo la reapertura de ambas culturas, se intentó levantar el veto que permitiera, una vez más, gobernar a un gigante entre los humanos, pero tal levantamiento no se produjo.

Viktor nunca ha gobernado, ni entre los suyos ni entre los humanos. Habrá sido presidente de un millón de empresas, pero no ha sido nunca elegido para ocupar un cargo público. Su condición de gigante lo prohíbe. Tampoco es que sintiera el mínimo interés, siempre había tenido la política como una cuestión ajena a su condición. «Para qué me prohíbes volar si ni tan siquiera tengo alas?» solía mencionar al respecto. Se trataba algo que no entraba en sus planes, o al menos eso pretendía. Ese era su punto de vista hasta que conoció a Claudia, la joven anarquista y líder sin experiencia, pero con una tozudez y entrega sin igual.

CAPÍTULO 20:
LA ODISEA DE CLAUDIA

La aventura acaba de empezar. El sueño de un nuevo movimiento global se le ha metido a Claudia en la cabeza y, tan obstinada como es, no cesará hasta hacerlo realidad. A veces pienso que está más loca que yo, pero aún así creo que si alguien es capaz de cambiar el mundo, es ella.

Son casi las ocho de la mañana. Claudia se afana en leer en el ordenador el memorándum enviado por sus compañeros. En una pequeña ventana tiene a su subordinado, un joven idealista de veintipocos años, con gafas de pasta y pelo alborotado. Es metódica y no quiere pasar nada por alto. Sus cansados ojos marrones leen el documento concienzudamente. El chico interrumpe.

—¿Qué te parece?

Claudia alza la mano, molesta por la interrupción, y continúa leyendo. Finalmente se reclina en su asiento y suspira.

—¿Y bien?

—Creo que está bien.

—¿Crees? Llevamos trabajando semanas en esto. Está perfecto.

—Más o menos. Me gusta la melodía, pero en conjunto desafina un poco.

—Pues es lo que hay. No tenemos tiempo para más.

—Lo sé. Lo dejamos así. Me voy a la ducha que en media hora me vienen a buscar.

—Mucha suerte. No has dormido en toda la noche, no lo hagas ahora en la reunión.

—Ni de coña. Adiós y descansa.

—Y tú tómate otro café.

Claudia presiona el comando de impresión y el utensilio se pone en marcha mandando a Fígaro a la carrera. Se desnuda sin ganas y se va a la ducha, no sin antes recalentar el café dos minutos en el microondas. Bajo el agua tibia se siente cómoda. Se moja la cabeza y la disfruta por un rato. Le basta con diez minutos, viste el albornoz y se va directa al microondas, saca el café casi frío, tiene un paladar sensible, y lo disfruta aunque sea de ayer, otra cosa más que ha heredado de mí.

Se viste deprisa e introduce el memorándum en una carpeta. Se asoma a la ventana y ve un coche negro esperando junto al portal. Se mira en el espejo de la entrada y se enrosca una bufanda de color gris. Tiene algunas ojeras, pero piensa en los grandes personajes que cambiaron el mundo, todos tenían ojeras.

—Deséame suerte —le dice a Fígaro antes de abandonar la casa.

Se mete en el coche automático y se aleja calle abajo. Repasa el memorándum que tiene sobre las piernas. No puede ocultar la emoción que siente al poder conocer en persona al gigante. No es solo el último representante de una especie fascinante, es, además, el personaje más poderoso del sistema solar; la colonia de Marte fue financiada por él personalmente.

Viktor representa una rara mezcla de mitología adaptada al mundo moderno. Claudia tiene la esperanza, tanta o más que sus compañeros de partido, de que Viktor conserve las virtudes que hacían famosos a los gigantes, que no se rija enteramente por el dinero, que sea la justicia y el pacifismo lo que mueva su espíritu.

Ella no quiere hablar de números, ni de análisis macroeconómicos de sus empresas. Claudia desea ver más allá, es una idealista. Desde el día que se enteró de que todavía existía un gigante vivo y de que este estaba camino de convertirse en el personaje más rico del mundo, a Claudia se le iluminó la mente.

Fue precisamente eso lo que la salvó de unirse a su madre en el más allá, cuando se hallaba dispuesta a terminar con todo, sentada en un colchón cochambroso, en un hostal infecto, rodeada de comida podrida devorada por las cucarachas, con una botella de whisky barato en una mano y un bote de tranquilizantes en la otra: un billete de ida al cementerio. Intoxicada ya por el alcohol, las lágrimas le brotaban de sus ojos como nunca antes lo habían hecho.

Contemplaba con devoción una foto de su madre cuando era pequeña, porque las que tenía de adulta eran de tristeza mal disimulada. Hasta ahí había llegado en su viaje a los infiernos. No pensaba salir de esa habitación si no era en una bolsa funeraria, y quizás reunirse así con su progenitora, radiante en el otro lado.

Habiendo ingerido más de veinte pastillas, suficientes para alcanzar su objetivo, Claudia estaba de sobra preparada para afrontar su destino con relativa calma. No sabe aún qué la impulsó a encender la tele, tal vez aprovechar los últimos minutos con algún documental sobre naturaleza, quizás un programa sobre parejas que se reencuentran, o un concurso de sopa de letras. No encontró nada de eso, en su lugar estaban emitiendo un reportaje sobre los gigantes, su avanzado modo de vida, su cultura, sabiduría y, sobre todo, acerca del último superviviente, Viktor. Entonces comprendió que no era ese el momento del adiós, que aún había esperanza; lo convirtió en su señal, la cuerda a la que agarrarse para no caer al abismo e hizo de aquello su epopeya. Si en esta vida nada sucede por azar, si todos tenemos un destino, Claudia vio el suyo en aquella pantalla de televisión, en aquella mugrienta habitación rodeada de huesos de pollo y ratas.

Corrió hacia el cuarto de baño y vomitó todo el peso de sus desgracias. Mientras Viktor existiese, habría esperanza. Su legado no perecería con él, sería preservado, conservado, extendido y aplicado a la infecta sociedad humana.

Claudia se puso manos a la obra esa misma noche escribiendo en un locutorio una primera hoja de ruta, una declaración de intenciones de lo que sería un nuevo partido político, una forma de gobernar, la democracia de los hombres no funcionaba, se había quedado obsoleta. Los gigantes tenían la clave de nuestro futuro y Viktor era la última oportunidad que nos quedaba para salvar a la humanidad, o al menos para salvar a Claudia.

El vehículo llega a la primera puerta de la mansión y entra sin apenas detenerse. Sube por un camino de tierra jalonado por farolillos y setos de media altura. Un hombre con unos perros observa desconfiado. Llega a lo alto de la colina donde antes lo hiciera yo. Los osos de Viktor juguetean a escasos metros corriendo por el césped. Un hombre de mediana edad recibe al vehículo y abre la puerta.

—Bienvenida, señorita Claudia. Mi nombre es Alberto. Viktor la recibirá enseguida.

—Gracias —dice Claudia mientras se apea del coche.

—Permítame que la acompañe hasta la sala de espera. —Entran en el vestíbulo—. Sígame, por favor.

Claudia no pierde detalle de la mansión del gigante. Un amplio *hall* de suelos de mármol se abre ante ellos. Cuadros de diferentes estilos adornan las paredes. La altura es considerable. Los rayos de sol penetran en la sala a través de unos tragaluces del techo dotando a la estancia de un aire de pintura renacentista que ella sabe apreciar. En la pared del fondo cuelgan diversas obras en las que los gigantes son protagonistas. Pertenecen al Renacimiento italiano. Como cuando yo en su día contemplé las con admiración, ahora es Claudia la que observa con curiosidad las diversas escenas de tiempos pasados en la que se dan la mano gigantes y seres mitológicos.

—Creí que solo se pintaba a los gigantes como enemigos —comenta.

—Estas son obras pintadas por gigantes exclusivamente.

—No tenía ni idea de que pintaran.

—Oh, por supuesto. El arte empezó con ellos mucho antes que con el ser humano. De hecho, el Renacimiento italiano se inició gracias al mecenazgo de numerosos gigantes interesados en la expansión del conocimiento en las artes y la cultura.

Claudia se queda mirando un enorme lienzo de un esbelto gigante de torso desnudo que parece observarla. El guía abre las dos puertas de par en par y llegan por fin a la enorme biblioteca de Viktor.

—¡Joder! —exclama Claudia.

Con una altura de tres pisos, interminables estanterías de libros se extienden varias decenas de metros hacia una pequeña zona de lectura al fondo de la biblioteca. Claudia contempla atónita la interminable colección de volúmenes de todos los tamaños.

—Esta biblioteca se construyó hace ya veinte años. Viktor ordenó su creación para dar cabida al valioso legado de los gigantes y evitar su deterioro al abandonarse sus centros de conocimiento.

—¿Cuántos libros hay aquí dentro?

—En esta sala tenemos casi cincuenta mil volúmenes, los más influyentes. El resto, más de millón y medio de manuscritos y libros publicados se hallan en otras dependencias altamente protegidos. Es una muestra de lo que se ha escrito en los últimos cinco mil años, por parte del ser humano, aclaro.

—¿Y de los gigantes?

—Algo más de tres millones en los últimos diez mil años, aunque aquí solo hay unos treinta mil.

—Pero nunca había creído que fueran tantos en tantos años. No he leído nada acerca de la literatura gigante.

—No es algo que conozca mucha gente. Recuerde el hermetismo de la cultura gigante.

—¿Y por qué no se hace público? Quiero decir, se podría digitalizar y hacer público.

—Oh, se intentó varias veces, incluso se tradujeron varios miles de ellos, pero fueron confiscados antes de llegar a las librerías.

—¿Ah, sí?, ¿y por qué?

El acompañante de encoge de hombros.

—No lo sé, ¿miedo a la libertad, quizás?

—Eso es lo que intentamos cambiar.

Llegados al rincón del lector, Alberto invita a Claudia a sentarse.

—Viktor llegará en cualquier momento.

—Gracias.

Alberto hace una reverencia.

—Señorita…

El ayudante de retira por el pasillo central. Sus pasos reverberan sobre el suelo de mármol mientras se aleja. Claudia le ve marchar y centra su mirada en la butaca de enormes proporciones que tiene delante, sin duda es la de Viktor. Hay una pequeña lámpara a un lado y una chimenea en la pared. Es un holograma, ¿quién querría un fuego tan cerca de semejante tesoro?

Se levanta y se acerca a una de las estanterías. Mira con curiosidad los volúmenes de diferentes tamaños. Son obras de los hombres. Sale de la galería y recorre las contiguas hasta dar con la de los gigantes. Son estanterías de mayor tamaño. Una sensación de entusiasmo recorre su delgado cuerpo. No solo está en la biblioteca de un gigante auténtico, está ante el legado milenario de una raza extinta, o casi.

Recorre paso a paso los interminables pasillos, observando con extrema curiosidad las libros. Se decide a sacar uno de ellos no muy grande. El lomo tiene unos raros gráficos impresos. Las páginas son muy gruesas y la cubierta muestra varios círculos, unos dentro de otros. Hay una esfera justo en medio, se diría que es el sol. Al abrirlo se esfuerza en descifrar en voz alta el año en que fue publicado.

—Sesenta mil quinientos treinta y seis.

—Seis mil quinientos treinta y seis —dice Viktor, situado justo detrás.

Claudia pega un salto y gira súbitamente. Viktor la observa desde más tres metros más arriba. Los ojos de Claudia están abiertos como platos y sus pupilas hermosamente dilatadas.

—No está mal. ¿Dónde aprendiste a leer nuestro idioma? —Claudia sigue sin reaccionar—. Te recomiendo este. —Viktor busca entre los volúmenes y saca uno algo más grande parecido a un atlas enorme. Se lo da a Claudia que lo recibe con asombro. Sus brazos apenas pueden con el pesado libro. Solo así sale de su estado de *shock*.

—¿Es usted el señor Viktor? ¿El gigante?

—Es una pregunta de fácil respuesta. Sí, soy Viktor, el famoso último gigante.

—Claro, qué estupidez. Disculpe.

A continuación, se dirigen al acogedor rincón de lectura. Alberto aparece con un carrito que desplaza con soltura por el pasillo. La cubertería tintinea sobre los platos de porcelana de un servicio de té. Las ruedas necesitan algo de aceite, a juzgar por el ligero chirriar. En general, un conjunto algo ruidoso que Alberto advierte con una incómoda expresión un su rostro.

Claudia sujeta nerviosa la taza de café que le ofrece Alberto. Rápidamente planta su mano sobre la taza para evitar el incómodo sonido. Alberto la mira y sonríe, cómplice. Viktor sujeta la suya sin el más mínimo ruido.

—Gracias, Alberto.

—Señor… —responde este servilmente.

—¿Y bien? Tu padre me comentó que querías verme. ¿Qué es lo que te ha empujado a venir aquí? —pregunta Viktor con su rotunda voz.

Claudia traga saliva y contesta.

—Quiero que seas el gobernante de la raza humana —responde ella con firmeza. Viktor suelta una sonora carcajada. Claudia alza la voz impaciente—. Solo contigo podremos tener una oportunidad para no mandarlo todo al carajo.

Viktor se queda en silencio por unos segundos que a Claudia le parecen eternos. Finalmente habla.

—No, querida y joven idealista, aplaudo tu iniciativa, sin duda está llena de buenas intenciones, pero los gigantes no podemos gobernar a los humanos. Puedo ser el empresario con más éxito del planeta, sin embargo, mi imperio termina donde empiezan las leyes de los hombres.

—Lo sé, pero antes, en el pasado, se os permitió gobernar en tierras ajenas a la vuestra. Por unos años le disteis esperanza a nuestra especie. La paz y el respeto fue vuestra consigna.

—Y por eso nos masacraron a sangre fría. Todos y cada uno de los que gobernaban en cualquier rincón de esta tierra fueron sacados de su casas en mitad de la noche y hechos pedazos por los mismos que antes celebraban su llegada.

—He leído vuestra historia, soy consciente de las injusticias que habéis sufrido. Aquellos horribles crímenes fueron fruto de la ignorancia. Y no habéis sido el único grupo en sufrir las consecuencias. Pero los instigadores de esas carnicerías eran hombres poderosos, con influencia, gente malvada que sabía cómo arrastrar a la gente a cometer actos atroces. Pero tú eres diferente. Disculpa que te tutee.

—Adelante.

—Eres más poderoso de lo que jamás hubiera podido soñar un ser humano, y eres un gigante, el último de tu especie. En la ideología popular os vemos como el perfecto equilibrio entre fuerza e inteligencia. Cualquier ser humano soñaría con ser uno de vosotros. Sois el, el... —Claudia busca un sinónimo.

—¿El hermano mayor que os hace falta?

—¡Eso es! Sois el hermano mayor que nunca hemos tenido.

—¿Qué te hace pensar que no soy igual que uno de esos hombres de los que hablas, Claudia, hija de Sebastián? —responde Viktor muy serio.

—Conozco el pasado de mi familia. Sé que la locura empujó a tu hermano a cometer esos actos atroces. No estoy justificando sus actos, pero creo que perder a toda su especie, a su familia, a sus amigos, a todos los que le rodearon puede hacer que hasta un gigante pierda la cordura.

Viktor se reclina de nuevo en su asiento.

—Eres una joven con las ideas muy claras, idealista e ingenua, pero con las ideas claras. Siendo hija de quien eres no creo que aceptes un no por respuesta.

—Hubo un tiempo en el que valoraba mi vida tanto como la mierda que corre por las cloacas. Pero todo cambió cuando supe que eras el último de tu especie. La raza humana tiene una oportunidad, Viktor, el planeta entero tiene una oportunidad, y esa oportunidad eres tú.

—Sabes vender un sueño como si fuera real.

El gigante levanta su pesado cuerpo de la enorme butaca. Se lleva las manos a la espalda y contempla en silencio el fuego artificial de la chimenea. Durante unos segundos su mirada se pierde en algún lugar de su memoria. Finalmente habla.

—Está bien, acepto tu oferta, seré vuestro candidato. Pero lo primero es levantar el veto que se impuso a los gigantes para gobernar.

Claudia respira aliviada.

—Cuento con un grupo de mecenas que apoyan nuestra causa. Son ciudadanos anónimos de todas partes que aportan su granito de arena para lograr un cambio en el sistema. —Claudia abre la carpeta que lleva consigo y le entrega unas cuantas hojas impresas—. Empezamos con esto hace unos meses y nuestro impacto en las redes sociales ha pasado de unos cientos de seguidores en la primera semana a varios millones en los últimos seis meses. La gente está pidiendo a gritos un cambio en nuestros gobernantes y están dispuestos a modificar la ley para que sea un gigante el próximo presidente del país.

—Te vendes muy bien. Tal vez deberías ser tú la candidata.

—Yo solo deseo vivir en un mundo mejor.

—De acuerdo. Pondré a un grupo de abogados expertos en leyes internacionales a tu disposición. ¿Qué más tienes en la carpeta?

—Nuestro programa electoral.

—Le echaré un vistazo. Espero que no sea demasiado ambicioso.

—De momento es solo un borrador. Falta por añadir las partes que hicieron de vuestra política un referente para nuestra especie.

—Me pondré con ello personalmente, aunque habrá que adaptarlas, eran otros tiempos.

—¡Por supuesto!

Viktor se levanta pesadamente.

—He de irme ahora.

Claudia se incorpora de un salto.

—¡Claro! Tómate el tiempo que necesites.

—Claudia, ha sido un placer conocerte. En breve me pondré en contacto contigo para otra reunión.

—El placer ha sido mío, Viktor. Muchas gracias por aceptar algo tan importante. Tengo la impresión de que vamos a hacer historia.

—Al menos lo intentaremos. —Viktor se retira por uno de los pasillos. Claudia lo contempla, exultante.

Sin saberlo, Claudia acaba de prender la mecha de unos acontecimientos que amenazan con volarlo todo por los aires.

CAPÍTULO 21:
NO HAY DESCANSO
PARA LOS MUERTOS

Es noche cerrada. En el cielo, la Luna apenas parece una fina sonrisa. Una furgoneta circula por una solitaria carretera en medio de un llano. En la furgoneta viajan cuatro hombres y una mujer. El motor eléctrico del vehículo es apenas un zumbido que hace aún más aburrido el viaje. El conductor, un tipo grande, tirando a gordo y con una gorra de Australia, rompe el monótono silencio.

—¿Quién de vosotros es el cámara?

—Yo —dice uno de los pasajeros con aspecto irlandés y de piel blanca, casi etérea.

—¿Y cómo terminaste aquí?

—Pues como el resto de vosotros, imagino, por el dinero. También por lo que significa este viaje. Siempre he deseado un trabajo en el país de los gigantes —añade.

—¿Y tú? ¿Chloe, verdad?

—Sí.

—Eres la única chica del grupo. ¿Qué haces aquí?

—Soy antropóloga. Llevo veinte años estudiando a los gigantes.

—Una rata de biblioteca.

—Me identifico más bien como un ratoncito, aunque con muy mala leche.

—¡Ja, ja! —ríe el conductor.

—Bueno, chicos, hemos venido a grabar un documental sobre los gigantes y el mundo que han dejado atrás. —Interrumpe el que parece el jefe sentado al lado del conductor con un palillo en la boca—. Es un trabajo arriesgado, pero somos profesionales. Si todo sale bien, nos podremos tomar un año sabático.

Todos asienten satisfechos.

—¿Para todos es vuestra primera vez en este lugar? —pregunta Chloe.

—Sí —responden uno a uno.

—Para mí también —se suma el jefe.

La furgoneta se aproxima a un puesto de control. Una pequeña caseta se encuentra junto a la barrera móvil. Un hombre sale a recibir al vehículo cuando se acerca. Finalmente se detiene y el jefe abre la puerta.

—Ahora vengo.

Por la ventana, Chloe observa a los dos hombres conversando brevemente. El jefe saca un sobre que el guarda oculta en el bolsillo interior de la chaqueta. Tras despedirse, regresa al interior del vehículo.

—Todo en orden. Bienvenidos al Chernobil del siglo XXI.

La barrera se alza y la furgoneta arranca en silencio. El guarda se asoma brevemente por la ventana para verlos marchar. Respira hondo y cierra la cortina. En mitad de la noche, el conductor enciende la radio, pero todo lo que se escucha es ruido blanco.

—Vaya mierda —protesta.

—¿Y qué esperas? Estamos en un país maldito. Más de medio millón de kilómetros cuadrados para nosotros solos. ¿No es así, ratón de biblioteca?

—Si no te importa, mi nombre es Chloe. Y así es. Desde la peste que acabó con ellos no ha habido ninguna otra incursión. Lo que estamos haciendo rompe varias leyes internacionales y nos pone en línea directa a varios años de cárcel. Solo algún reducido grupo de científicos se aventura de vez en cuando para tomar muestras del suelo, del agua y del aire.

—Espero que todos llevéis vuestro equipo NBQ —dice el jefe.

—Venimos a grabar un documental, ¿recuerdas? Además, el virus que acabó con ellos es inocuo en nosotros. Todo eso de la cuarentena es una pantomima —responde el irlandés.

—Si no lo has traído no hace falta que te excuses tratando de justificarlo. Los demás no son tan estúpidos.

El jefe dirige la vista hacia el resto de los ocupantes con determinación. Estos le devuelven la mirada arqueando las cejas.

—¿Nadie lo ha traído? ¿Pero qué clase de profesionales se embarcan en una aventura así sin protección? —El silencio es el cómplice de los aludidos—. Esperaba que alguno de vosotros tuviera un equipo extra —concluye el jefe con humildad.

—Francamente, no creo que nos vaya a pasar nada con ningún virus, —interrumpe Chloe—. Por lo que debemos estar preocupados es de los depredadores. Esta tierra lleva décadas sin intervención de ningún tipo. Aquí impera la ley de la naturaleza. Antes eran los gigantes los que mantenían a raya a las bestias, los lobos y los osos nunca fueron un problema para ellos, pero sí para nosotros. De hecho, los pocos que se aventuraban a entrar en su territorio, ladrones, contrabandistas… o reporteros como nosotros, desaparecían sin dejar rastro, a menos que un gigante pasara por ahí y evitara una muerte segura.

—No tema por eso, todos hemos estado antes en algún safari, ¿verdad? —Sonrisa cómplice.

—Eso mismo me dijo la persona que me contrató, una buena suma de dinero y que no haga preguntas. Aunque tratándose del País Gigante, lo hubiera hecho gratis —dice Chloe—. A pesar de todo no hay que bajar la guardia, y menos en un lugar como este.

En ese momento un ciervo cruza corriendo la carretera. La furgoneta da un volantazo y logra esquivarlo, no así al animal que corría tras él. El vehículo se detiene en el arcén tras el fuerte impacto.

—¿Qué era eso? ¿Un ciervo? —dice el irlandés.

—No lo sé, juraría que era un perro persiguiendo un ciervo —contesta el conductor.

—Voy a bajar a echar un vistazo —añade finalmente el jefe.

—Cuidado, no es muy prudente bajar de noche por estos bosques —advierte Chloe.

—No te preocupes, sé cuidar de mí mismo —responde mientras saca una Beretta de la guantera.

—¡Joder!, ¿te has traído aquí eso?

—Nunca viajo sin mi dulce Doris.

El jefe abre la puerta y se dispone a salir.

—¿Quieres que bajemos contigo? —pregunta el irlandés.

—No necesito niñera.

—Un auténtico macho —murmura Chloe.

El jefe sale a la carretera y cierra la puerta a su espalda.

—¿Le ha puesto Doris a una pistola? —dice Chloe sorprendida.

El líder avanza lentamente hacia un bulto que yace en el arcén, a unos quince metros detrás de la furgoneta. Mira a su alrededor. Solo se escucha el ruido de los grillos. Es un cuerpo peludo de color negro. Sea lo que sea, sigue vivo. Se escucha su respiración y el esternón se hincha por momentos. El jefe bordea el animal para verlo de frente. Es un lobo con la lengua fuera y jadeante. La sangre sale de su boca mezclada con la saliva.

—Tengo que ver esto —dice Chloe mientras se asoma por detrás. Sale de la furgoneta y camina hacia el jefe con cautela.

—¡Wow! —exclama al ver el tamaño del animal—. Es enorme. Nunca había visto uno tan grande de cerca.

—Debe tener alguna hemorragia interna y probablemente se haya fracturado la columna.

El jefe mira hacia el otro lado de la carretera y distingue la figura del ciervo, observando la escena desde la distancia.

—Has tenido suerte —murmura.

El lobo tiene un cuerpo robusto y una gran cabeza. Su enorme boca yace babeante en el suelo. Respira con dificultad y su cuerpo está tembloroso. Sus ojos marrones observan al jefe con detenimiento. Este apunta la Beretta a la cabeza.

—Lo siento, amigo. Mala suerte.

—¡Joder! —exclama Chloe mientras se da la vuelta para no mirar.

El jefe dispara su arma y el animal deja de existir. El ciervo huye a la carrera y se pierde entre los árboles. La puerta de la furgoneta se abre.

—¿Todo bien? —pregunta el conductor.

—¡Sí, aunque no para él! —contesta el jefe.

—¡Vale! No tardes, ¡quiero irme de aquí enseguida!

—*No problem.*

El conductor se acerca a la parte delantera de la furgoneta para evaluar los daños. La parte frontal derecha tiene un gran golpe, pero gracias al robusto parachoques los desperfectos son solo estéticos. Hay un mechón de pelo enganchado en una de las rendijas de ventilación.

—Supongo que era necesario. Pobre animal —sentencia Chloe.

—Absolutamente. No creí que los hubiera de este tamaño.

—Lo normal es que no, pero en zonas de Alaska pueden llegar a pesar casi ochenta kilos, aunque este es aún mayor.

—Es un bicho enorme, el hijo de puta.

—Había leído sobre estos animales, pero nunca los había visto de cerca. Por estas tierras, los depredadores son más grandes que en cualquier otra parte del mundo. Véase los gigantes, por ejemplo.

Chloe saca el móvil y le saca unas fotos al animal. Incluso le pide al jefe que pose delante del cuerpo.

—Es para comparar el tamaño —justifica.

El jefe se muestra incómodo ante los flashes de la cámara. Después de un par de fotos, agarra el animal de las patas traseras y lo arrastra con fuerza hacia la cuneta.

—Joder, estaba bien alimentado. —Un reguero de sangre es lo único que queda del encuentro con el lobo. Chloe mira a su alrededor, entre los árboles del bosque la oscuridad es total, podría haber ahí mismo una manada entera de lobos observando y no sería capaz de verlos, la única luz que hay es la de la furgoneta que tiñe de rojo la zona trasera del vehículo. Los grillos siguen con su canción hasta que de pronto se hace el silencio.

—Sera mejor que nos demos prisa en volver, estos animales cazan en manada —concluye Chloe cada vez más inquieta.

Ambos regresan al vehículo.

—¿Y bien?

—Vámonos de aquí, buscaremos un lugar donde pasar la noche —sentencia el jefe.

La furgoneta se pone de nuevo en marcha y se aleja del fatídico encuentro con el depredador rey de la tierra de los gigantes. Entre los árboles, oculto en la oscuridad, un animal se acerca hasta el cuerpo sin vida del lobo y lo olisquea. Es otro lobo. Alza la cabeza y aúlla con fuerza por la pérdida de un miembro de la manada.

El vehículo continua por lo que queda de la carretera, la única que existe en todo el país. El asfalto no es un material de los gigantes, la carretera se construyó cuando la epidemia se propagó fuera de control para evacuar con rapidez a los humanos que moraban por estas tierras e intentar curar a los gigantes que así lo solicitaran. A pesar de todo, ninguno de ellos quiso abandonar su casa para ser tratado en otro lugar.

La maleza y las raíces han dañado amplias partes de la calzada pero la ausencia de tráfico rodado ha evitado que la erosión sea aún mayor. De hecho es esta carretera el único vestigio de la presencia humana que una vez campó en el territorio, aunque fuera a causa de la epidemia.

Los faros de la furgoneta apenas iluminan algo el camino, lo que convierte la ruta en una arriesgada y temerosa conducción. También hay algún cartel, orientado a los voluntarios y profesionales que por aquel entonces acudían a ayudar durante la pandemia, que aconseja no conducir de noche, señales que no hacen más que añadir tensión a los pasajeros. Uno de ellos, el irlandés, duerme apoyado a la ventana. A su lado descansa otro con *piercings* en la oreja, Chloe lo hace en la otra ventanilla. Aún han de recorrer algunos kilómetros más antes de parar.

Es un viaje largo hasta donde quieren empezar el documental, una escarpada zona donde se encuentran los vestigios más antiguos de los gigantes. Al parecer, hacía casi cincuenta mil años, montaron un asentamiento cerca de la falda de un volcán extinto en una zona surcada por antiguos ríos de lava, formas excavadas por la roca fundida hace cientos de miles de años. Si bien los gigantes se remontan a casi dos millones de años, su cultura, el comienzo de una organización avanzada, comenzó mucho más tarde, unos cuantos milenios antes que la raza humana.

Chloe quiere parar en cada poblado, en cada ciudad, pero han recibido órdenes de ir directamente a un asentamiento que llaman Las Cuevas de la Luna: una antigua caverna formada por el magma fundido que horadó el interior igual que un gusano hambriento. Al enfriarse la lava por el paso de los años, se crearon enormes bóvedas bajo el suelo que permanecieron ocultas durante siglos. Con el paso del tiempo, salieron a la luz al derrumbarse las paredes por la erosión de los elementos, dejando al descubierto oquedades del tamaño de catedrales donde los gigantes depositaban a sus muertos para su último adiós en una solemne ceremonia antes de su incineración. A las Cuevas de la Luna los más osados transportaban el cuerpo inerte del difunto y lo arrojaban al interior de una profunda sima en cuyo fondo discurría un río de lava.

Al lugar lo llamaban el corazón del mundo, de hecho, el concepto de Gaia, adoptado por los hombres mucho más tarde, fue sacado directamente de las creencias de los gigantes. El corazón del mundo representaba una ventana al mismo corazón de la Tierra, una forma de devolverle lo que una vez salió de ella.

Hacia allí se dirige la expedición. El equipo pretende descubrir cuál es el verdadero origen de la cultura gigante, o al menos eso es lo que le han contado a Chloe.

El vehículo se mueve silencioso en la noche. Es una furgoneta eléctrica de tercera generación, lo que quiere decir que es capaz de recorrer cerca de mil quinientos kilómetros con cada carga. El destino aguarda a algo menos de esa distancia, por lo que deberán recargar las baterías antes de regresar.

Solo existe un lugar donde es posible encontrar un punto de carga no muy lejos de las Cuevas de la Luna, el campamento Zero, el lugar donde llevaron a la mayoría de los gigantes enfermos, un macrocomplejo de módulos independientes unidos entre sí por pasillos transparentes.

La zona fue construida a la desesperada para intentar aislar a los enfermos del resto del territorio. Se trataba de barracones prefabricados apilados uno junto al otro donde eran trasladados los gigantes. Tenía capacidad para cinco mil, pero pronto se quedó pequeña. Ahí, en el campo de refugiados para gigantes que huían de un enemigo invisible, es donde el equipo espera encontrar una fuente de energía viable para cargar su vehículo, pues todo el complejo era alimentado por modernos aerogeneradores que, en principio, deberían seguir funcionando. Pero antes deben terminar lo que han venido a hacer.

La primera noche la pasan en un pequeño claro no muy alejado del camino, el asfalto de la carretera hace horas que lo dejaron atrás. Ahora es una pista de arena llena de plantas y baches la única ruta hacia su destino.

El fuego crepita en su círculo de piedras. El irlandés remueve la sopa con una cuchara y le da un sorbo. El jefe abre el portón trasero del vehículo y saca una maleta rígida de grandes dimensiones que coloca en el suelo. El tipo de los *piercings* en la oreja coge otra maleta. La abre y extrae una cámara de vídeo profesional. Chloe aparece justo cuando el jefe cierra la suya.

—Cuánto secretismo. Si tú llevas la cámara, ¿qué hay en el resto de maletas?

El jefe duda un instante y le dedica una mirada cómplice al de los *piercings*.

—¿Qué más da? Tarde o temprano ha de conocer a nuestras novias —sentencia finalmente el de los *piercings*.

El jefe abre la maleta y Chloe echa un vistazo. Hay dos fusiles de asalto con varios cargadores colocados ordenadamente.

—¿Y esto? ¿Para qué habéis traído este armamento? ¿Qué sois vosotros? ¿Mercenarios o algo así?

—Estamos aquí para que puedas grabar ese documental, y viendo el tamaño de aquel lobo creo que hemos hecho bien en venir preparados.

—No acabo de entender por qué no me han comunicado que iba a viajar con Rambo.

—A nosotros tampoco nos han dado mucha información, solo que tenemos que llegar a nuestro destino y documentarlo todo —zanja el jefe.

Chloe regresa a la hoguera y se sienta al lado del irlandés.

—¿Tú también eres un mercenario?

—No realmente, aunque trabajo con cosas que hacen ¡boom! —contesta gesticulando con las manos—. Soy experto en demoliciones.

—Joder, esto cada vez se pone más interesante. —Chloe se queda pensativa un instante y arquea las cejas preocupada—. No me digas que has traído explosivos.

—Técnicamente es un material de combustión inocuo, bueno, dos materiales.

—¿Qué cojones significa eso? ¿Llevas explosivos en la furgoneta sí o no?

—Sí, pero no. —Chloe está empezando a estar furiosa a tenor de la vena que comienza a inflamarse en su cuello. El irlandés continúa con su explicación—. Llevo tres maletas pequeñas. En una tengo H4, un material inocuo que incluso te puedes comer. En otra llevo clonixina sólida, es parecida a la pasta de dientes. Esta no te la puedes comer. En la tercera maleta llevo un rollo de papel de estrueno, es un reactivo polivalente estándar para multitud de materiales. Entre ellos los dos que te he dicho. Por último, tengo unos parches de reacción remota. Son parecidos a los parches de nicotina, pero más sofisticados. Mezclas los productos y lo envuelves en el papel como si fuera un caramelo gigante, luego le pegas el parche y lo activas por wifi desde el móvil con la *app* gratuita, la versión de pago es más completa, y además te regalan el Tetris.

—¿Hemos estado viajando con explosivos casi diez horas y no has dicho nada? —Se levanta furiosa.

—¿Qué problema hay? En cualquier casa puedes encontrar ingredientes químicos para hacer una bomba casera con facilidad. Esto es bastante más inofensivo.

—¿Qué problema hay? Que nadie me ha dicho nada de esto. Que viajo en una furgoneta rodeada de mercenarios y explosivos. ¿Qué pasa, que aquí soy yo la única normal del viaje?

—Yo soy cámara de verdad, ¿eh? Lo de pegar tiros es solo un *hobby* —se mofa el cámara con sarcasmo.

—Créeme, con nosotros estarás más segura —concluye el irlandés.

—Ya salió el comentario machista de turno —protesta Chloe.

En ese instante aparece el jefe.

—Siento interrumpir la velada. Mañana saldremos al amanecer. Tenemos que aprovechar las horas de luz.

—Me voy a dormir. —Chloe se levanta y se marcha visiblemente enojada.

—Pues sí que tiene mal genio —comenta el irlandés.

—Esta noche hago yo la guardia —termina el jefe.

El campamento se queda en silencio. Las estrellas brillan con fuerza en una tierra sin polución donde el aire está limpio. Nadie habla, cada uno permanece inmerso en sus pensamientos sin percatarse de que a cien metros sobre sus cabezas alguien observa cada uno de sus movimientos.

A la mañana siguiente el equipo se pone de nuevo en marcha. Ha sido una noche tranquila. Para ellos, acampar es algo que han hecho desde pequeños, aunque no para Chloe. Ella nunca se fue de acampada con sus padres, sin tiempo para alimentar la insaciable curiosidad de una niña por lo que la naturaleza podría ofrecer. Ya en la edad adulta, gracias a su trabajo de antropóloga, pudo descubrir la naturaleza en todo su esplendor realizando numerosas excursiones. A pesar de ello, nunca se acostumbró a dormir en una tienda de campaña. Prefería el incómodo interior de un coche. Una amante de la naturaleza que nunca ha dormido en ella. Una interesante contradicción.

Su credo era: «si puedes dormir protegida de la naturaleza ¿por qué arriesgarte a sufrir sus consecuencias?». Sabía lo suficiente de la vida salvaje para preferir evitarla mientras dormía. «Por eso construimos refugios, para no tentar a la suerte con nuestra inocencia» era otra de sus normas. Mañana sería otro día, hasta entonces, convenía no asumir riesgos innecesarios.

La furgoneta atraviesa valles, desfiladeros y frondosos bosques. Manadas de ciervos pastan a sus anchas por las dehesas compartiendo forraje con los numerosos bisontes. En otro extremo de la extensa llanura, un pequeño grupo huye perseguido por una jauría de lobos. Los ocupantes se detienen para contemplar con unos binoculares la caza de un ejemplar adulto por parte de los carnívoros.

—Es como estar de safari —comenta uno de los tipos.

Continúan la marcha otras seis horas antes de la última parada. Se están adentrando ya en terreno volcánico. El paisaje se ha vuelto yermo, ahora son los arbustos la vegetación dominante. Atrás han quedado las postales idílicas de la naturaleza. Un retrato hermoso, pero a la vez cruel, de lo que es la supervivencia en un mundo ajeno a la civilización.

La furgoneta se detiene al lado de un menhir de quince metros de altura. Es el icono que marca el inicio del camino hasta la Cueva de la Luna.

—Acamparemos aquí esta noche, el resto hay que hacerlo a pie. Algo más de una hora con una ligera pendiente, nada que no hayáis hecho antes. Saldremos al amanecer, ya conocéis la rutina —explica el jefe antes de bajarse del vehículo.

El resto va saliendo uno a uno a estirar las piernas y hacer sus necesidades entre las rocas.

—Por fin la última parada —comenta el irlandés.

—No me gusta ir cargado sobre estas rocas. En general no me gusta este lugar —protesta el hombre de los *piercings*.

—En principio, estamos a salvo por aquí, será feo de cojones, pero al menos estamos lejos del territorio de los depredadores. Si no hay vegetación, no hay presas.

—De feo no tiene nada. A mí me parece hermosísimo —opina Chloe.

—Para una geóloga, seguro que sí.

—Antropóloga —corrige Chloe.

—Pero para un grupo de ignorantes como nosotros, amantes de las armas, es feo de cojones —comenta uno de los tipos mientras baja una maleta.

—Habla por ti, yo opino lo mismo que Chloe —dice el irlandés mientras le guiña un ojo. Esta apenas le presta atención, está distraída observando unas piedras con una lupa.

El sol se ha puesto ya, tan solo queda el tono rojizo de su presencia en el horizonte. Los grillos hace un rato que empezaron a tocar su melodía para atraer a las hembras. Cada uno de los muchachos extiende su saco de dormir donde mejor está el suelo, aunque con tanta piedra es difícil encontrar un lugar adecuado. El jefe baja una nevera portátil y saca unas cuantas cervezas que va lanzando al resto del equipo. Chloe prefiere beber de su botella de agua.

Un par de horas más tarde todos duermen. La hoguera es apenas un montón de brasas que el tipo de los *piercings* se afana en mantener viva añadiendo a cada rato un puñado de pequeñas ramas, ya que por la zona poca madera hay. El sueño intenta apoderarse de él y tiene que levantarse de vez en cuando para no quedarse dormido. Bosteza a cada instante y tiene los ojos acuosos, pero sabe que por muy cansado que esté una guardia es una guardia.

Decide ir a orinar a unos metros del campamento. Se baja la cremallera y alivia su vejiga. Mientras lo hace mira el magnífico cielo estrellado. Nunca había visto la Vía Láctea tan nítidamente. Los grillos continúan tocando su monótona canción y sopla una ligera brisa. Terminando ya de hacer sus necesidades se cuela un sonido apenas audible en la distancia. Acaba y agudiza el oído. Lo tiene entrenado, todos lo tienen. No es solo la sensibilidad natural de todo ser vivo para percatarse de lo que le rodea. El instinto de supervivencia es un sistema complejo y altamente sofisticado que ha ido evolucionando durante millones de años para protegernos de cualquier peligro. Hay que entrenar al cerebro para separar los diferentes sonidos y concentrarse en uno en particular, en aquel que nos interesa. El tipo de los *piercings* lo sabe bien. Siempre tuvo buen oído. Durante su niñez acudió a clases de piano para dedicarse a escuchar y aprender el arte de la música. Se entrenó para distinguir todos los instrumentos de una pieza musical sin importar el tamaño de la orquesta. Poco podría imaginarse que lo aprendido aquellos años no le llevaría a tocar el piano para orgullo de su madre, sino a sortear peligros en mitad de la noche.

De nuevo lo vuelve a escuchar. Viene del camino que han cogido para llegar, justo por el sur, a su espalda. Por un momento no se oye, pero unos segundos después ahí está, esta vez un poquito más cerca. Parece el lamento de un animal.

Regresa al campamento y se queda de pie al lado de la hoguera sin moverse, ni siquiera respira. Escucha su propio corazón, pero ni rastro del sonido. Lentamente se sienta en una roca y permanece atento a cualquier ruido. De pronto lo escucha de nuevo, aún más cerca. Entonces se hace de nuevo el silencio y algo más lo rompe. Es otro lamento, pero más lejos y desde otra dirección, del este. De nuevo el del sur, ahora más fuerte. Sea lo que sea se está acercando. El del este vuelve a sonar.

Decide despertar a sus compañeros, que no se han enterado de nada y siguen durmiendo plácidamente. Se acerca a la furgoneta y golpea la ventanilla para despertar a Chloe, que duerme con los auriculares puestos. Abre los ojos y baja la ventanilla.

—¿Qué sucede?, ¿ya salimos? Es muy pronto. —Entonces escucha el lamento del animal. El sonido hace que sus sentidos se pongan en alerta—. ¿Eso es un reno herido?

—No lo sé, pero viene hacia aquí.

Entonces escuchan el que viene por el este.

—No puede ser. ¿Dos renos heridos viniendo hacia aquí? Algo raro está pasando. Van a atraer a todos los depredadores de la zona.

—Lo sé, por eso he puesto en guardia a todo el equipo.

El jefe agarra el fusil de asalto y se lo pasa a uno de ellos, él se encarga del otro. Ambos cargan los cartuchos. Por un momento, el campamento se queda en silencio. Chloe está en el vehículo, medio cuerpo fuera. Todos están esperando escuchar de nuevo los lamentos. Los vuelven a oír y se diría que los renos están a apenas cien metros. El jefe enciende una potente linterna y la mueve hacia el sur, no se aprecia nada. El irlandés apunta otra linterna hacia el el este y tampoco ve nada. El jefe comienza a alejarse en dirección sur.

—Quedaos aquí, voy a echar un vistazo.

—No vayas, el lugar más seguro es aquí dentro —advierte Chloe.

—No te preocupes, si hay algún animal ahí fuera por la mañana será pasto de los buitres.

—Los depredadores que hay en esta tierra nunca han visto a un ser humano, no nos tienen miedo, ¿entiendes? ¡Son más peligrosos que cualquier otro depredador!

—Alguien tiene que abrir la veda —termina diciendo el irlandés antes de alejarse entre las rocas.

Chloe se queda dentro de la furgoneta. El de los *piercings* y el conductor sacan sus respectivas armas.

—Yo prefiero quedarme cerca de la furgo —dice el conductor.

—Enciende las luces, no queremos que se pierdan ahí fuera —sugiere Chloe. El conductor obedece.

Ahora pueden ver el entorno. La figura del irlandés en la parte delantera a treinta metros. Unos grandes arbustos se extienden más allá de donde viene el sonido. El conductor baja la ventanilla.

—¿Has podido ver algo?

—¡No hay nada! —responde el irlandés.

—Qué raro, por lo cerca que se escuchaba debería haber visto algo ya —comenta Chloe intrigada.

—¿Habéis oído? —pregunta el de los *piercings*.

—¿El qué? —responde el conductor.

—Ya no se oyen los gemidos.

—Ni siquiera los grillos —culmina Chloe.

De pronto se escucha un disparo, luego otro. Una ráfaga. Es por donde el jefe se marchó, la parte de atrás del coche, donde la luz es más escasa. El irlandés corre hacia allí pasando por delante la furgoneta. Todos se asoman ansiosos por las ventanas. El conductor se dispone a abrir la puerta.

—¡Que nadie salga de aquí! —grita Chloe asustada.

La tensión es alta. No saben qué ocurre. Entonces pasan corriendo seis enormes lobos. Dos de ellos se detienen y se alzan para ver el interior de la furgoneta. Los otros cuatro olisquean alrededor. Los de dentro se agachan sin hacer ruido. Chloe hace señales para que nadie mueva un músculo. De nuevo se escuchan disparos y los lobos corren hacia donde se ha marchado el irlandés.

—¿Qué hacemos? —susurra el conductor.

—Quedarnos aquí. No podemos ir a ningún lado —responde Chloe.

—¿Crees que…? —pregunta el de los *piercings* a lo que Chloe se encoge de hombros.

Por las ventanas se puede ver un haz luminoso que se acerca velozmente a la furgoneta dando tumbos. Se asoman y ven lo que parece la luz de una linterna. Al pasar por delante observan horrorizados que es un lobo adulto llevando a la carrera en la boca el brazo tatuado del jefe que aún sostiene la linterna. El de los *piercings* está a punto de vomitar.

—Estamos jodidos. No tenemos tantas balas para cargarnos a todos —sentencia el conductor.

—Aquí dentro estamos seguros. —Trata de tranquilizar Chloe—. A menos que venga algo mayor.

En ese momento aparece por detrás un oso kodiak de más de dos metros de altura. Chloe grita y se aleja a la parte delantera del vehículo. Los demás hacen lo mismo. El conductor apunta con su pistola. Chloe le grita.

—¡No dispares a través del cristal, solo si lo rompe!

Otro oso algo más pequeño aparece. Parece más decidido y se alza sobre sus cuartos traseros golpeando el cristal de la puerta del copiloto.

—¡Joder, lo va a atravesar! —grita el de los *piercings*.

Finalmente lo rompe y el conductor le dispara cuatro veces. Esto hace que el plantígrado se enfurezca más destrozando la puerta antes de caer muerto. El otro oso se ha retirado por los disparos, pero vuelve a acercarse prudentemente. Se detiene sobre el cuerpo del joven oso y lo huele. Lo ignora y se levanta sobre sus patas traseras para ver el interior. Tres posibles piezas para una copiosa cena. Empieza a golpear la furgoneta con sus setecientos kilos de peso. Cada golpe es una fuerte sacudida del vehículo. Introduce su enorme zarpa por el hueco del cristal tratando de abrir la puerta que empieza a vencer hacia fuera por su fuerza descomunal. En un momento de desesperación, el tipo de los *piercings* se acerca por un lado y trata de acuchillar su pezuña. El oso arremete enfurecido metiendo su enorme cabeza por la ventana. El conductor grita.

—¡Apártate! —El de los *pearcings* se echa a un lado y el conductor revienta un ojo al oso de un disparo. Lejos de perecer, ahora el enorme plantígrado arranca la puerta sin la menor resistencia y se lanza sobre el hombre de los *piercings* sujetándolo por el hombro. El pobre intenta agarrarse desesperadamente a los asientos, pero el animal lo tiene bien sujeto con su poderosa mandíbula. De un tirón lo saca de la furgoneta y lo empieza a zarandear violentamente en el suelo. El hombre grita de dolor cuando de pronto aparecen varios lobos rodeando al oso. Enseñan sus colmillos tratando de amedrentar al plantígrado. Uno de ellos le muerde por detrás, por lo que el oso suelta la presa para contraatacar. Otro aprovecha el momento, para morder al hombre en el brazo e intentar llevárselo. El oso arremete de nuevo mordiendo la pierna de su víctima que apenas reacciona por el *shock*. Dos lobos se unen ahora mordiendo y tirando con violencia del que hace unos minutos estaba entero, pero que con la última embestida ya no lo está. Finalmente, el oso se queda satisfecho con un trozo de pierna y huye a la carrera mientras la jauría de lobos despedaza con violencia lo que queda del tipo de los *piercings*.

Dentro de la furgoneta, el conductor y Chloe no se mueven mientras escuchan a los lobos peleando por los trozos de su compañero. Uno de ellos olisquea la puerta arrancada del vehículo y se asoma al interior. Los dos supervivientes se han acurrucado al máximo en la parte posterior. Chloe se asoma lentamente y ve horrorizada a un gran lobo de color negro mirando por encima de los asientos. Un instante después, habiendo olido la presencia de una posible presa, el enorme cánido comienza a gruñir. El conductor de la furgoneta entonces mira a Chloe y le hace una señal desde el lado opuesto del asiento, solo le queda una bala.

—Lo siento —murmura antes de alzar el arma hasta su cabeza y pegarse un tiro. El lobo salta hacia atrás asustado por la detonación y sale de la furgoneta. Chloe aprovecha para abrir las maletas a la desesperada tratando de encontrar algo con lo que defenderse. La de las armas está vacía. Hay una pequeña cerrada. En ella encuentra una pistola de bengalas y un teléfono vía satélite. Agarra la pistola rápidamente y comprueba que tiene una bengala lista para disparar. No tiene más opciones, así que se acurruca en el maletero entre las cajas y apunta hacia los asientos esperando ver la cabeza el lobo asomarse en cualquier momento. Con la otra mano marca el teléfono de la policía. No conecta. Vuelve a intentarlo poniendo un prefijo. El pulso le tiembla sujetando el arma, pero no está dispuesta a bajarla. Ahora sí hay señal. Apenas unos pocos segundos después alguien contesta.

—Ha llamado al servicio de policía. En breve le atenderemos.

Una melodía comienza a sonar mientras una voz masculina ensalza la labor del cuerpo de policía y pide participar en una encuesta.

—Vamos, joder —susurra Chloe angustiada. Por fin, alguien responde.

—Ha llamado a la policía, ¿en qué puedo ayudarle?

—Estoy atrapada en una furgoneta rodeada de lobos.

—Entiendo. ¿Se han escapado de una perrera?

—No, son lobos salvajes y se han comido ya a varios miembros de mi equipo.

—¿Sabe que el maltrato animal está penado con hasta siete años de cárcel y una multa de hasta...?

—¡Escuche! Le repito que son lobos salvajes. Manden algún equipo de rescate ya porque no aguantaré mucho más antes de que entren a por mí.

—Entiendo —dice la operadora sin inmutarse—. Envíenos su ubicación y mandaremos una patrulla. —Chloe duda unos instantes—. ¿Sigue ahí?

—Sí, estoy en el... —En ese momento la señal se corta—. ¿Oiga?, ¿policía? ¡Mierda!

El teléfono ya no da señal y aparece bloqueado. En ese preciso instante el mismo lobo que salió del vehículo asoma la cabeza por encima del asiento mostrando amenazante su prominente dentadura. Una serie de caninos y molares que Chloe no hubiera deseado ver jamás. Aún más aterrador es el gruñido antes del ataque. Chloe aprieta el gatillo con fuerza, pero no pasa nada. La pistola no dispara. Cuando ya se da por muerta al igual que el resto del equipo, el cristal del portón trasero revienta en mil pedazos a la vez que se oye el sonido de un disparo. La enorme cabeza del animal desaparece. Todo ha sucedido en un instante. Por unos segundos Chloe no se atreve a mover un músculo. Con suma cautela se incorpora y se asoma por el respaldo del asiento. El cánido tiene un agujero en la cabeza, parte del cráneo ya no está, dejando al descubierto la masa encefálica, la sangre mana a borbotones por la herida tiñendo los asientos de rojo. Fuera, los demás lobos parecen confusos. Otro disparo hace que un lobo pegue un brinco y se revuelva dando vueltas sobre sí mismo tratando de lamer una herida en el costado. Se tambalea y cae a plomo. El resto de los lobos corren despavoridos dejando lo poco que ha quedado del tipo de los *piercings*. Chloe se queda dudando unos instantes hasta que decide salir de la furgoneta. El cuerpo que yace en el suelo está irreconocible. Unos pasos se escuchan a su espalda. Al girarse puede ver al irlandés sujetando el fusil de asalto.

—¿Estás bien?

Chloe respira aliviada.

—Mejor que ellos. Si no llega a ser por ti me habrían hecho pedazos. ¿Cómo lograste escapar?

—Cuando llegué ya no pude hacer nada por el jefe. Me escondí entre las rocas al ver que algunos corrían hacia aquí. Luego me acerqué con cuidado para que no me vieran y llegué demasiado tarde para él —dice mirando los restos del tipo en el suelo—. Por cierto, no veo al conductor.

—Está dentro con su última bala en la cabeza.

—No le culpo. Menuda carnicería.

—¿Qué hacemos ahora?

—Irnos de aquí. Es posible que vuelvan.

—La furgoneta tiene poca batería, pero creo que nos da para llegar al campamento Zero.

—Antes tenemos que subir a las Cuevas de la Luna.

—¿Qué dices? ¿Después de esto sigues pensando en subir?

—Por supuesto. Estamos en la última etapa. Si no lo hacemos, todos ellos habrán muerto en vano.

—Pero es muy probable que vengan a por nosotros. Tenemos que irnos.

—No lo harán, y si lo hacen tengo más cartuchos. Hay que subir y documentarlo todo. Tú te encargas de la cámara.

Chloe se resigna, llegados a este punto, tan cerca de su destino, desea ver las cuevas más que nadie.

—De acuerdo, pero hay que darse prisa.

—Por cierto, ¿por qué no la usaste? —pregunta el irlandés mirando la pistola de señales que sigue en la mano de Chloe.

—Lo intenté, pero no funciona.

El irlandés se la coge de la mano y saca el proyectil. Le quita un protector que tiene en la base, pone el seguro al arma y lo vuelve a meter.

—Ahora sí.

—Anda que ya podrían poner esto más sencillo.

—Es una pistola de señales, no para matar lobos —comenta el irlandés mientras abre el portón trasero. Saca varios cartuchos de la maleta y los mete en una bolsa. También saca la maleta con los explosivos.

—Por cierto, nunca me has dicho para qué son los explosivos.

—Por si hubiera que abrirse camino a través las rocas.

—¡Tantos?

—Nunca se sabe. Vámonos —dice el irlandés mientras apaga las luces del vehículo—. No queremos quedarnos sin batería en este lugar.

—Claro. ¿Qué hacemos con ellos? —pregunta Chloe señalando a los cadáveres de sus compañeros—. No podemos dejarlos ahí.

—Está bien. Podemos meterlos entre unas rocas y enterrarlos con piedras. Con el jefe no hay nada que hacer, está por todas partes.

—No quiero detalles.

Se ponen a la faena colocando los dos cadáveres en una hendidura entre las rocas y cubriéndolos con piedras.

—Con esto bastará para que no se los lleven. ¿Quieres decir algo? —pregunta a Chloe.

—No lo sé. —Se pone delante de la tumba improvisada y junta las manos solemnemente.

—Al menos habéis muerto en la naturaleza. Descansad en paz.

—Espero que les indigeste la cena. Amén —dice el irlandés.

Ambos se ponen en marcha por el sendero de piedras. Atrás van dejando la furgoneta que apenas se distingue en la oscuridad. Tras una hora de ascenso, llegan a la amplia entrada de la cueva. El irlandés enciende la linterna e ilumina el entorno. La cueva tiene las paredes negras de basalto. Un amplio pasillo se extiende más adelante. El suelo está allanado en esa dirección y en las paredes reposan antorchas extintas.

Tras caminar durante unos minutos llegan a una gran bóveda. Al margen de algunas rocas desperdigadas por el suelo, la inmensa sala se encuentra vacía. Una apertura se abre a la derecha. Chloe se dirige hacia allí con una linterna. El irlandés se queda buscando por la pared de la gran sala.

—Voy a echar un vistazo por aquí —dice Chloe antes de desaparecer por el pasillo.

Mientras, el irlandés alumbra con la linterna por las paredes. También lo hace por el suelo buscando algo. Finalmente, parece ver algo raro en la pared de la izquierda. Con el haz de luz escudriña las oquedades y ranuras con detenimiento. Introduce una navaja por una de las fisuras entre las rocas y al sacarla esta aparece manchada de algo azul, un tipo de resina. Se asoma y ve que es una especie de aislante. Hay una parte de la pared que ha sido ocultada con rocas.

Mientras tanto, Chloe empieza a sentir calor. Se quita la chaqueta que lleva puesta y se aproxima hacia una parte del pasillo que tuerce a la derecha. Al hacerlo, nota que la temperatura ha subido varios grados de golpe; supera los treinta. Un ligero tono rojizo inunda lo que parece el fondo del corredor. Al llegar al final, se da cuenta de que es un precipicio. Un chorro de calor asciende desde el fondo. Chloe enciende la cámara y acciona la pequeña antorcha que tiene acoplada. Comienza a grabar el interior.

Las paredes están decoradas con grabados enormes sobre los gigantes y su relación con la naturaleza. El suelo es de piedra pulida. Chloe está emocionada por el hallazgo. Ningún ser humano había llegado hasta aquí, no les estaba permitido. Tenía cierta idea de dónde podía estar la Cueva de la Luna, pero nunca la había visto ni en fotos ni en dibujos, y ahora estaba en ella, en el mismo lugar donde los gigantes decían adiós a sus más de trescientos años de vida. Se asoma por la pasarela que da al precipicio, apenas puede estar unos pocos segundos debido al intenso calor, aunque puede ver el rojo brillante del magma ahí abajo. Con el zoom de la cámara aprecia con detalle el río de lava discurriendo lentamente en el fondo de la sima. De pronto, una explosión casi le hace caer al abismo. Corre hacia donde estaba el irlandés. Una vez en la sala se topa con una gran nube de polvo. Tose profusamente y enfoca con la cámara que sigue encendida, pero no puede ver nada.

—¡Irlandés! —grita preocupada.

Chloe se acerca temerosa de un derrumbe. Al despejarse algo el polvo se percata de que hay un enorme agujero en la pared. Agita la mano y tose un par de veces mientras avanza hacia el interior. Hay algo que brilla con un tono azulado entre la nube de polvo. Con la cámara puede ver alienadas una multitud de cápsulas. Son varios centenares en distintos niveles.

—He contado trescientas cápsulas —irrumpe el irlandés por detrás de Chloe que se encoge del susto.

—¡Joder! Creí que te había pasado algo. ¿Qué es todo esto?

—Velo por ti misma y grábalo todo.

Chloe se acerca lentamente. Una tenue luz azul sale por una pequeña apertura en la parte superior. Chloe se acerca hasta poder ver lo que hay en el interior. Un gigante dormido.

—¡Dios mío, son gigantes!

—Eso es.

—Pero… ¿Qué hacen aquí? ¿Están vivos?

—A tenor por la lectura de la cápsulas están todos vivos.

—Pero ¿cómo es posible? ¡No acabó con ellos la pandemia?

—Parece ser que con estos no. Sigue grabando, para eso hemos venido aquí. —Chloe se pone a grabar los diferentes sarcófagos.

—¿Por qué sabes tú todo esto? —pregunta la antropóloga.

—No lo sabía, pero la persona que nos contrató parece que sí.

El irlandés saca varios paquetes de la mochila y comienza a colocarlos en puntos estratégicos de la sala.

—¿Qué estás haciendo? No pensarás volar el lugar por los aires.

—Yo no hago preguntas. Solo hago lo que me pagan por hacer.

—Ahora entiendo, el motivo del viaje nunca fue grabar un documental.

—Más bien documentar.

—¿Por eso me contratasteis?, ¿para traeros hasta aquí y acabar con ellos?, ¿es eso?

—Has dado en el clavo.

—Pero no puedes matar a todos estos gigantes. Seguramente son los últimos que quedan.

—Nadie los va a echar de menos.

—Porque nadie sabe que están vivos.

—Será mejor que te apartes.

El irlandés coloca las pegatinas en cada uno de los paquetes y saca el móvil del bolsillo. Abre la aplicación.

—Suelta el móvil.

El irlandés se da la vuelta y ve a Chloe blandiendo la pistola de señales hacia su cabeza.

—Vamos, no serás capaz de disparar después de salvarte la vida ahí abajo.

—Lo hiciste para que te trajera hasta aquí y poder acabar con ellos.

—No importa para qué lo hice. Si estás aquí ahora es porque te salvé el culo.

—Suelta el móvil o aprieto el gatillo.

—No lo vas a hacer. Lo tuyo son los libros, no las armas.

—No me subestimes. Mi padre era policía, puedo hacer diana a treinta metros, y tu estás a menos de cinco.

—Se necesita algo más que puntería para disparar a una persona.

—Lo haré. No estoy dispuesta a que acabes con los últimos supervivientes de una raza tan increíble. Es un crimen contra la humanidad.

—No me pagan por hacer juicios de valor. Por lo que a mí respecta ya están muertos.

El irlandés mira el móvil y empieza a navegar por el dispositivo. Entonces Chloe baja la pistola y dispara. La bengala impacta de lleno en el móvil y hace añicos la pantalla. El proyectil vuela por la sala golpeando en las paredes hasta quedar atrapado entre unas rocas. Entonces el irlandés le suelta un violento puñetazo en la cara a Chloe que cae de espaldas.

—Tendrías que haberme escuchado. Ahora tendré que dejarte aquí. —El irlandés recoge el móvil del suelo—. Deberías haber sido más lista. Casi me jodes el negocio, la pantalla está rota, pero la aplicación sigue activa. —Levanta el brazo mostrando el *smartwatch* de la muñeca—. ¡Tachan! Menos mal que sacaron también la *app* para el reloj. —El irlandés activa la cuenta atrás que inicia un pitido intermitente—. En cinco minutos no habrá historia que contar. En serio, no es nada personal, pero los idealistas como tú siempre acaban perdiendo.

Chloe intenta levantarse a duras penas, pero el irlandés le de una patada en la cabeza que la termina de tumbar y abandona la sala por la abertura. Todavía hay algo de polvo de la explosión y del humo de la bengala. A pesar del golpe, Chloe es fuerte, no ha perdido del todo la consciencia. Tose y escupe sangre por la boca. La patada le ha producido la rotura de dos dientes y le ha partido la mandíbula, que le duele a horrores. Intenta levantarse, pero vuelve a caer. El siseo de la bengala continua en un extremo de la cueva. De pronto se escuchan varios disparos y un golpe seco. Chloe alza la mirada y la dirige hacia el enorme boquete de la pared. A través del humo sale volando el irlandés que cae al suelo a plomo. Su cuerpo está inmóvil. La misma mirada que el tipo de los *piercings* cuando daban cuenta de él los lobos. Tiene una cara agradable, de alguien en quien puedes confiar. Lástima que ahora tenga el cuello partido.

Por un momento cree perder la conciencia, la vista se le nubla y la bengala comienza a extinguirse. Entre el humo de la pólvora, por el agujero en la pared, aparece una silueta enorme. En la muñeca del irlandés continua la cuenta regresiva. Las enormes manos del gigante sustraen el reloj de la muñeca. Un instante después el pitido cesa. Chloe pierde el conocimiento justo cuando Viktor se aproxima a ella con su enorme cara entre las sombras.

Tengo mis dudas para creer el relato que me acaba de contar, pero Viktor no es dado a inventarse historias, al menos esa fue su palabra. El fusil de asalto pesa más de lo que pensaba, a pesar de estar completamente destrozado por la increíble fuerza del gigante. Se lo devuelvo a Viktor que lo coloca de nuevo en la vitrina de la pared. Estamos en la sala de trofeos del palacio. Aquí es donde deposita los objetos que alguna vez se usaron para intentar acabar con su vida.

—Sabía que tú habías tenido algo que ver con la muerte de aquel equipo de grabación.

—Eran mercenarios, sabían a lo que se exponían.

—Y entonces, lo de las cápsulas del fondo del mar, fue un señuelo, ¿verdad?. ¿Quiénes eran en realidad?

—Víctimas de la epidemia. Ya estaban muertos cuando los trasladaron al mercante —responde Viktor—. Mis confidentes me informaron de que intentarían hundir el barco. No solo por mi hermano, sabían que estaría lleno de gigantes. No sé cómo lo averiguaron, pero querían acabar con todos ellos. Tuve que improvisar sobre la marcha. Al menos, si pensaban que su plan había tenido éxito tal vez los dejarían en paz.

—A pesar de todo, arriesgaste la vida de tu hermano embarcándole en aquel barco.

—Su cápsula se preparó para aguantar las profundidades marinas si finalmente llevaban a cabo su plan.

—Al igual que los tripulantes que no tuvieron tanta suerte. Sigues siendo un asesino.

—La propia policía registró el barco antes de zarpar. No soy Dios, Sebastián, no puedo estar en todas partes.

—Solo cuando te interesa —reprocho indignado—. Parece que tu plan funcionó.

—Por casi tres décadas, hasta que hace apenas tres años de alguna forma descubrieron que algo pasaba en la Cueva de la Luna.

—¿Por qué ellos precisamente?

—Cuando la epidemia estaba acabando con todos nosotros fue cuando una de mis empresas logró encontrar la fórmula para criogenizar seres vivos. No había tiempo que perder. Crionicé los que aún estaban con vida, enfermos, pero vivos.

—¿Quieres decir que esos gigantes están moribundos en sus cápsulas?

—Ya no. Crionizarlos me dio el tiempo que necesitaba para buscar una vacuna que funcionase.

—¿Significa eso que están todos sanos?

—Libres de la enfermedad.

—¿Y por qué no los despiertas?

—Todavía no, estoy esperando el mejor momento.

—Imagino que ya no estarán donde estaban.

—Imaginas bien.

—¿Quién crees que estuvo detrás de esto?

—No lo sé, pero tengo algunas sospechas.

—¿Y qué sucedió después, no hubo una investigación?

—El asunto fue tapado. El guardia de seguridad que dio paso a los mercenarios desapareció sin dejar rastro y la noticia trascendió de la forma que ya conoces.

—¿Y Chloe?

—Está segura en una ubicación secreta.

—¿No la mataste? Después de todo ella sabía tu secreto.

—También fue la que impidió que los mataran, le estaré eternamente agradecido.

—Supongo que con mi familia tuviste bastante. Te perdono —sentencio con ironía.

Más vitrinas adornan la habitación. En una de ellas se pueden ver unos pequeños frascos con diferentes venenos. Otra contiene una raqueta de tenis: el mango está abierto a la mitad para mostrar su contenido, un sofisticado mecanismo de lo que parece un artefacto explosivo. También hay una colección de matrículas dobladas y ennegrecidas que observo con curiosidad.

—Esas son de coches bomba —aclara Viktor.

CAPÍTULO 22:
EL FUTURO ES GRANDE

Un joven entra en su habitación. Tiene la ropa por los suelos y la cama deshecha. En una esquina del dormitorio, entre tanto desorden, un portátil encendido reposa sobre la mesa llena de papeles y revistas anticapitalistas. Está al teléfono mientras escribe la contraseña en el teclado. Se enciende un porro consumido a la mitad que descansa desde hace días en el cenicero.

Accede a su correo electrónico y entre todos los *emails* aparece uno destacado. Viene con un archivo adjunto. Lo descarga y lo abre, pero está protegido por una contraseña. Mira en su móvil y marca en el teclado. Accede al documento. Es un PDF con el título: *El Futuro es Grande*. Lo abre y se sienta. Sonríe mientras se reclina en el asiento y le da una calada al porro. En la pantalla se puede leer el encabezado del documento en negrita: «El Futuro es Grande. Presentación del candidato el sábado a las seis de la tarde. Localización por confirmar».

Un hombre mira el reloj. Tiene una poblada barba y gafas de pasta, parece un profesor universitario. Está nervioso. Se mueve de un lado a otro sobre el escenario. El murmullo se intensifica en el salón de actos del instituto de educación secundaria Enrique León, activista político asesinado por sus ideas revolucionarias durante la gran marcha contra la dictadura verde. La sala se encuentra abarrotada de gente joven. Hombres y mujeres de veintipocos años charlan y ríen. Todos tienen en las manos el panfleto de color morado. Algunos lo leen concentrados entre el barullo. Otros se lo dejan a algún compañero despistado. Unos se hacen un *selfie* para matar el rato. En los asientos del fondo, un grupo tuitea en directo todo lo que sucede. Un par de móviles se han colocado en la parte frontal del escenario para retransmitir el acto por sendos canales de *streaming*. El número de personas conectadas permanece más o menos estable: cerca de dos millones de internautas repartidos por dieciséis países; este partido ha nacido con una ambición global. El presentador del evento saca el móvil del bolsillo y contesta a una llamada. Se tapa el otro oído para escuchar mejor. Su semblante se torna serio. Asiente resignado y se vuelve a guardar el teléfono. Se acerca al micrófono. Saca un pañuelo y se seca el sudor de la frente.

—¡Hola! Sí… ¿me oís?… —Golpea el micrófono. El público responde positivamente—. Bien, tengo malas noticias. Lamento comunicaros que me acaban de informar de que nuestro candidato no puede venir.

Un gran «buuuuu» se escucha en el auditorio. Voces discordantes se mezclan entre el público y algunos se acercan a hablar con el moderador visiblemente enfadados. Parte de la gente comienza a abandonar la sala. Cuando los primeros se disponen a salirla puerta se abre de golpe. Los sorprendidos asistentes se echan a un lado alzando la cabeza. Sus ojos se hallan abiertos de par en par. Poco a poco el silencio se apodera de la sala mientras todos se giran para observar la enorme figura de Viktor avanzar por el pasillo central entre las butacas. No se escucha ni una mosca, tan solo el contundente sonido de sus pisadas al caminar. El tipo de las gafas de pasta corre a su encuentro.

—Pero me dijeron que no podías venir…

—La puerta de atrás, que no podía entrar por la puerta de atrás.

—Disculpa, creo que no lo entendí bien…

—No pasa nada.

Viktor sube al escenario acompañado por el presentador. Entonces una nube de móviles se alza entre el público. Todos quieren retratar este momento histórico. El presentador, antes nervioso y resignado, se muestra ahora exultante al lado de Viktor. Sujeta el micrófono con nerviosismo y habla.

—¡Nuestro candidato!

El auditorio entero rompe en aplausos. Se escuchan vítores, hurras. La gente se abraza e incluso algunos lloran. Los mensajes entran a cientos por segundo mientras las cámaras muestran la imagen irreal de un auténtico gigante nombrado líder de un partido político. Las conexiones han subido exponencialmente mientras unos y otros comparten el enlace de la retransmisión. Ahora son casi cinco millones.

De la incredulidad se ha pasado a la emoción, del hastío a la esperanza. Si antes los partidos de siempre veían este nuevo movimiento como una respuesta pasajera al descontento de la sociedad, ahora, a tenor de las imágenes, se había convertido en un serio candidato. Es el comunismo del siglo XXI, a ojos del capitalismo, y Viktor en su principal estandarte.

—¡El Futuro es Grande! —grita el presentador mientras le sujeta la mano y trata de levantarla. Viktor accede y alzan las manos al aire, claramente descompensadas en altura. Ambos ríen felices. El presentador anima a subir a Claudia al escenario, sentada en la primera fila y siempre ajena a cualquier protagonismo. Todo el público empieza a corear su nombre ante la negativa de ella, que finalmente se levanta y sube. La ovación se convierte en apoteosis. Sin ella no habrían conseguido captar la atención de Viktor. Claudia es el alma del partido, una líder indiscutible pese a su inicial reticencia. Ella empezó todo esto aquella noche al borde del abismo y Viktor se convirtió en su salvador. Entre ellos existe la química que necesitan para convencer a las masas. Viktor se ha convertido en el padre que Claudia hubiera deseado tener. Un referente noble y respetuoso, exigente y dialogante. Un padre para los hombres y mujeres ansiosos de cambio.

Aunque pudiera dar la impresión de ser un grupo desorganizado e inexperto, detrás de este movimiento se encuentran profesionales en medicina, leyes, matemáticas, sociólogos y humanistas. Personas de todo tipo que encontraron en las palabras de Claudia un hilo de esperanza al que agarrarse. Una fuerza y una voluntad que les impulsó a seguir los pasos del movimiento desde los rincones más lejanos del planeta. Una mayoría silenciosa que guardaba con celo sus ideales para evitar el populismo que tanto daño hizo en el pasado a la humanidad. Los gigantes ya no estaban aquí pero su espíritu lo abarcaba todo. Se repartieron pegatinas con el lema del partido, «El futuro es grande». Se hacían pintadas en los parlamentos, en las obras públicas recién inauguradas. En las escuelas e institutos. Toda esa presión social hizo que la colecta de dinero para la creación del partido y para la aprobación de las leyes en pro de un candidato gigante se convirtieran en un mero trámite. Lo primero sería derogar la injusta ley 318/3 sobre el *statu quo* de los gigantes.

La mañana del dieciséis de agosto, el Parlamento Europeo se encontraba con numerosos asientos vacíos. Muchos de sus miembros habían decidido que lo que se votaba ese día no era lo suficientemente importante para justificar su presencia. No se trataba de aprobar la apertura de fronteras a los miles de refugiados que se agolpaban en los puestos de control, ni de la reducción de las emisiones en las fábricas de armamento, ni siquiera del aumento en la partida para combatir el tráfico ilegal de personas en el continente. Aquella mañana se votaba la posibilidad de que un miembro de la familia de los gigantes, su último representante, el moribundo Viktor, señor de las tierras del este, pudiese presentarse a candidato de un partido político. Era la primera vez que se votaba algo así. El veto que regía desde hacía más de un siglo se levantó esa fría mañana ante los bostezos de unos pocos miembros que observaban sin mucho entusiasmo la pantalla con las votaciones.

El pensamiento general era que Viktor, el hombre más rico de la tierra, no tenía suficiente con su extraordinaria riqueza y ahora quería ocupar un cargo político en algún país de la Unión. Tal vez alcalde de una pequeña ciudad, o incluso candidato a presidente de un pequeño país. Pensaron que sería la última voluntad de un condenado a muerte. Viktor no era humano, pero nacer entre ellos le hizo uno más y eso lo dejaron por escrito al aprobar la ley. Era el último de su especie, no había motivos para no hacerlo. Una auténtica rareza, dos especies en una, gigante en la tierra de los humanos y humano en la tierra de los gigantes. Un ser único con un estatus único. Viktor seguía siendo gigante, por lo que la cláusula que evitaba la explotación de su país seguía perfectamente vigente. Algunas naciones, sino todas de alguna u otra forma, habían mantenido reuniones secretas para dejar por escrito y bien claro qué países se quedarían con qué territorio, cuáles serían las concesiones para los que quisieran entrar a explotar sus enormes recursos y qué protección se daría a las zonas más sensibles, si es que llegaban a protegerse. La muerte de Viktor sería cuestión de pocos años, o incluso meses, si los servicios secretos de los diferentes gobiernos estaban en lo cierto. Si habían esperado milenios para conquistar sus tierras, unos pocos meses no suponían un problema. Con dieciséis votos a favor y nueve abstenciones el parlamento aprobó una ley a la medida de Viktor, abriendo la vía a un nuevo partido político y por ende a un nuevo candidato.

En el salón, contemplo las imágenes de Viktor en todos los canales televisivos. En tertulias, noticiarios y documentales. Salir a la luz pública le ha convertido en toda una celebridad. Su especie, el gigante, ha salido del olvido invadiéndolo todo de forma silenciosa. Un ejército de uno ha puesto patas arriba la vida política del país y esto no ha escapado a la atención mundial. Numerosos medios de la prensa internacional se han desplazado hasta la capital para seguir cada paso del candidato gigante.

Viktor se pasea por los barrios más deprimidos estrechando manos, abrazando niños y niñas inmerso en la campaña electoral. Las mujeres le besan los pies como si del papa se tratara. Para muchos es el mesías que ha venido a salvar a la humanidad.

No aparece de invitado en programas televisivos y de momento solo ha concedido una entrevista en la que evita hablar de su trágico pasado. Me hierve la sangre cada vez que hace eso.

Aún peor es la admiración que profesa Claudia por él, convertida ya en protagonista mediática de los noticiarios. He intentado contactar con ella varias veces, pero no me devuelve las llamadas. Está tan metida en la campaña que ha olvidado que aún le queda familia, o más bien lo que queda de ella, valga la redundancia. En las imágenes de los mítines que emiten por televisión aparecen siempre juntos, si no fuera por la diferencia de tamaño, parecerían padre e hija. Claudia, mi pequeña Claudia al lado de Viktor, sonriente como un padre orgulloso. Me siento apartado por ese monstruo que me contrató para hacerme la vida imposible.

He bebido más de la cuenta y eso me envenena aún más la conciencia. En mi cerebro los pensamientos más oscuros crecen y se extienden como las zarzas de un jardín mal cuidado. Quizás Viktor lo tenía planeado desde el principio, quitarme a Claudia, apartarla de mi lado. No fue suficiente con mis padres, con mi amada, también quiere quitarme lo único que me queda en la vida.

Desearía matarle, pero Claudia no se lo merece, es mi hija. ¿Pero por qué habría de preocuparme por ella? Me ha traicionado por el asesino de su familia. ¿Cómo ha podido hacerme algo así? Tengo que decírselo. Tengo que contárselo todo. Verlos juntos hace que me hunda aún más en un profundo y visceral odio. Ha de saberlo todo el mundo, no pueden seguir con la mentira, engañando a toda esa gente. Tengo que hacer algo. Descuelgo el teléfono y llamo a Claudia. No lo coge, pero salta el contestador. Solo tengo unos segundos para reaccionar. ¿Se lo digo o no? Qué diablos. Cuando suene el pitido se lo suelto.

—Soy tu padre. No me coges nunca el teléfono, en lugar de eso te paseas por los noticiarios con ese hijo de puta. Pues que sepas que ese «héroe» al que tanto admiras mató a tus abuelos y dejó lisiada a tu madre de por vida. Fue él y no su hermano el que masacró a todas esas personas hace casi cuarenta años. Ese es el tipo que queréis que sea presidente. Un asesino.

Cuelgo el teléfono y agarro la botella de *whisky*. Apenas le doy el último trago y caigo dormido en el sofá.

Todavía quedan seis meses para las elecciones, pero el ritmo en el cuartel general del recién creado partido político es frenético. Viktor ha transformado uno de sus edificios en su centro neurálgico. En quince plantas trabajan más de mil personas que se dedican a estudiar a otros partidos y sus estrategias, para estar siempre un punto por delante en las encuestas. Además, cuentan con una constelación de oficinas-satélite, que Viktor visita de forma esporádica, donde se tejen las estrategias electorales más convenientes para convertirle en el futuro presidente del país.

De momento, la posibilidad de sufrir un atentado terrorista, en cierta forma, ha disminuido. Acabar con él ahora lo convertiría en un mártir, por lo que sería peor el remedio que la enfermedad. Su muerte, en tal caso y como se había barajado en alguna asamblea, convertiría muy posiblemente a Claudia en una seria candidata, pero esta opción, ya avanzaba la aludida, no se produciría jamás. Ella es el alma del movimiento, pero nunca sería su estandarte. Además, su servicio de seguridad apenas dejaba margen. Tenía más protección que el más odiado mandatario. Lo único que podría hacer tambalear su aura de salvador era mi confesión y, aun así, mi relato no tendría ningún peso. Nadie creería mi absurda historia. Contratado por un gigante, trastornado por una vida marcada por la tragedia, alcohólico reincidente en ciernes... Mi secreto tenía el mismo valor que un grito en el espacio.

El sonido de la calle se mezcla con el de la lluvia que entra por la ventana. Minúsculas gotas me salpican la cara. Abro los ojos y la luz me taladra la cabeza, haciendo aún más dolorosa mi enorme resaca. Me toco la cara mojada. Hasta me viene bien. Me incorporo a duras penas y cierro la ventana. El corazón me palpita demasiado por el esfuerzo. Cualquier día me quedo en el sitio. «Tienes que empezar a cuidarte, Sebastián». Me vuelvo a echar en el sofá y alguien me interrumpe en mi vía crucis de alcohol barato.

—¿Quiere una aspirina?

Me doy la vuelta, incrédulo, y veo a un tipo sentado en una silla en mi apartamento. Está al lado del televisor con las piernas cruzadas. Lleva traje oscuro y tiene el rostro delgado. Al principio no le reconozco, pero ahora sé quien es.

—¿Qué cojones haces en mi casa?

—Soy Pedro, trabajo para Viktor, ¿me recuerda?

—Claro que le recuerdo. Conduciendo el dos caballos sin manos.

Me paso la mano por la cara.

—¿Qué es lo que quiere ahora Viktor?

—Me encargó su protección.

—Viktor no necesita protección.

—No es a Viktor a quien protejo, es a usted.

—No me jodas. —De pronto la resaca me recuerda que debo tomarme las cosas con calma.

Pedro se levanta y me sirve un vaso de agua de la cocina. Saca un pequeño sobre del bolsillo de su chaqueta y disuelve el contenido en el vaso.

—Tenga, le sentará bien —me dice amablemente.

Lo acepto y me lo bebo de un trago.

—Gracias. —Sin soltar el vaso me echo hacia atrás. Mi dolor de cabeza es intenso, ojalá esto me lo quite, o quizás me ha envenenado tranquilamente y encima le he dado las gracias.

Pedro saca el móvil y reproduce un archivo de audio. Es mi mensaje de ayer, pero está distorsionado, entrecortado. Es imposible saber lo que digo.

—¿Así que Viktor no desea que se sepa nada de su pasado? No me extraña. Imagino que Hitler también mentiría en su currículum.

—Viktor no me lo ha pedido, es iniciativa propia. Este mensaje solo le hubiera causado problemas, créame.

—No necesito una niñera. Reconozco que fue una estupidez lo del mensaje. Aunque hubiera dado igual, nunca lo habría escuchado.

—Se equivoca. Siempre lee o escucha sus mensajes, pero ahora mismo la señorita Claudia no desea hacer nada que no esté relacionado con la campaña electoral.

—Parece que tienes tú más contacto con ella que yo.

—Soy el asistente personal de Viktor, he de saber estas cosas.

—Si has podido escuchar el mensaje sabrás por qué lo hice. ¿Qué opinión te merece un tipo así?

Pedro me observa detenidamente por unos segundos.

—Saliéndome del protocolo, hablando sinceramente, le diré que pagó con creces sus crímenes. Viktor ha cometido tremendos errores a lo largo de su dilatada vida, se ha equivocado de una forma espeluznante en numerosas ocasiones y ha pagado su ingenuidad de una forma que a muchos nos llevaría a la locura. Pero, a pesar de todo, es el… personaje más poderoso de la Tierra. Sus empresas son la vanguardia en derechos a los trabajadores. Invierte más en la educación de sus empleados que muchos gobiernos lo hacen con sus ciudadanos. Sus farmacéuticas han puesto patas arriba la industria de los medicamentos por su accesibilidad.

—No entiendo qué es lo que quiere de mí. Apenas he escrito unas líneas.

—Viktor está en la última etapa de su vida y necesita contar con alguien cuyo pasado está unido al suyo. Usted es esa persona, por motivos que desgraciadamente conoce a la perfección. Cuando ya no esté, será usted el que tome el testigo de su vida, de sus hazañas, de sus tragedias, de todo lo que un gigante ha hecho entre los humanos, y lo traslade a un libro que la gente pueda comprender.

—No es sencillo hacerlo.

—Pues deberá intentarlo. No es solo por su hija, es por la cantidad de seguidores que ha cosechado a lo largo de su vida, especialmente en estos últimos meses. Debe escribir su vida tal y como le ha encargado, pero también la suya propia. En sus manos está aclarar lo que lleva dentro a través de la vida de Viktor.

—Dame al menos la oportunidad de elegir el momento de volver, ¿o es que ni tan siquiera me vais a dar eso?

—Por supuesto, es usted el que lleva la batuta, Sebastián, pero no olvide algo muy importante, Viktor no tiene mucho tiempo, por eso cada minuto que esté con él es incalculable. Hágame caso y no pierda el tiempo.

Pedro se levanta del asiento y colocándose un sombrero desaparece de mi apartamento.

Tal vez debería aclarar mis ideas de una vez por todas y ceñirme a la labor que me han encomendado. Dejar a un lado mis sentimientos y procurar sacar la mayor información posible. Descubrir los rincones más inaccesibles de la mente de Viktor, en definitiva, saber quién es y escribir de una vez por todas su biografía.

CAPÍTULO 23:
MÁS ALLÁ DE LAS ESTRELLAS

Es una mañana despejada en Marte. María estira las piernas y los brazos. Hace la cama y se asoma por la pequeña ventana ovalada de su habitación. El módulo de descanso tiene forma hexagonal y cada cara dispone de su particular vista del paisaje marciano. Es algo que a María todavía le parece increíble después de casi año y medio en el planeta rojo, asomarse por la ventana y ver el amanecer.

La primera vez que lo vio lloró, no por la belleza del momento, Marte es un desierto polvoriento, sino por la lejanía de los suyos, especialmente de su hija. Ahora ya está acostumbrada al terreno, pero no a la ausencia de su pequeña Leonor. Tiene seis años y la echa de menos todos los días.

A su marido no, es más, le hierve la sangre cada vez que piensa en él. A través de un videomensaje se enteró de que no esperaría más por ella, que la solución a los problemas que arrastraban antes de su partida no eran más que un parche para no alterar la misión de volar a otro planeta. Tras su marcha, los correos y fotos que mandaba junto con Leonor eran la forma de mantenerla ocupada, una doble vida, padrazo por el día, cerdo hijo de puta por la noche. Fue una de aquellas noches en las que supo de su amorío con Claudia, la que ahora es una de las figuras más importantes del partido político de Viktor. Se enteró porque alguien publicó un vídeo en la red social de una fiesta en una casa okupa. Fue una amiga la que le envió el vídeo, ampliado y recortado, donde identificó sin ningún género de dudas a aquel cerdo mientras besaba y manoseaba a la que ahora es la mujer más temida del partido de la oposición. Apenas se tenía en pie, pero él seguía, con una cerveza en la mano y la otra agarrándole el culo. Casi vomitó al verlo. Había dejado a Leonor con la niñera para irse a una fiesta con sus amigos. Siempre pensó que podría pasar e incluso había llegado a aceptarlo, pero verlo no estaba en sus planes.

Ocultó su enorme tristeza al resto de compañeros de la base marciana, era una profesional, por eso estaba allí, pero por dentro estaba rota. Le costó dormir durante un par de semanas e incluso intentó disimularlo enviando algunos videomensajes pero, finalmente, alguien tenía que hacerlo. Al final agradeció que hubiera sido él.

No hubo lágrimas y mantuvo muy bien la compostura mientras veía a aquel cretino soltar su discurso: «Es duro no tenerte aquí, la distancia es un escollo muy difícil en nuestra situación, y bla, bla, bla...». Le había hecho un favor. En el mensaje de respuesta se lo puso fácil. Simplemente ya no lo quería en su vida. Le pidió que se hiciera cargo de la hija en común y que cuando regresara, en seis meses, no quería nada suyo en la vivienda. Nunca le dijo nada del vídeo, para qué, antes de que se fuera ya estaban las aguas revueltas, y a pesar de haber firmado el armisticio en varias ocasiones las discusiones eran difíciles de evitar.

Tuvo, eso sí, un resquicio de esperanza de que se arreglaran las cosas. Lo había heredado de su madre, ama de casa toda la vida que entró virgen al matrimonio: cuarenta y cinco años casada con el mismo hombre, infidelidades, alguna paliza eventual y ya en la madurez del matrimonio no podían estar en la misma habitación, pero ahí seguía, tirando del carro como le había enseñado a su vez su madre, y la madre de su madre y así sucesivamente. Pero María no era su madre, ni mucho menos. Para ella su vida era Leonor y su trabajo, y ya fue duro dejarla en la Tierra.

Seis meses pasan volando, piensa. Además, aquí ha tenido tiempo para conocer bien a la tripulación. Los cinco restantes, tres mujeres y dos hombres son ahora su familia. Todos han tenido sus problemas y todos los han resuelto de la mejor manera. Los meses en Marte tampoco los ha dedicado exclusivamente a explorar el planeta rojo, entre ella y Diego hay cierta química, ella lo nota y él también. Eso sí, la discreción es obligatoria. A pesar de las tentaciones ya ha tenido María tiempo de disfrutar a solas, un par de veces por lo menos, masturbándose en la cama imaginando a Diego entregándose en la labor de regalarle el placer que tanto echa de menos en estas latitudes marcianas. Y, a tenor por las miradas que le ha dedicado alguna vez, seguro que también él le ha dado rienda suelta a la imaginación.

Cuando vio a Claudia por televisión por primera vez dudó un instante de que fuera la misma persona, pero luego agradeció no haber borrado el vídeo. No era fácil certificarlo, pero para ella no había dudas. Luego investigó su vida y se enteró de todas sus miserias, de los problemas de salud de su madre, la adicción del alcohol de su padre, una vida marcada por la tragedia y, sin embargo ahí estaba, dando el callo por unos ideales, una mujer hecha a sí misma en un ambiente infernal. Se sintió identificada con ella. Por la fecha del vídeo, ya retirado de la web, se enteró de que no pasaba por su mejor momento, de hecho, fue en aquellos días en los que había tanteado el suicidio.

Era evidente que ella no estaba muy cómoda siendo sobada de esa forma por su ex, además tenía pinta de estar sumida en un baño etílico y era presa fácil para un depredador. No sabe si fue algo casual o si se repitió más veces, más bien parece lo primero. Por un momento pensó que podría haberla violado, pero prefirió desechar esa idea, quizás algún día se lo pueda preguntar en persona, aunque probablemente no lo recuerde.

Fue al indagar en su vida cuando comenzó a interesarse por el partido. Sus ideales, su visión de futuro, un cambio radical del orden impuesto, más que establecido. Algo que empezó a crecer en su interior y que generaba un acalorado debate entre sus compañeros. Si ganaban no habría dinero para mantener una base en Marte, recortarían multitud de proyectos de exploración espacial, tendrían que regresar y la base se cerraría, pero Claire estaba convencida de que eso no ocurriría, y tenía razón. Con Viktor de presidente, siendo él el mayor mecenas de la exploración espacial, el futuro de la ciencia estaba asegurado y la colonia de Marte crecería con nuevos vecinos.

Para María el futuro no podía estar más claro, el futuro era gigante. Incluso, a pesar de la neutralidad marciana, María había enviado un mensaje de apoyo, con una sutileza cogida por pinzas, al candidato Viktor, lo que le costó una buena reprimenda por parte del control central en la Tierra. Tal era su entusiasmo por el partido, su convicción para con los ideales y su fórmula para un mundo mejor, que varios de sus compañeros empezaban a cuestionarse sus propios principios. Eran científicos y humanistas, mayoritariamente, y eso casaba a la perfección con el nuevo partido.

Es una escena que pone de manifiesto el éxito del partido de Viktor, a doscientos veinticinco millones de kilómetros de la Tierra, un pequeño grupo de personas representan un microcosmos de gente de diferentes ambientes. Tienen en común que son cultas, inteligentes e intuitivas, una selección de mentes escogidas para una misión complicada y difícil. Este grupo ha comenzado a plantearse cosas que antes daban por perdidas y tal vez acaben por abrazar sus ideales. Por eso millones de personas también lo han hecho.

El ser humano es inteligente por naturaleza, y a pesar de las voces en contra, de los intentos por difamar el partido de Viktor, del pasado de sus integrantes, todos están unidos por un vínculo común: la necesidad de un cambio. Algo tan profundo que aquellos que no comparten su credo intentan romper con sus agresiones. No se trata de castigar al que infringe la ley, es la conducta lo que hay que mejorar, lo que hay que cambiar. Si los gigantes lo hicieron de manera excelente durante milenios, los humanos también pueden. Son parte de la misma familia y no deben ocultarlo. Ahí es donde El Futuro es Grande ha tocado el corazón de las personas, ahí reside su potencial y ahí es donde anida la esperanza.

María se dirige al módulo de experimentación, el alma del campamento. También es el más grande. Dispone de varios compartimentos para los diferentes ensayos, principalmente con plantas: prueban diferentes especímenes, modificados genéticamente, para lograr cierta adaptación al suelo marciano. También se encuentra una sala de estudio con varios microscopios, uno de ellos electrónico, para explorar las muestras de roca y de agua que obtienen del entorno.

El módulo se encuentra enclavado en el interior de una cueva de lava, una antigua caverna de origen volcánico formada hace millones de años. Aquí dentro es donde pasan la mayor parte del tiempo, un enclave idóneo para montar una base, protegidos de la radiación solar y de las tormentas de arena.

De hecho, hace un par de meses tuvieron que pasar una semana ahí dentro debido a una fuerte tormenta, con vientos de más de cien kilómetros por hora, todo un récord en suelo marciano. Fue durante esa semana en la que la tensión sexual se disparó entre María y su compañero, al dormir en sacos en los diferentes compartimientos. El cansancio acumulado hizo que sus hormonas se dispararon hasta el punto de que los demás miembros bromeaban con la posibilidad de haber oído a María jadear durante un sueño erótico. Algo que no le pasó a Diego, él estaba demasiado ocupado ocultando las pruebas de su respectivo sueño húmedo. Parece ser que aquella noche los dos se pusieron de acuerdo en su subconsciente y saciaron su hambre en el reino invisible y privado de los sueños.

La entrada de la cueva está a apenas treinta metros del módulo central de la base. Aquí han encontrado multitud de fósiles y las primeras formas de vida microscópica. Incluso están esperando una sonda robotizada que pueda explorar el interior de la cueva con garantías. La humedad de algunos rincones augura un lago subterráneo que todavía han de encontrar.

Antes de acceder al módulo, se ha de pasar por la antesala de descompresión y quitarse el traje. La superficie marciana está cubierta de una arena muy fina, quitarse el traje dentro del módulo sería una torpeza, se llenaría todo de polvo marciano, el peor enemigo de los instrumentos de investigación. Para eso tienen la pequeña salita.

María accede a la antesala y cierra la puerta a su espalda para que se presurice de nuevo. Después se pega a la pared donde hay un círculo marcado con un número. El sistema se ajusta a la perfección a la espalda del traje con un mecanismo magnético. Un doble pitido rápido significa que ya se puede desprender del traje. Primero se quita el casco y después la cremallera central desde el cuello hasta la cintura. El traje se queda colgando de la pared anclado al soporte. El sistema llena los tanques de oxígeno, carga las baterías y comprueba que todo el equipo esté en orden. Debajo del traje lleva un mono de trabajo mucho más cómodo. Ahora ya puede moverse con soltura. Una vez fuera de la pequeña sala, María se sorprende al ver a Diego. No esperaba que estuviera aquí. Él está sentado al microscopio.

—Hola, María.

—Diego. No te esperaba tan pronto.

—Vine a estudiar un par de muestras.

Una de las salas está dedicada a estudiar bajo el microscopio las rocas de sedimentos y etiquetarlas. En seis meses van a llevar de vuelta muchísimo material para investigar.

No hay nadie más en el compartimento, en unos minutos llegarán George y Josué para descargar más rocas. Una ardua tarea.

—¿Encuentras algo interesante?

—Aquí todo es interesante. Mira, esto es lo que he estado observando hace un rato.

Diego coge un botecito. Saca con unas pinzas una minúscula piedra y la pone bajo el microscopio.

—Acércate. —Diego se levanta y María ocupa su lugar.

Con curiosidad, María se asoma al ocular mientras mueve la rueda de enfoque, sus ojos color miel miran con atención lo que parecen ser unos fósiles microscópicos de antiguas bacterias. Dos de ellas parecen formar la figura de un corazón.

—Vaya… —exclama María con una sonrisa. Diego aproxima su cara a la ella.

—Creo que hemos descubierto el origen del amor en Marte.

María ríe ligeramente y se separa del visor. Entonces le mira, están muy cerca, demasiado cerca. Diego se acerca aún más y le planta un suave beso en los labios. María lo acepta cerrando los ojos. Después viene otro en la mejilla y otra vez los labios. Ahora los dos se conjugan en un momento de entendimiento. Ella le acaricia el pelo mientras se entregan a liberar la tensión sexual de las últimas semanas. María se levanta de la silla y se besan apasionadamente. Diego la anima a sentarse en la mesa. Casi caen varias muestras al suelo. Apartan algunas anotaciones torpemente para dar rienda suelta a su arrebato. Los monos de trabajo son la única barrera para consumar lo que han soñado tantas veces. Diego empieza a bajarle la cremallera. María respira agitadamente y aprieta su cuerpo contra el de Diego mientras le susurra al oído «no». Diego respira profundamente y le acaricia la espalda. Ambos se quedan ahí, fundidos en un abrazo.

De pronto se escucha la puerta del módulo al exterior. Rápidamente recogen los testigos del fugaz encuentro y tratan de recomponerse. Diego lo tiene más difícil y se encierra en el baño. Entonces la puerta se abre. Es Bruno, el geólogo del campamento, que trae una especie de nevera portátil.

—Hola, María. Traigo unas cuantas muestras más.

María se ha vuelto a sentar al microscopio.

—¿Algo interesante? —Pregunta Bruno.

—Dos bacterias enamoradas —responde con una sonrisa.

—Ahora las veo. Por cierto, acaban de decir en la radio que han ilegalizado tu partido.

—¿Qué? —dice María sorprendida. Diego aparece en la sala como si nada hubiera pasado.

—Hola, Diego —dice Bruno, entonces mira a María con cierta sospecha.

—Venga, sigue, ¿qué más? —insiste María.

—Según han informado, El Futuro es Grande ha quedado ilegalizado, acusado de grupo terrorista, y sus líderes encarcelados.

—¿Qué dices? Eso no tiene ningún sentido.

—Es lo que cuentan.

María se levanta y se marcha. Diego va detrás. Ambos se ponen rápidamente el traje presurizado para salir, el amago de coito ha quedado relegado al olvido, al menos momentáneamente.

En la sala común tienen una televisión. Las noticias no pueden ser más inquietantes. No solo ha sucedido en su país, es una acción a escala global. El movimiento político El Futuro es Grande ha sido declarado ilegal y sus cabecillas detenidos. Mientras María y Diego observan atónitos las imágenes, su compañero Kato entra en la sala. Tiene el rostro serio. Se limpia las gafas y se pasa la mano por la frente.

—María —dice Kato seriamente. Esta sigue atenta a la pantalla, pero le responde.

—Dime, Kato. ¿Estás viendo esto?

—Ya lo he visto. Acabo de tener una llamada urgente. Código 16R.

María se da la vuelta, al igual que Diego. El código 16R significa que algo gordo ha sucedido directamente relacionado con la base o su tripulación. Es una línea de prioridad que normalmente tiene que ver con cambios políticos importantes o con una amenaza física inminente.

—Tengo la orden de comunicarte que quedas bajo arresto domiciliario.

María no le quita la vista de encima, la televisión ya no existe.

—¿Cómo dices? —inquiere un incrédulo Diego.

—Me lo ha dicho el jefe de la misión en la Tierra. Órdenes expresas de arriba. Creen que eres la cabecilla del movimiento en Marte y como oficial al mando soy el responsable de que se cumplan.

—¿Es una broma? ¿Yo, líder del partido aquí en Marte? —María ríe nerviosa.

—Lo siento, pero no es una broma —dice Kato seriamente.

—¡Pero no puede ser! —protesta Diego.

—¿Resulta que ahora ser simpatizante de un partido te convierte en delincuente? ¿Se han vuelto locos en la Tierra? —protesta María cada vez más nerviosa.

—No se han vuelto locos, María. Están desesperados —continua Diego.

—María, todo lo que aquí se dice y hace lo ven desde casa —afirma Kato apuntando con la mirada a la cámara del techo.

—¡Pues que se jodan! —grita María enfurecida—. ¿Qué clase de mierda es esta? ¿Has perdido la cabeza? —Se gira visiblemente alterada hacia la cámara—. ¡Yo soy científica, la mejor de mi promoción, no un personaje subversivo al que hay que encerrar!

De pronto sufre una descarga eléctrica que la hace caer inconsciente. Kato blande una pistola táser. Ahora apunta a Diego con ella.

—No hagas nada estúpido, Diego.

—¡No era necesario eso, joder!

—Órdenes son órdenes. Ya veremos cómo se desarrollan los acontecimientos, pero de momento hay que cumplir con lo que nos llega del Control Central.

Diego suspira con resignación.

—Ok, baja eso. Te ayudaré a meterla en el camarote.

Ambos la sujetan y se la llevan en brazos. La ponen sobre la cama y cierran la puerta. Kato bloquea la puerta con su huella dactilar. Diego pregunta preocupado.

—¿Cuánto tiempo tiene que estar ahí encerrada?

—No han hablado de fechas, pero no creo que sea mucho.

—Temo que se líe una gorda en la Tierra.

Una tormenta de arena se observa en el horizonte, una de las dos o tres que sufren al año. Nada de qué preocuparse. En Marte no hay apenas atmósfera para que sean grandes, aunque las que hay que duran meses, bastante molestas para los instrumentos. En la Tierra es muy distinto. Una tormenta acaba de estallar a escala global, un evento de consecuencias imprevisibles.

CAPÍTULO 24:
LA CAZA

Las cosas se están poniendo interesantes en el panorama político, los líderes de El Futuro es Grande llevaban tiempo con la mosca detrás de la oreja, pero nunca imaginaron que fueran capaces de ilegalizarles. El miedo se ha apoderado del partido gobernante y ha decidido pasar a la acción. La guerra sucia ha comenzado.

Desde la sorpresiva ilegalización del partido de Viktor, la dirección, aquellos que todavía no han sido encarcelados, ha decidido presionar al Gobierno sacando a la calle a sus simpatizantes. Las concentraciones esporádicas se suceden a lo largo y ancho del país.

En la capital, cerca del palacio de María Magdalena, en la plaza de Campoamor, la Comandancia General de los cuerpos de seguridad del estado es un hervidero de gente. Desde la pasada madrugada seis vehículos policiales y una tanqueta de la policía permanecen frente al edificio. Policías armados protegen las instalaciones. No visten uniformes de paseo, los que todo el mundo conoce, van enteramente de negro, pertrechados con protecciones en brazos y piernas, chalecos antibalas de última generación y casco de triple capa ionizada con visera integral de espejo. No verles la cara es un ingrediente más en la política del miedo que se ha instaurado en el país. Llevan los nuevos y flamantes fusiles de asalto que solo pueden disparar ellos. No matan, tan solo aturden, o eso es lo que han asegurado para proteger a la población. Irónicamente, es una de las filiales del grupo de Viktor la encargada de la modernización de los cuerpos de seguridad del estado.

La operación es muy criticada en la oposición por los incentivos a los policías en el fragor de las críticas por los bajos salarios y las pésimas condiciones laborales, además del dispendio en la adquisición de material antidisturbios por los desórdenes que pudieran surgir a raíz del fervor mediático que el gigante ha levantado en la población. Se trata de un plan estudiado desde hace meses para que los que están en el poder permanezcan en él, y un aviso a las democracias del planeta que no ven con buenos ojos la espiral amenazante de los que lo quieren cambiar todo.

Los líderes de la Unión Europea piden serenidad y calma para evitar revueltas. La ONU ha solicitado urgentemente una explicación de lo que está pasando. Son muchos los que no creen ni una palabra de lo que la prensa del régimen anuncia a toda página. Lo que muchos sospechan, y seguramente estén en lo cierto, es que el resto de las potencias están de acuerdo con las medidas tomadas y observan con atención el desarrollo de los acontecimientos por si hubiera que implementarlas en sus respectivos países.

Hay que sacar de en medio a Viktor. Su popularidad es un riesgo para las democracias occidentales y sus gobiernos. Para la clase política en el poder, El Futuro es Grande no es más que una absurda idea idealizada por un colectivo estudiantil que no merece el más mínimo respeto. No es ni siquiera un partido político, es una revolución que busca trastocar el orden establecido con sus proclamas ambientalistas y con sus leyes arcaicas basadas en una especie extinta por la propia naturaleza. Solo sobreviven los más fuertes y el ser humano ha demostrado que lo es. Los gigantes no eran más que una inoportuna especie que la propia evolución se ha encargado de eliminar.

La caza de brujas ha comenzado con toda su crudeza. Los simpatizantes del partido son amedrentados en sus puestos de trabajo, amenazados con perder el empleo, las becas de sus hijos, el seguro médico. La espiral de acontecimientos parece no tener fin. Las noticias sobre detenciones y redadas son diarias, como las esperpénticas imágenes de la incautación de materiales caseros para la fabricación de explosivos, cuchillos de cocina y bates de béisbol. Todo debidamente presentado con el rótulo «Importante arsenal incautado», aunque la realidad de las imágenes dista mucho del miedo que pretenden transmitir.

Ha pasado una semana y, de pronto, ya no se habla de ello. Es como si no existiera. Las televisiones no informan, los periódicos no dicen nada si no es del mundial de fútbol que se aproxima.

La gente empieza a desaparecer de sus casas. Todo aquel que ha asistido a alguna reunión ha sido identificado y arrestado. Más de tres mil personas han sido ya detenidas bajo la acusación de conspiración para la alteración el orden establecido. Aún así, el movimiento sigue en la clandestinidad; pese a la opresión, la corriente de seguidores no ha hecho más que crecer. Ahora están más organizados, son cuidadosos e incluso están preparando una ofensiva. Viktor permanece encerrado en arresto domiciliario, visiblemente demacrado en su última foto. Le prohibieron el acceso a sus medicinas por una semana y eso le ha debilitado mucho. La estrategia para acelerar su muerte está funcionando y mientras no salga por televisión o por las redes el incierto futuro del partido corre el peligro de extinguirse como los gigantes. Mientras, Claudia permanece encerrada en una celda de aislamiento con un abogado que tardó diez años en terminar la carrera.

Hay cerca de cinco mil personas apostadas en el exterior de la Comandancia General del Estado. Corean consignas en contra del Gobierno y gritan proclamas en contra de la dictadura en que se ha convertido su país. Es gente mayoritariamente joven. Muchos llevan el rostro cubierto para evitar ser identificados por las múltiples cámaras que siguen cada movimiento de los asistentes. Varios drones de la policía graban la protesta. Algún dron de la prensa se ha colado sin llamar la atención, pero es pronto inutilizado por un láser de la policía desde la azotea de un edificio cercano. Alguien se ha dado cuenta de que no hay prensa y se empieza a correr la voz, no quieren testigos. Ninguna televisión está transmitiendo lo que sucede. Algo va a pasar. No hay medios públicos o privados cubriendo la concentración. Uno a uno, los manifestantes empiezan a sacar los móviles para retransmitir en directo en las redes sociales todo lo que pasa. Entonces, se quedan sin señal. Los repetidores de la zona se desconectan y las conversaciones se interrumpen. El desconcierto va en aumento. A pesar de todo, muchos de ellos comienzan a grabar todo lo que sucede, narrando todo lo que está aconteciendo; quieren dejar constancia de los hechos por si hubiera que pedir responsabilidades. Si sucede algo, al menos que se sepa la verdad.

Los policías se retiran al interior del edificio mientras los simpatizantes corean «¡DICTADURA, DICTADURA!». De pronto alguien grita «¡una granada, han tirado una granada!» y se hace el silencio. Una potente explosión bajo uno de los vehículos de la puerta provoca una estampida entre los asistentes. Desde el techo de la tanqueta, el cañón comienza a girar en dirección a la gente que huye despavorida y comienza a abrir fuego. Ráfagas cortas impactan sobre los manifestantes desarmados que intentan abrirse paso entre los heridos. Muchos han caído reventados por el calibre de 20 mm de la ametralladora. El olor a pólvora lo inunda todo y de pronto se hace el silencio. Apenas ha durado un minuto, pero hay casi treinta muertos. Los gritos de dolor rompen la noche y la sangre se acumula en las aceras. Un par de muchachos flotan en una fuente cercana tiñendo sus aguas de rojo. La calle se ha llenado de cadáveres destrozados mientras los funcionarios del edificio se afanan en apagar el fuego del vehículo policial con extintores.

Apenas han pasado un par de horas cuando en una intervención en directo por la red el presidente se muestra tajante. A partir de hoy quedan prohibidas las concentraciones de ningún tipo y se instaura la ley marcial.

La noticia de la masacre da la vuelta al mundo. Lo que se ve por televisión es lo que uno esperaría de una democracia débil, pero no de una consolidada como esta. La policía masacrando a los integrantes de una concentración pacífica.

La bomba destruyó el vehículo policial y el Gobierno ha abierto una investigación para descubrir al autor o autores. Según afirman, uno de los participantes, perteneciente a un grupúsculo de agitadores, arrojó la granada de mano contra el vehículo, lo que provocó la respuesta, «sensata y contenida» de las fuerzas de seguridad del estado para evitar que los terroristas entraran al edificio aprovechando la confusión. En su defensa, admiten haber usado la tanqueta, pero solo contra el grupo responsable de la explosión. Algunos han respondido a los hechos con un lacónico «es que tirar una granada a la delegación del Gobierno...», justificando la respuesta policial. Mientras no se demuestre lo contrario, aquella tarde se evitó un golpe de estado.

Tras la sangrienta respuesta, llegan otras. Las redadas para capturar a los asistentes a la concentración se suceden cada día. Ya nadie está seguro. Los asaltos se producen de madrugada. En mitad de la noche, la puerta de la vivienda revienta en mil pedazos y una avalancha de hombres uniformados entra arrasando con todo y a todos. Los lloros de los niños y a veces los disparos forman parte del operativo, y los desgarradores gritos de la madre por perder a su hijo o hija se han convertido ya en una triste y desoladora rutina.

Parece que nadie puede evitar el abismo al que se está dirigiendo el país. Con El Futuro es Grande ilegalizado y las libertades sumamente recortadas la incertidumbre se apodera de los ciudadanos. La persecución policial se produce a escala mundial y el partido se cataloga como grupo terrorista por diferentes gobiernos. Por todo el planeta se suceden las redadas contra las ramificaciones del movimiento político. Ser simpatizante significa la cárcel y no existe en el mundo moderno democracia que lo evite. Se ha convertido en el enemigo público número uno y cuanto antes lo hagan desaparecer, antes se olvidará la gente de que alguna vez existió.

A las dos semanas de cautiverio Claudia queda en libertad. Su pasaporte está confiscado y debe presentarse semanalmente ante el juez. Se le ha prohibido el acceso a internet. Su teléfono móvil está intervenido y debe llevar una cámara en la solapa que graba ininterrumpidamente las veinticuatro horas al día. Todos sus movimientos quedan registrados. No es forma de vivir, pero no tiene otra opción si quiere abandonar la cárcel mientras espera el juicio. No puede llamar ni ver a ninguno de sus compañeros de partido. Su vida ya no le pertenece, pertenece al estado.

Viktor tiene la libertad restringida, pero al menos sus abogados han logrado que no le implementaran ningún sistema de vigilancia. Desde su mansión, tiene acceso a todas sus empresas. Sus comunicaciones están encriptadas y cuenta con una constelación entera de satélites a su disposición. Su estado de salud había mejorado algo, pero su final se acerca. Si Viktor desaparece la esperanza lo hará con él, el sueño del cambio será tan solo eso, un sueño, y el planeta entero sufriría su pérdida.

Yo había intentado sin éxito comunicarme con Claudia, había visitado varias veces la comisaría central intentado saber de ella pero, bajo el protocolo impuesto de seguridad y la ley marcial, todo intento fue inútil. En una de las ocasiones fui amedrentado por uno de los policías y amenazado con pasar la noche en los calabozos por desacato a la autoridad, con gusto le hubiera partido la nariz de un puñetazo al imberbe niñato. Estuve llamando a varios de sus amigos, pero o no cogían el teléfono o me daban respuestas ambiguas sobre su situación. Era evidente que sus teléfonos estaban intervenidos o al menos sometidos a vigilancia.

Cuando me enteré de que había salido de la cárcel, lo primero que hice fue apostarme delante de su casa, pero apenas pude distinguir su silueta tras las cortinas. Claudia no quería ver a nadie, ni hablar con nadie. Había sido obligada al aislamiento igual que si tuviera la peste.

Agotado de ideas, me fui a ver a Viktor, tal vez él pudiera hacer algo para aliviar la penosa situación de mi hija.

Era una tarde lluviosa cuando el coche sin conductor subió por la colina de su mansión. Atrás había dejado una patrulla policial custodiando la puerta principal. Todo había cambiado. El sol había desaparecido y el color gris del cielo conjugaba a la perfección con el estado de ánimo de la nación. Al llegar a la puerta, Pedro me recibe.

—Bienvenido de nuevo, Sebastián.

—Hola, Pedro. No está el horno para bollos, ¿eh?

—En absoluto, pero nada es eterno.

—Solo el tiempo lo dirá.

Pedro me acompaña por el vestíbulo principal. La casa está silenciosa, más que de costumbre y el sonido de la lluvia en el exterior hace más deprimente la visita. Caminamos por el pasillo, el mismo que usé para huir de los osos la primera vez que vine. Al fondo se encuentra la habitación de Viktor. La puerta está medio cerrada, apenas una rendija para ver el interior. Pedro golpea la puerta con suavidad.

—Está aquí Sebastián, señor.

Una voz ronca responde desde el interior.

—Que pase.

Pedro me invita a entrar. Empujo la puerta lentamente y entro. Para mi sorpresa, Viktor camina de un lado a otro de la habitación pegado al teléfono. Un pinganillo parpadea en su oreja. Al contrario de lo que pudiera parecer, está más vivo que nunca. No doy crédito. Los dos osos descansan tumbados en la cama observando su caminar errático por la habitación. Se acerca sosteniendo un dispositivo alargado que mueve de arriba a abajo escaneando mis ropas. Se encienden varias luces en diferentes partes.

—Estás lleno de micrófonos, pero no pasa nada, tengo inhibidores hasta en la ducha. Aquí dentro no pueden escuchar nada.

—¿Qué dices? ¿A mí?

—Claro, eres el padre de la principal instigadora de la revolución.

—Mierda de Gobierno. Quítamelos.

—No es buena idea. Han de creer que no te has enterado. Se quedan, pero no digas nada comprometido fuera de aquí.

—De acuerdo —me siento en una silla—. Te hacía con un pie en la tumba.

—Me alegro de verte, Sebastián. Eso creen esos hijos de puta. Pero una de mis empresas fabrica el Monoplexan, una especie de retardante del cáncer con un derivado de la adrenalina. Estoy hecho una mierda por dentro, pero al menos sigo vivo y activo como una ardilla.

—¿Qué estás haciendo?

—¿Tú qué crees? Organizo un contraataque.

—No puedes hacerlo, ¿olvidas que mi hija está bajo custodia? Cualquier cosa que suponga un riesgo para el Estado hará que los acusados sufran las consecuencias. No tienen tanto poder como tú.

—Por supuesto que no, pero no hacer nada es peor que intentar hacer algo.

—Se acabó, Viktor. Esa locura de cambiar el mundo os ha explotado en la cara. Nunca dejarán que ocurra.

—Te equivocas. Si nos rendimos ahora entonces no habrá esperanza. Ahí fuera hay millones de personas encerradas en sus casas por miedo a ser detenidas. Son las mismas personas que coreaban mi nombre hace tan solo unos días. El cambio que buscan soy yo, es Claudia, es nuestro partido. Les hice una promesa que no puedo romper.

—¿Es ese el único motivo que te empuja a seguir? ¿O es el ego de ser proclamado el dueño de un país? Nunca lo fuiste del tuyo y ahora buscas resarcirte con esta… locura. Lo único que vas a conseguir es que haya más muertos, y Claudia entre ellos.

—¿De qué tienes miedo, Sebastián? ¿De luchar? ¿De morir luchando? ¿O de que mueras sin haber logrado el perdón de tu hija?

—No eres tú el mejor candidato para dar sermones. Si Claudia supiese de tu pasado nada de esto habría sucedido.

—Te equivocas, Sebastián. Claudia lo sabe todo. —De pronto el tiempo se detiene—. No se puede mantener un secreto así con la persona con la que te has de embarcar en un viaje como este.

—No te creo.

—La segunda noche que nos reunimos llovía como hoy. Claudia tenía que recoger la primera constitución escrita entre gigantes y hombres. Un extenso volumen de setecientas páginas escrito en el transcurso de seis meses entre varios abogados, sociólogos y yo mismo. Estaba ilusionada con ella, una mezcla perfecta que unía los gigantes con los humanos como nunca antes se había hecho. Era lo más parecido a tocar un unicornio. Para Claudia se había unido mitología y realidad en una simbiosis perfecta. Estaba radiante. Se sentó en la biblioteca y antes de empezar a leer comencé a hablar. Le conté todo, desde mi participación en la muerte de mi propia especie hasta la noche en que cambié su destino antes de que naciera. No dejé nada atrás. Fui para ella un libro abierto y temí haberle destrozado sus sueños. Pero no fue así.

Por un momento, la habitación enmudece. El gruñido de uno de los osos rompe el silencio.

—¿Qué es lo que dijo?

—La vida apesta. Esa fue su respuesta.

—¿Solo eso? ¿No se largó de ahí tirándote el maldito libro a la cara?

—No. Es más, me dio una lección de vida que nadie me había dado nunca. Me dijo que me había ganado a pulso el apelativo de humano, enhorabuena, y que quizás todas esas miserias que me han acompañado desde entonces tenían un significado y eso era el volumen que sostenía entre sus brazos. Que todos estamos aquí por una razón y que ahora más que nunca hay que seguir adelante porque no se trata de nosotros mismos, se trata de todo el planeta. Y tenía toda la razón.

—Vaya, así que ahora lo que haces es para salvar el planeta, no a ti.

—Lo hago para salvar a la humanidad de sí misma.

Aplaudo irónicamente las palabras de Viktor.

—Un magnifico discurso. Casi me convences.

—¿Estás con nosotros o no?

—¿Qué «nosotros»? ¿Quiénes son «nosotros»? ¿Tú?

—No me has respondido a la pregunta.

Me toco la barbilla y me paso la mano por la cara. Finalmente me resigno a una respuesta que no me gusta.

—Claro que sí. Pero si lo estoy es por Claudia. ¿Qué quieres que haga?

—Que vayas a visitar a tu hija.

—Ya lo he intentado, pero no quiere ver a nadie.

—A ti sí. Insiste.

CAPÍTULO 25:
MIENTRAS HAY VIDA,
HAY ESPERANZA

Desde tiempos inmemoriales, el ecosistema en el país de los gigantes ha sido estudiado por parte de exploradores y aventureros. Aunque el acceso era sumamente restringido, en ocasiones se permitía la entrada a una pequeña partida de humanos para explorar la diversidad cinegética del extenso territorio.

Siempre acompañados por un gigante, los exploradores tomaban nota en sus cuadernos y dibujaban de una forma un tanto rudimentaria los ejemplares que observaban en su viaje. Enormes alces caminaban por los frondosos bosques. Osos de gran tamaño cazaban salmones en los ríos.

La abundante vegetación era también motivo de estudio, pues los gigantes no talaban ni un solo árbol, considerados, como eran, los pilares que sustentaban el ecosistema. Eran vegetarianos, una decisión tomada siglos atrás por sus antepasados. Cultivaban la tierra y repartían lo que sobraba entre las bestias.

La armonía en la tierra de gigantes era ejemplar. La convivencia entre especies no representaba una amenaza. Según escribiría un afamado explorador inglés sobre su viaje al País Gigante, en una ocasión, el grupo con el que viajaba estaba compuesto por varios cazadores, pero una de las condiciones para participar en la excursión era no matar a ningún animal a menos que fuera en defensa propia. Uno de los integrantes de la expedición, un hombre con cara de pocos amigos y parco en palabras, abrió fuego contra una manada de ciervos que pastaban plácidamente en un claro. Uno de ellos fue alcanzado, a tenor por el rastro de sangre que dejó en su huida. El gigante que los acompañaba corrió hacia el hombre que había efectuado el disparo y le arrebató el arma. Luego se fue a buscar al ciervo desapareciendo entre la espesura. Por lo visto, el hombre estaba harto de comer hierba y antepuso su estómago a las normas que les habían permitido explorar el territorio. Mientras el gigante buscaba al animal herido, en la distancia apareció la negra silueta de un lobo. Los integrantes se reagruparon asustados. Habían oído hablar de los depredadores que poblaban esa tierra y no querían formar parte de la leyenda. Luego apareció otro, y otro. Pronto los nueve hombres se vieron rodeados de una manada de quince ejemplares adultos. Al parecer, habían estado siguiendo a la manada y debido a la torpeza del cazador ahora eran ellos la alternativa a su almuerzo. La única arma que tenían era el rifle que se había llevado el gigante. Unos cuchillos no eran eficaces contra una manada de enormes lobos. Poco a poco se fueron acercando; un pequeño grupo de humanos desarmados contra el formidable depredador superior. Cuando se daban ya por muertos, apareció el gigante. Todos los lobos se pusieron en guardia al ver la enorme figura abrirse paso entre los la espesura. Llevaba el arma en la mano, pero no le hizo falta usarla. Con un gesto ordenó a las bestias marchar y, para asombro de los excursionistas, estas huyeron a la carrera. El control que tenían sobre ellas era asombroso. Con el paso de las generaciones, los lobos habían aprendido a respetar a los gigantes y los ataques eran escasos, nunca mortales. Los gigantes, además, no eran una presa en el menú del gran lobo negro del País Gigante, principalmente por la abundancia de otras bastante más asequibles.

Cuando todos respiraban aliviados, el gigante disparó el rifle y una bala atravesó limpiamente la pierna del cazador.

El hombre cayó al suelo y sus compañeros se lanzaron a taponar la herida. Luego le devolvió el arma a uno de sus acompañantes. Nunca más se realizó un disparo y el herido se recuperó. Pasaron las semanas y al regresar por la zona se volvieron a cruzar con otra manada de ciervos. Entre ellos había uno que cojeaba, parece que era el que sufrió el disparo. Así supieron que el gigante logró curarle.

Desde la desaparición de los gigantes, la fauna del país había experimentado un crecimiento exponencial al haber ganado en territorio. Depredadores y presas contaban ahora con una superficie mucho mayor para campar a sus anchas. Los diferentes grupos de lobos se unieron dando lugar a manadas de casi un centenar de ejemplares que dominaban un extensísimo territorio. En consonancia con el gran número de depredadores, las manadas de renos y ciervos habían aumentado proporcionalmente, formando en ocasiones rebaños de varios miles de individuos. Cuando una de las manadas de lobos se ponía en marcha atacaba el enorme rebaño en masa y por varios flancos, una estrategia de caza que le garantizaba la captura de varias decenas de herbívoros en un solo ataque. La llanura se llenaba de grupos de lobos destrozando una o varias presas. Por todo el terreno, los bramidos de los rumiantes dominaban la extensa planicie, jalonados por los gruñidos de los cánidos en plena carnicería. En otras zonas del país los grupos no son tan extensos, pero en las grandes llanuras del centro el número de integrantes de una manada es extraordinariamente alto.

Es aquí donde una caravana de camiones sin conductor avanza por un camino de tierra. La nube de polvo se puede ver a kilómetros de distancia, pero los únicos testigos son los animales que observan los vehículos desde la lejanía. Uno a uno, los camiones se van parando por diferentes puntos de la geografía. Permanecerán el tiempo que sea necesario.

Pasado un tiempo las puertas de carga se abren completamente y en su interior el remolque aparece dividido en celdas. Todas están abiertas. Un ciervo se acerca a curiosear. Olisquea algo en su interior. De pronto gira la cabeza asustado y huye a la carrera. Un par de minutos después un grupo de lobos se acerca al camión. Cautelosos, olfatean el aire que sale del interior. De un salto se introduce el líder de la manada. Olisquea el suelo y avanza por el pasillo. Se mete en una de las celdas. En el interior hay un trozo de carne que devora tranquilamente. Poco a poco van subiendo otros lobos a dar buena cuenta del festín. Al cabo de veinte minutos, el líder de la manada duerme plácidamente por el somnífero que contiene la carne. Cuando el último lobo cae víctima del narcótico, todas las puertas se cierran automáticamente y el camión se pone de nuevo en marcha. Treinta lobos duermen en el interior y otros treinta en cada uno de los veinticinco camiones que regresan a sus lugares de origen. Setecientos cincuenta ejemplares, una cuarta parte del total de los lobos de la meseta central se desplazan en silencio y de noche por un camino polvoriento en el centro del País Gigante. Son todos machos, pues las jaulas estaban impregnadas de feromonas sexuales de hembra.

Mientras tanto, en el departamento de policía de la capital, un oficial encargado del almacén de equipamiento arrastra una decena de cajas con los nuevos uniformes antidisturbios. Uno a uno los va sacando de sus bolsas de plástico perfectamente planchados y los va colocando en las estanterías. Son de color negro y llevan protecciones en los codos y en las rodillas. Todo un detalle. Forman parte de la última partida del Gobierno para dotar de protección a los encargados de salvaguardar el orden. El resto del equipo lo componen el casco, unos guantes con los nudillos reforzados por si con la porra no es suficiente y botas militares. Al margen de las porras, el escudo, la pistola táser y el gas pimienta, claro.

Hace semanas que habían realizado el pedido pero dado el alto volumen del encargo no lo han traído hasta hoy. La empresa se llama Geotextil S. A., hace apenas unos días que forma parte del conglomerado de empresas de Viktor. Al presidente de la compañía no le quedó más remedio que venderla para mantener a los doscientos trabajadores con sus respectivas familias. Viktor le hizo una oferta que la salvó del cierre, lo que hizo que pudiera seguir adelante con el pedido del Ministerio del Interior.

Cada uniforme lleva una pequeña bolsita de sílice oculta en el interior, un mineral que absorbe la humedad y evita la aparición de moho en la ropa. Las bolsitas de sílice son propiedad de otra empresa filial de Viktor. Esta ha vendido su cargamento de mil bolsitas para ser usadas por Geotextil en cada uniforme. Han llegado en tres cajas al almacén para ser introducidas en un pequeño bolsillo del pantalón y la chaqueta. Antes de su partida han tenido que ser tratadas con un producto químico que mejora su rendimiento. Los granos de sílice se han mezclado con un polvo de color blanco, su función es la de potenciar las cualidades del propio mineral para absorber el sudor de los uniformes, de esta manera, pueden ser usados durante más tiempo sin generar el incómodo olor de las secreciones humanas, algo que en un principio los policías agradecen y que permitió obtener la mejor valoración a la hora de ganar el contrato con el ministerio. Ahora solo cabe poner a prueba si funciona.

El encargado de suministrar el polvo blanco es una industria química, propiedad de Viktor, por supuesto. Entre la gran cantidad de productos que desarrollan, mayoritariamente detergentes, aerosoles y desinfectantes, tienen un pequeño departamento creado a petición expresa por el ministerio de medio ambiente. En la pequeña sala de color blanco, varios científicos trabajan codo con codo con químicos de la propia compañía. En una sala contigua de gran tamaño, distribuidos en varias jaulas, diversos animales yacen tristes. Su mirada lánguida es un poema de soledad. Lo que hacen en este departamento es trabajar en la creación de un producto que simule las feromonas de diversos animales. En este caso la petición es muy clara, desde el ministerio quieren un producto que atraiga a los animales de una determinada especie, el gran lobo negro del País Gigante.

Por los pasillos de la Organización Mundial de la Salud se comenta que la cuarentena impuesta en el País Gigante se levantará cuando Viktor muera, y ya hay una mayoría de países dispuestos a votar a favor de que esto ocurra. Es muy probable que en cuestión de meses las máquinas puedan entrar a su territorio. El único problema que existe son los lobos. En estos años han crecido en número y constituyen una seria amenaza para los trabajadores que se desplacen hasta allí. La estrategia a seguir es la de atraer a los cánidos por el potente químico de origen sintético hacia un recinto vallado. Una vez allí, cerrarán las puertas y un pelotón de hombres armados con fusiles y miles de cartuchos dispararán a discreción hasta acabar con todos, hembras, machos, cachorros. Todo animal que entre en el recinto no saldrá de él con vida. Por eso, el producto que están fabricando ha de ser más fuerte que las feromonas, ha de ser tan fuerte que haga a las hembras abandonar a sus cachorros, a los machos correr durante kilómetros sin descanso. La composición química debe golpear los receptores olfativos del cerebro de los depredadores con tanta fuerza que haga correr a los enfermos, a los desvalidos, a todos, en un radio de cientos de kilómetros. El plan es acabar con las grandes manadas de la meseta central, o al menos diezmar la población de tal forma que los trabajadores puedan explotar el terreno sin temer a ser atacados.

Desde el centro de investigación han estado probando diferentes sustancias, pero no lograban un grado de efectividad convincente. Finalmente no se decantaron por el uso de las feromonas de las hembras, como era la intención original, se han inspirado en otro animal, el reno, presa natural del lobo, para dar con la sustancia adecuada. En situaciones de estrés, el reno segrega una sustancia en la orina que vuelve locos a los lobos, especialmente a los machos, más propensos a la violencia. Es una mezcla de adrenalina y hormonas, lo que los investigadores llaman la molécula del miedo. Al realizar las primeras pruebas en un recinto acotado, untaron varias sustancias en cinco ovejas. Los bóvidos estaban tranquilos en diversos recintos separados por una valla de madera de más de dos metros de altura comiendo tranquilamente de un cubo metálico lleno de pienso. Al soltar al lobo, la bestia se lanzó directamente hacia el cercado donde se encontraba la oveja con la sustancia CH-342, el miedo sintetizado de un alce en peligro. Las demás ovejas llevaban impregnadas otras sustancias, pero la que claramente marcó la diferencia fue la oveja número cuatro. Tal fue el impacto que causó en el animal dicho olor que logró sobrepasar los casi tres metros de altura del cercado y masacrar con un frenesí y violencia nunca vistos al pobre animal. Habían logrado su objetivo. La sustancia perfecta para limpiar de lobos el País Gigante.

La primera partida de este material no se ha usado en ovejas, ni en un recinto cerrado en el País Gigante, se ha usado para espolvorear los granos de sílice que van en los uniformes de la policía antidisturbios. Solo hace falta algo de sudor para activar el componente que de otra forma es inocuo. No está claro quién es el que cambió los productos en la cadena de mando. Lo que sí se sabe es la cantidad de seguidores que El Futuro es Grande tiene dispuestos a combatir desde la clandestinidad la opresión a la que se han visto sometidos.

De nuevo me acerco al edificio de apartamentos donde vive Claudia. No albergo muchas esperanzas, pero ante la insistencia de Viktor he decidido intentarlo una vez más. En la puerta del inmueble hay un coche de policía que me pide la documentación. Tras el cacheo me permiten el paso. Subo las escaleras del edificio hasta el rellano. Una vez frente a la puerta llamo al timbre, que emite un lacónico sonido, anunciando la aflicción que se ha instalado en la vivienda. Pasan unos segundos y no sucede nada. Un niño con su madre baja por la escalera. Sonrío disimuladamente al ver la mirada de sospecha de los dos.

—¿Qué quieres? —Se oye al otro lado de la puerta.

—Quería verte. Saber cómo estás —contesto con algo de esperanza.

—No quiero visitas. Lárgate.

—Escucha, no soy ni un amigo ni un compañero de partido. Soy tu padre y no tengo nada que ocultar a quien quiera que me esté escuchando. Tan solo he venido a ver a mi única hija.

Tras unos segundos, la puerta se abre. Ahí está Claudia, pálida como un muerto y con las ojeras de una insomne. Finalmente entro, algo nervioso y preocupado al verla así. Un llamativo dispositivo de grabación en mitad de su pecho, igual al que usa la policía, me apunta directamente.

—Saluda a la cámara —dice Claudia con sarcasmo.

—Hola, chicos, buenos días.

Claudia se dirige al salón. La casa está descuidada. Envases vacíos de yogures se acumulan por el suelo. Alguna lata de cerveza y colillas completan un cuadro miserable. Claudia se echa en el sofá y se enciende un cigarrillo.

—¿Has comido? —pregunto.

—¿Acaso vas a cocinar?

—Podría pedir algo.

—Nadie quiere venir aquí. ¿Todavía no te has dado cuenta de que estoy apestada?

—Puedo bajar a comprar alguna cosa.

—Olvídalo, aún me queda algo de pasta. Luego bajaré a la maquina de sándwiches, hay unas cuantas que venden de todo.

—Estoy preocupado por ti.

—¿Tú? ¿Preocupado? Eso son noticias nuevas. ¿Eh, lo habéis oído? —dice hablando a la cámara—. ¡Mi padre dice que está preocupado!

Suspiro resignado.

—Claudia. No he venido aquí a discutir contigo.

—¿Entonces a qué has venido? ¿A ver cómo estoy? ¿Si me falta algo? Mírame, atada a una puta cámara veinticuatro horas, con la policía apostada en mi casa. Nadie me llama preguntando cómo estoy. De pronto me he quedado sin nadie y tampoco puedo llamar a mis amigos por miedo a que entren en sus casas en mitad de la noche. ¿Qué te importa a ti como estoy? Nunca te ha importado.

—Te he llamado varias veces, pero no me coges el teléfono y he intentado venir, pero te niegas a recibirme. No entiendo por qué ahora lo has hecho, la verdad.

—Ni yo, debo estar desesperada.

—Bueno, aquí me tienes. Quiero ayudarte en lo que sea. Soy tu padre, después de todo.

—No me vengas ahora con paternalismos. Hace años que ese título te viene grande. ¿Has probado el de borracho? Ese se ajusta bastante mejor a ti.

—Sabes que tuve una infancia muy jodida y en casa tampoco estaban bien las cosas. Tu madre...

—¿Mi madre? ¿Te refieres a ese vegetal suicida que se pasaba las horas llorando o empastillada?

—¡Un respeto! Tu madre sufría unos dolores horribles por sus lesiones. Le destrozaron el futuro, ya sabes quien. No tenía nada por lo que vivir y aun así luchó con todas sus fuerzas por estudiar, terminar la universidad, tener una familia, cosas que ya de por sí son difíciles de lograr para cualquiera, así que imagínate para ella. Y lo consiguió. Por un breve tiempo fue incluso feliz por haber conseguido lo imposible. ¿Sabes cuántas veces pasé las noches en vela sufriendo con tu madre? ¿Sabes lo que es vivir con alguien que requiere toda tu atención, ver al amor de tu vida marchitarse de esa manera? No tienes ni idea de lo que es.

Me siento en una desvencijada silla. Claudia parece ignorarme mientras le da una calada al cigarrillo.

—Desde que éramos niños hablábamos de casarnos y ser felices. De pasar la vida juntos. Esa noche… Esa maldita noche conocí el terror al verla bajo los escombros y la felicidad al ver que vivía. Fui su compañero inseparable, su mejor amigo y su principal apoyo.

—¿Y por qué te torciste? Yo solo necesitaba un padre. ¿Por qué con mamá lo diste todo y a mí me tratabas como si no existiera?

—Era muy duro ya de por sí cuidar de tu madre. Siento no haber estado ahí, ejercer de padre, pero cuando tu madre vivía no tenía tiempo para más.

—¿Y después? —Los ojos de Claudia se llenan de lágrimas—. ¿Por qué me maltratabas cuando ella se fue? Era una niña.

—Cuando tu madre murió te culpé por ello. En cierta forma, tu madre sentía que ya había cumplido su ciclo vital y ya no pudo más. Pensó que si tú no podías tener una madre como todo el mundo al menos tendrías un padre. No quiso ser una carga en tu educación y se quitó de en medio. Poco podía imaginar que yéndose solo empeoraría las cosas entre nosotros.

—No le eches la culpa, encima.

—No se la echo. La culpa fue mía por no haber sabido afrontar la situación. Había estado tantos años cuidando de ella que cuando ya no era necesario me convertí en un egoísta, en un alcohólico. Un verdadero hijo de puta, con perdón de las putas. Lamento profundamente haberte hecho daño, no haber estado ahí. Quizás hubiera sido mejor haber muerto aquella noche… en que intenté abusar de ti, pero aquí estoy. Aguantando como puedo el peso de mis actos. —Claudia parece no prestarme atención, tiene la mirada perdida y los ojos llorosos. Continúo con mi alegato—. Solo espero que algún día me perdones.

En una sala oscura, en el centro de control de inteligencia, un tipo escucha y ve toda la conversación en un monitor. Se seca las lágrimas y respira profundamente.

—Creo que es hora de irme. Y ya sé que te lo he dicho otras veces, pero me tienes para lo que sea, por favor. Nunca es demasiado tarde.

Me levanto dispuesto a irme. La silla cruje aliviada. Me marcho del salón derrotado, si salgo de esta casa dudo mucho que vuelva. Giro el pomo de la puerta lentamente, esperando quizás una última reacción, todavía tengo la esperanza de recuperar a mi pequeña hija. Cuando me dispongo a salir escucho a Claudia que se acerca por detrás.

—Papá. —Me giro un instante y me encuentro con su abrazo. Casi la daba por perdida. No podemos contener las lágrimas y lloramos desconsolados. Es un abrazo que vale por todos los años que hemos estado ausentes. Un abrazo que representa una disculpa aceptada, un borrón y cuenta nueva. De ahora en adelante todo será distinto, volvemos a ser padre e hija. Justo cuando concluye el emotivo encuentro me doy cuenta de algo importante que casi olvido. Vuelvo a abrazarla y saco disimuladamente del bolsillo de la chaqueta, oculto en un pequeño hueco, un diminuto dispositivo de transmisión que introduzco en su oído. Me mira perpleja. Le acaricio la cara con ternura y comento antes de irme.

—Mientras hay vida hay esperanza.

CAPÍTULO 26:
EL IMPOSTOR DE LAS MIL CARAS

Desde el espacio, una constelación de satélites recogen cientos de miles de conversaciones telefónicas. El objetivo de las antenas orbitales se encuentra a treinta y cinco mil kilómetros más abajo, en la superficie terrestre.

El tráfico de información es intenso estos días. Entre todas las comunicaciones, hay un grupo preferente que opera en una banda restringida. Es la encargada de conectar los distintos organismos con un grado de sensibilidad especialmente alto. Los departamentos de interior, el ejército, la residencia del primer ministro... interlocutores que necesitan disponer de un servicio exclusivo para temas de seguridad nacional. Son transmisiones cifradas que escapan al control de los organismos públicos y están protegidas por la última tecnología en encriptación de datos. A pesar de todo, no son solo los gobernantes los únicos en disponer de dicha tecnología.

—¿Hola? ¿Claudia? ¿Me oyes? Si me escuchas tose una vez.

Claudia tose, escucha a Viktor alto y claro. Se pone a recoger el salón disimuladamente. Por dentro no puede contener la emoción.

—Perfecto. Veo que tu padre ha hecho los deberes. Escucha, el dispositivo que tienes en el oído es el más pequeño que existe. No temas que no se ve. Una vez dentro, él solo se instala cerca del oído interno. Tienes que seguir atentamente mis instrucciones. Para darte una ducha tienes que quitarte el dispositivo de la cámara, ¿correcto?

Claudia tose una vez.

—Bien. En la ducha, con el agua corriendo, puedes hablar sin que te escuchen. Aunque sea susurrando tu voz se transmite por los huesos hasta el conducto auditivo. ¿Me has entendido?

Claudia vuelve a toser.

—Perfecto. Ahora vete a la ducha y te cuento.

Claudia termina de llevar unos cacharros al fregadero y se va al cuarto de baño. Habla delante del espejo.

—Me voy a dar una ducha, si no os importa.

Se enciende una luz verde en el dispositivo y se escucha un click. Claudia desabrocha el dispositivo y lo deja colgando de la barra para las toallas. La luz roja no se ha apagado. Sigue grabando continuamente. Ha de colocarlo de tal forma que la grabe allá donde esté. Se empieza a quitar la ropa y se coloca una toalla para cubrir su desnudez, al menos su cuerpo sigue siendo suyo. Abre el grifo de la ducha y se mete dentro. El agua corre tibia. Claudia se pone bajo el chorro y habla susurrando al amparo del ruido del agua.

—¿Me oyes?

—¡Ja, ja, ja! ¡Perfectamente! El sistema, además, elimina el sonido de la ducha.

Claudia ríe feliz.

—Eres un enfermo de la tecnología —susurra.

—Hay que estar a la última. Escucha, tengo un as en la manga que va a hacer mucho ruido. Estate preparada porque mis abogados están trabajando duro para garantizar la anulación de todos los cargos.

—¿Cómo van a hacer eso?

—En la masacre de la plaza de Campoamor no solo había drones de la policía. Uno de mis halcones andaba husmeando por ahí.

—Pero si era imposible grabar nada. Ni la prensa pudo acercarse.

—Ja, ja, subestimas mis capacidades. Mis halcones pueden volar mucho más alto que los de la policía para no ser detectados y su sistema de visión es mucho más avanzado. Graban a una resolución de 20K. Eso es cuatro veces más que un televisor estándar y casi tres veces más que los drones de la policía. Además, estuvo grabando también las conversaciones de la policía.

—¿También las conversaciones? ¿Pero esas cosas no están protegidas?

—Claro, pero una de mis compañías es de ciberseguridad. Su actividad comercial es de jabones ecológicos, pero en realidad se encarga de descifrar mensajes encriptados. Trabajamos con varios gobiernos. Ni te imaginas la cantidad de mierda que escuchamos.

—¿Y qué es lo que tienes?

—Ya lo verás. Lo vamos a soltar todo en la web.

—Pero no tengo acceso a internet.

—Tienes televisión, ¿no?

—Eso sí.

—Ya se encargaran los noticiarios de sacarlo. De momento, estate tranquila, que aquí se está trabajando sin descanso para que no se salgan con la suya.

—Vale. Tened mucho cuidado.

—No te preocupes. Ahora estate atenta a las noticias.

—Gracias.

—Te mantendré informada. Adiós.

Viktor corta la comunicación y Claudia cierra el grifo. Se asoma por detrás de la cortina y coge una toalla que se enrosca en el cuerpo. Se viste con cuidado y se vuelve a colocar el dispositivo de grabación que se cierra con un click. Hecho esto, Claudia se mira en el espejo. Se recoge el pelo mojado en una coleta. Está radiante. Finalmente se dirige directamente a la cámara a través del espejo y afirma decidida:

—No vais a acabar conmigo.

En la residencia del primer ministro, alguien llama a su habitación insistentemente. Son las tres de la madrugada.

Su mujer, Verónica, se levanta inquieta. Se abrocha la bata y abre la puerta. Ahí está Martín, el ministro del Interior en persona con el rostro desencajado por el estrés. Detrás se encuentra el mayordomo, que se encoge de hombros resignado.

—No me puedo creer que siga durmiendo —afirma el ministro.

—No se entera de nada, duerme con tapones y antifaz. ¿No podías haber llamado por teléfono?

—No has visto las noticias, ¿verdad? Si no, no harías esa pregunta.

—¿Qué pasa?

El ministro del Interior entra en la habitación y zarandea al primer ministro que sigue durmiendo plácidamente.

—Carlos, despierta. —Finalmente aquel se aparta el antifaz de los ojos y se sienta.

—¿Qué haces tú aquí? ¿Qué hora es? —El primer ministro coge su móvil que descansa en la mesilla.

—Ah, me has llamado. ¿Catorce veces?

—Tenemos un serio problema.

—¿Qué?

—¡Los tapones, Carlos! —le grita su mujer.

—Ah, sí, perdona. —Finalmente se los quita—. ¿Qué sucede?

El ministro del Interior saca su móvil del bolsillo y abre la galería de vídeos descargados. Reproduce uno de ellos. Es una imagen aérea de la plaza de Campoamor durante la concentración que terminó en masacre. El ministro sube el volumen. Se escucha una conversación radiofónica.

—Di a los chicos que se metan que se va a liar. —Un texto acompaña el audio del interlocutor número uno, dice Martín Gómez Segarra, ministro del Interior.

—¿Quién ha dado la orden? —Ahora habla el comisario central del Departamento del Interior que se encuentra dentro del edificio.

—Pues la cúpula. Quieren limpiar la plaza de cucarachas.

—Recibido. Ya están entrando los compañeros.

—Ha de haber bajas, ¿entendido? Si no, esto se nos va de las manos.

—Permítame comunicarle que ante todo hay que ser discretos.

—¡No me jodas con la discreción! ¿Esta es una línea segura, no?

—Sí, señor ministro, pero…

—Ni pero ni hostias. Céntrate en lo que tienes que hacer y punto.

—Sí, señor ministro.

La línea se corta. Durante unos segundos que parecen eternos no pasa nada. Los policías de la fachada exterior han entrado en el edificio. De pronto se observa un puntito que sale de la puerta principal y atraviesa el perímetro para acabar debajo de uno de los coches policiales. Segundos después se produce la explosión. Ahora la imagen del puntito negro aparece congelada antes de desaparecer debajo del vehículo. La imagen es ampliada y la velocidad reducida. Se puede apreciar claramente que sale del edificio. Se reanuda la conversación, esta vez entre el oficial al mando y la tanqueta.

—¿Qué pasa con la tanqueta? ¡Ponedla a cantar ya!

En ese momento la torreta se mueve y comienza a disparar a discreción.

El primer ministro se incorpora en la cama y le devuelve el teléfono al ministro del Interior.

—Ya he visto suficiente. ¿Qué más hay?

—Las transcripciones de todas las conversaciones entre los mandos policiales, entre los jueces, ministros y senadores. Un desastre.

—Quiero un gabinete de crisis ya. ¿Quién más lo sabe de los nuestros?

—El único que no lo sabía era usted, primer ministro.

Las principales portadas de los periódicos abren con el escándalo. En los documentos se pueden leer las connivencias de los distintos departamentos para eliminar el partido político a toda costa. Las transcripciones, de ser auténticas, no dejan lugar a dudas. Los cargos de los que se les acusa forman parte de una campaña de descrédito perfectamente organizada desde las instituciones gubernamentales. Los departamentos de Interior y de Justicia han sido los encargados de llevar a cabo las redadas amparándose en unas acusaciones totalmente falsas para dar credibilidad a sus actuaciones.

Varias son las organizaciones que empiezan a exigir responsabilidades. Se ha puesto de manifiesto la absoluta impunidad con la que ha actuado el Gobierno de la nación para eliminar al partido de la oposición. El número de delitos es tan alto que se pide la dimisión del ejecutivo en bloque, la detención de los máximos responsables, la nulidad de todos los procesos abiertos contra El Futuro es Grande y la convocatoria de elecciones anticipadas.

El Gobierno no da su brazo a torcer y contraataca diciendo que las acusaciones son rotundamente falsas y que se trata de un montaje organizado por la injerencia de terceros países para desacreditarle. Las protestas se reanudan, esta vez con más fuerza. Desde la clandestinidad se da la orden de no salir a la calle hasta que no se den las garantías de que no habrá más muertos, pero algunas concentraciones espontáneas ignoran el aviso y se producen al menos una decena de muertos en diferentes escaramuzas. El país es un hervidero. La gente está furiosa.

La primera cabeza en rodar es la del juez instructor de las causas abiertas contra el partido político, que se ve obligado a dimitir. Un grupo de jueces que antes escondía su simpatía hacia el movimiento social ahora sale a la luz pidiendo la absolución de todos y cada uno de los acusados y la investigación de los crímenes que se hayan podido cometer.

El segundo en caer es el fiscal general del Estado, pero desde la ventana de su despacho.

A pesar de todo, el Gobierno cierra filas y se niega a disolver el parlamento. No obstante, debido a la presión y para acallar las voces más críticas de la comunidad internacional, el ministerio fiscal decide levantar los cargos contra los principales líderes políticos del partido ilegalizado. Claudia, Viktor y cerca de quinientas personas más quedan en libertad. Aún quedan más de dos millares de detenidos, son aquellos que han sido acusados de desórdenes públicos, según el comunicado oficial.

Claudia sale de casa nada más ser informada del fallo judicial, pero antes arroja la cámara que ha llevado encima por la ventana, haciendo caso omiso de las instrucciones para que la entregue a los policías de la entrada. Un grupo de niños se la lleva a la carrera perseguidos por los uniformados.

Lo primero que hace es llamarme e informarme que se dirige a ver a Viktor. La convenzo para ir juntos. Mientras, se suceden las concentraciones espontáneas en diferentes ministerios exigiendo la dimisión del Gobierno.

Esa misma tarde, en una comparecencia de urgencia desde la sede central del partido, se propone una fecha para las elecciones. Dentro de veintitrés días. Finalmente han accedido a la petición de la gran mayoría de los partidos y adelantan las elecciones generales.

Claudia y yo entramos en el palacio de Viktor. Parece que la seguridad se ha incrementado desde que se dio la noticia del levantamiento de la pena de arresto domiciliario. Una vez dentro, Pedro nos recibe en la puerta. Nos indica que Viktor está muy débil. Le han tenido que retirar la medicación que lo mantenía activo por haber sufrido ya dos infartos. Claudia entra primero en la habitación. Sobre la cama yace Viktor, con los ojos cerrados y la piel color cera. Su formidable físico consumido por el cáncer. Si no fuera por el movimiento del esternón parecería que ha dejado ya este mundo. Claudia se tapa la boca impresionada. El silencio reina en la habitación, tan solo se escucha el murmullo del viento aullando fuera.

Pedro se acerca y le susurra en el oído.

—Señor, tiene visita.

Viktor ladea un poco la cabeza y abre tímidamente los ojos.

—Claudia, has venido a verme. —Me asomo por detrás.

—Y tú también, Sebastián, la familia al completo.

—¿Cómo te encuentras, Viktor? —pregunto.

—He estado mejor.

—Acaban de anunciar que adelantan las elecciones. En apenas tres semanas.

—Eso me ha comentado Pedro —dice apenas con un hilo de voz.

—Ahora es nuestra oportunidad. No nos podrán parar. Venceremos —añade Claudia emocionada.

—No sé si llegare a verlo.

—Claro que sí. Ahora no puedes dejarnos, no te lo permitimos.

Viktor ríe ligeramente y comienza a toser. Pedro entra a la habitación y le coloca una máscara de oxigeno en la cara. Claudia y yo salimos de la habitación. Un instante después Pedro se une a nosotros.

—¿Cómo está?

—Ya lo habéis visto.

—¿No hay nada que se pueda hacer? ¿Algún tratamiento? —pregunta Claudia preocupada.

—En humanos la solución sería el trasplante de médula ósea, pero en un gigante… No existen donantes.

Entonces se me ilumina la mente.

—¿Cual era el nombre de esa mujer de la plataforma? Aquella a la que no le caí muy bien… ¡Claire! Necesito localizar a Claire, la mujer que trabaja en la plataforma de gas de Viktor.

—¿De qué habla, Sebastián? —pregunta intrigado Pedro.

—¿No necesita Viktor una médula ósea de un familiar? Pues yo sé cómo conseguir una.

Mientras, en la capital se respira una tensa calma, pero nada es eterno y en cualquier momento puede saltar la chispa. Durante una manifestación espontánea ante el Ministerio del Interior, varios desconocidos arrojan unos cócteles molotov contra la fachada del edificio. Unos policías abren fuego y hieren de gravedad a uno de ellos. Fallece a las pocas horas en el hospital. Durante la madrugada, un coche de la policía secreta está apostado frente al hospital. Una motocicleta con dos individuos se detiene a su altura. El acompañante saca del interior de la cazadora un fusil de asalto compacto y dispara una ráfaga al interior del vehículo. Ambos policías mueren en el acto. Este atentado prevé una escalada de violencia que podría degenerar en una guerra civil. El Gobierno decide restaurar la ley marcial hasta una semana antes de las elecciones. Quedan prohibidas las manifestaciones de ningún tipo.

El autor o autores del atentado todavía no han sido detenidos, pero desde círculos cercanos a la investigación se especula con la participación de un grupo paramilitar de la propia policía buscando justificar una intervención militar en el país. Sea como fuere, el Gobierno comienza a perder el control de del estado y las fuerzas armadas así lo hacen saber con multitud de amenazas en las redes sociales.

A pocos días para los comicios comienzan las campañas electorales de los diferentes partidos. Claudia y sus compañeros de partido comienzan a pegar carteles ante las cámaras. A preguntas de los periodistas sobre la ausencia de Viktor, Claudia responde que está ansioso por participar, pero debido a un problema de salud no ha podido asistir a la primera jornada. Un periodista insiste en la pregunta y finalmente pregunta si Viktor no está realmente muerto, tal y como se rumorea en las redes. Claudia lo niega tajantemente.

Mientras tanto, a seis mil metros de profundidad, en mitad del océano, Claire maniobra el sumergible con delicadeza siguiendo la ruta que le voy indicando. Pasado el casco herrumbroso del barco, tras los restos de los gigantes, llegamos hasta la cápsula donde reposa el hermano de Viktor. Claire suda al posarse sobre el sarcófago muy lentamente. El sonido del submarino al golpear el metal nos provoca un escalofrío.

—Tranquila —digo.

Una vez estabilizado, Claire mueve una palanca y un mecanismo hidráulico se activa. En la panza del sumergible se despliegan una serie de extensiones que envuelven la cápsula como las costillas de una ballena.

—Lo estás haciendo muy bien.

Claire maneja con soltura los controles.

—Gracias, me saqué el título hace dos años. Todavía no había tenido la oportunidad de ponerlo en práctica.

—Tu sinceridad me inquieta un poco.

—No te preocupes, lo más difícil ya está hecho. —Miro a mi alrededor en el interior del sumergible—. ¿Buscas algo?

—Madera.

Lentamente, Claire mueve los controles hacia arriba y el submarino comienza su lento ascenso. De momento, el calamar gigante no ha aparecido, ni ninguna otra criatura que pudiera poner en peligro la operación. A pesar de todo, miro por las ventanas intentando vislumbrar algo en la oscuridad.

El zumbido de los motores eléctricos es lo único audible en el interior. El profundímetro empieza a cambiar a medida que el sumergible asciende con la preciada carga.

—¿Cuánto tiempo hasta la superficie?

—Cerca de tres horas. Aunque cuanto más cerca estemos de la superficie menor presión habrá, por lo que iremos algo más rápido.

—Bien.

El sumergible sigue con su lento ascenso. Parece una pequeña luciérnaga en mitad de una noche sin luna. Atravesamos una nube de diminutos peces que brillan por la turbulencia de las hélices. Esto es lo más parecido a un viaje espacial, pero en las profundidades del océano.

—Bueno, ya hemos hecho la mitad del trayecto. Voy a subir la potencia. —Claire mueve los propulsores y cambia el ángulo de ascenso del batiscafo—. Cambiando la orientación ganamos velocidad con la misma potencia.

De pronto se escucha un fuerte sonido estridente, metálico, parecido al roce de un tenedor sobre un plato. Un instante después el sumergible sale impulsado hacia arriba. Miro por la ventana del suelo y observo horrorizado que la cápsula se ha desenganchado y se precipita al abismo.

—¡La cápsula! ¡Hemos perdido la cápsula! —grito.

—¡Mierda! —exclama Claire—. ¡Olvidé anclarla con el soporte magnético!

La miro incrédulo.

—¿Qué hacemos ahora?

—¡Joder! Agárrate.

Claire aprieta los dientes y mueve los mandos completamente hacia abajo. El batiscafo cambia su orientación a casi doscientos setenta grados. Las costillas de ballena se pliegan y el sumergible cae en picado. Me agarro como puedo a los asideros de la pared y con mucha dificultad me siento y me abrocho el arnés de seguridad. De pronto escuchamos unos fuertes ruidos que salen de las paredes del submarino. Una alarma aparece en la pantalla.

—¿Qué diablos es eso?

—No te preocupes. Es la alarma de integridad estructural. Es porque estamos bajando muy rápido.

—¿Y eso qué significa? ¿Aguantará el sumergible?

—En las simulaciones aguantó en un par de ocasiones.

—¿De cuántas?

—Dieciséis.

—¡Perfecto!

El sumergible sigue su vertiginoso descenso a las profundidades. Claire cuelga del arnés y observa atentamente por la ventana. Gira la cabeza y observa una pantalla en la pared. El radar marca un pequeño punto en uno de los márgenes del anillo exterior. De pronto, la cápsula se encuentra a la vista. A cerca de cien metros, al menos es lo que indica el radar en la pantalla.

—Ahí está —exclama Claire.

El profundímetro cambia rápidamente, ahora estamos a menos de un kilómetro del fondo. La cápsula no está preparada para un impacto de estas características. Puede aguantarlo una vez, pero no una segunda. Cualquier fisura provocada por el golpe comprometería su integridad y quedaría aplastada como una lata de cerveza en una fracción de segundo.

Lentamente, el sumergible se va acercando a la carga en caída libre. El radar marca menos de quinientos metros para el fondo marino. Contemplo horrorizado las mediciones. Ambas pantallas, la del radar que muestra la distancia de la cápsula y la que muestra los metros hasta el lecho marino, cambian la numeración rápidamente; una va sumando dígitos hasta el sarcófago y la otra hasta el fondo marino, están casi a la par, pero solo una de ellas puede llegar a cero. Pienso que si no muero en el impacto lo haré antes de un paro cardiaco. El profundímetro avanza mucho más rápido que la señal del radar.

El sumergible está apenas a unos metros de la cápsula que baja tambaleándose de un lado a otro. De pronto se vislumbra el fondo marino, presagio de una muerte inevitable. Los sonidos aumentan por la enorme presión. La alarma sigue sonando ensordecedora. Una de las luces revienta, luego otra. Claire maniobra agarrando los mandos con fuerza. Sujeta con firmeza el timón hasta ponerse en paralelo a la cápsula. El fondo se acerca cada vez más. Entonces activa los apéndices de la base y estos se cierran como garras, pero el movimiento de la cápsula hace que falle el primer intento. Me agarro con fuerza a los soportes del asiento. Los ojos parece que van a abandonar mis órbitas. Puedo distinguir los detalles del barco y me imagino formando parte del cementerio de gigantes. Claire vuelve a intentarlo y vuelve a fallar. Apenas distan cincuenta metros y cierro los ojos. Claire grita de rabia. La cara es un poema de sudor y esfuerzo extremos.

—¡¡Vamos, hijo de puta!! —Se queda un instante con el dedo sobre el control de cierre y finalmente lo activa. El soporte se cierra con un golpe seco. Rápidamente asegura la carga con el seguro magnético y levanta los mandos con fuerza. El batiscafo cambia de dirección y siento mi sangre y estómago fluir hacia arriba. La cápsula dibuja un surco sobre el limo del fondo y levanta el vuelo. El submarino retoma la ruta hacia la superficie. Claire sigue concentrada en los controles. Cierro los ojos y respiro aliviado. Relajo los puños y suelto los asideros. Tengo sangre en los dedos, me he clavado las uñas en las palmas de las manos.

—¿Significa eso que estamos salvados?

—Eso parece.

—¿Y por qué sigue sonando la maldita alarma?

Claire le da a un botón en la consola y la alarma deja de sonar. Se hace el silencio.

—¿No podías haber hecho eso antes? —protesto envuelto en sudor.

—Sí, pero entonces no hubiera sido tan emocionante.

—Odio el océano —concluyo mientras me acomodo en el asiento.

Los días pasan y los actos electorales se multiplican. La policía ha tomado las calles en previsión de nuevos incidentes, pero por fortuna estos son escasos y de poca intensidad, algunas pintadas contra el Gobierno y poco más. Claudia hace lo que puede por dar la cara, pero Viktor no se encuentra en su mejor momento. A menos que se le realice el trasplante no llegará a ver los resultados. A pesar de todo, las encuestas, por un estrecho margen, dan la victoria, al nuevo partido.

Un camión sube por el camino principal de la mansión de Viktor. Ya es de noche y los periodistas apostados en el exterior conjeturan con lo que puede haber en el interior. Algunos piensan que es un coche fúnebre camuflado para evitar el desplome del partido si sale a la luz su muerte antes de las elecciones. Otros piensan que se va a mudar a una residencia para morir en paz. Todos le dan por muerto. La noticia de su leucemia ha trascendido a los medios y dan por hecho que su deceso será cuestión de días.

Al llegar a la puerta principal, Pedro se acerca con varios empleados. El operario del camión abre las puertas y extiende una rampa hasta el suelo. Sube al interior y segundos después comienza a salir la carga, rodando sobre una plataforma motorizada con ruedas. Es un enorme contenedor de madera de cinco metros de largo por tres de ancho. La enorme caja se desplazada lentamente por la rampa. Una vez en el suelo, un pequeño vehículo toma el relevo y remolca el enorme contenedor hacia las cocheras. Ahora reposa junto a la colección de vehículos de lujo de Viktor. Los dos empleados desaparecen.

Unos momentos más tarde aparece Viktor en una silla de ruedas empujada por los empleados. Tiene los párpados caídos y la cabeza ladeada. Ha perdido bastante peso. Hace un pequeño gesto con la mano a Pedro y este introduce una palanca de hierro por las juntas del contenedor. Con un crujido va levantando uno a uno los lados de la parte superior hasta que puede retirarla con la ayuda de los dos hombres. Apartan entre los tres el relleno de gomaespuma y continúan quitando los laterales de la caja que caen al suelo. La cápsula está intacta y luce con todo su esplendor. Parece un electrodoméstico recién comprado. Viktor desea acercarse. Los empleados empujan la silla hasta situarle a su lado. Con dificultad, estira su brazo y posa la mano en la superficie metálica. Respira con dificultad y tras unos segundos la aparta. Alza la mirada y asiente con la cabeza. El proceso puede empezar.

La enorme cápsula se encuentra ahora en mitad de una sala blanca esterilizada. Varios hombres y mujeres vestidos con batas blancas, guantes y mascarillas rodean el sarcófago. Un panel de instrumentos muestra las constantes vitales. Uno de los hombres, el doctor jefe de la operación, comprueba con su ordenador varios parámetros del gigante, el oxígeno en sangre, la respiración, las lentísimas pulsaciones... Todo está en orden para comenzar. Viktor observa tras un grueso cristal. El doctor da instrucciones a sus ayudantes y dos de ellos introducen una manivela con forma de rueda en una cavidad de la parte delantera. Después, cada uno introduce una llave en sendos orificios. Ambos la giran a la vez y la luz verde se torna roja y comienza a parpadear. Entonces giran la manivela con fuerza, pero no son capaces de moverla ni un milímetro. Lo intentan de nuevo, pero nada. Se secan el sudor de la frente y se disponen otra vez. Entonces Viktor solicita entrar. El personal de la sala se muestra sorprendido, pero es Viktor el que manda. Finalmente le abren la puerta de aislamiento y entra empujado por uno de ellos. Desde la silla de ruedas, agarra con firmeza la manivela y comienza a girar con fuerza. La rueda se resiste por unos instantes, pero finalmente empieza a ceder. Mientras gira, de la base de la cápsula comienza a salir el líquido viscoso y azulado que conforma el Criogen. El valioso producto se pierde por un desagüe situado justo debajo.

Tras vaciarse el tanque, Viktor se detiene por unos momentos. Está extenuado por el esfuerzo. Los ayudantes se acercan a ayudarlo, pero él se niega. Vuelve a sujetar la manivela y tira de ella hasta que se escucha un sonido hueco y esta sale una pulgada hacia fuera. Entonces vuelve a girarla, esta vez en sentido contrario. La mitad superior de la cápsula comienza a separarse elevándose lentamente. Viktor se detiene y casi cae de la silla. Dos hombres con bata le toman el relevo y giran la manivela no sin cierta dificultad. Tras unas pocas vueltas más, uno de los operarios desliza una grúa anclada al techo y la sitúa justo sobre la cápsula. Después la sujeta con ambas manos y la baja hasta que se pega a la pared de metal con cuatro potentes imanes. Un operario activa el mecanismo con un mando a distancia y la cubierta comienza a subir. Finalmente, la desplaza hacia un lado dejando ver el enorme cuerpo. Los enfermeros se apresuran a conectarle sensores. Le inyectan una vía en el brazo izquierdo y colocan un goteo. Viktor se retira a un lado. El doctor se acerca a tomarle el pulso mientras contempla una de las pantallas. Un enfermero contempla la línea plana del cardiograma. No aparece ninguna pulsación. El sudor se acumula en la frente y empieza a cundir el nerviosismo. El doctor se sube a una escalera y comprueba la respuesta del iris. Se baja y pide una inyección de adrenalina. La enfermera le entrega una jeringa de grandes dimensiones. El doctor la coloca justo encima del pecho del gigante y cuando se dispone a clavarla en el corazón el ecocardiograma emite un pitido. El corazón se ha puesto en marcha. Una pulsación, luego otra, otra más. Dieciséis por minuto, veintitrés, treinta y dos… Viktor se acerca a la mesa y le sujeta la mano. El gigante abre los ojos lentamente.

—Hola, hermano —susurra Viktor.

La jornada de votación se desarrolla sin incidentes. Largas colas se forman en los colegios electorales, gigantes y cabezudos danzan en las plazas donde El Futuro es Grande ha instalado unas enormes pantallas para el seguimiento del recuento. Según las encuestas, el partido gobernante está recuperando votos y ahora están casi igualados. El desconcierto empieza a asentarse en los votantes y de la euforia se pasa al miedo. Con el recuento de votos al 93 % el resultado es de 47 % el partido gigante y 48 % para el del Gobierno. A pesar de las medidas represivas, de los flirteos con la dictadura, de la flagrante corrupción, el partido gobernante puede dar la sorpresa. Finalmente, se ha producido un empate. Cuarenta y siete a cuarenta y siete. Los seis escaños restantes pertenecen a los ciudadanos que residen en el extranjero.

Nadie sabe qué es lo que ha pasado, cunde el desconcierto. Solo queda esperar al voto por correo, los ciudadanos que residen en el extranjero son la última oportunidad de hacer que la balanza se incline finalmente por el cambio. Aún hay tiempo para la esperanza. La pantalla muestra ambos números cuando de pronto El Futuro es Grande suma cinco escaños más. De los votos por correo, el ochenta y cinco por ciento ha votado por el cambio. El Futuro es Grande ha ganado las elecciones.

La locura se desata en las calles. Claudia salta de alegría y se abraza entre lágrimas a sus compañeros de partido. Las calles son un hervidero de risas, gritos y cláxones de coches. Si hay vida, hay esperanza. Mientras esto sucede, Viktor reposa en una camilla al lado de su hermano. Los dos gigantes están bajo los efectos de la anestesia ajenos al resultado electoral. Cuando despierten de la operación, Viktor tendrá que explicarle muchas cosas a su hermano.

CAPÍTULO 27:
LA FAMILIA ES LO
MÁS IMPORTANTE

Claudia se encuentra en su casa. La rabia se desborda en forma de lágrimas que brotan de sus ojos. En el telediario, el presentador acaba de anunciar la noticia del día, se han anulado los votos por correo al encontrarse una serie de irregularidades en su recuento, lo que significa que la victoria del partido de Claudia y Viktor queda anulada. El Gobierno acaba de anunciar que va a haber una segunda vuelta electoral debido al empate de las dos formaciones.

El teléfono suena. Es uno de los miembros del partido. Claudia descuelga.

—¿Lo estás viendo?—pregunta el interlocutor.

—Sí.

—Esos hijos de puta nunca dejarán que ganemos las elecciones.

—No.

—¿Qué se te ocurre? ¿Sacar a la gente a las calles?

—No, no queremos más muertos.

—Pero no podemos no hacer nada. ¿Dónde está Viktor? Debería haber intentado dar la cara. Hemos perdido muchos votos por su culpa.

—Viktor se está muriendo.

Se hace el silencio.

—¡Joder, tan mal está?

—Sí. Ahora le están tratando. Si todo sale bien tal vez tengamos una oportunidad.

—Ojalá, un partido gigante sin gigante es una decepción muy grande. Se puede ir todo a la mierda si la palma.

—Si se muere al menos habrá dejado su huella en todos nosotros.

—Ya, pero una huella es la marca de algo que ya no está. Necesitamos algo tangible. No solo de promesas viven nuestros votantes.

—¿Qué más quieres que haga? Intento con todas mis fuerzas sacar adelante el partido sin Viktor.

—Debemos tener un congreso ya, mañana, para pensar en una respuesta.

—Sí. Convoca a las bases urgentemente, esta noche. Ya veremos qué sale de todo esto.

—Vale, yo me encargo.

—Adiós.

Claudia deja el móvil sobre la mesa. Es el momento de interrumpir con una manzanilla.

—Toma, demasiadas emociones por hoy. Tienes que estar preparada para el siguiente *round*.

—No sé si tengo fuerzas para aguantar otra batalla. Sin Viktor, nada de esto tiene sentido.

—Te equivocas, hija. Llevas semanas dando la cara por el partido. La gente te ha votado a ti aun sabiendo que Viktor tiene un pie en la tumba. Eres la esperanza de mucha gente. Nunca olvides la promesa que hiciste.

—Lo intentaré, pero a veces me asaltan las dudas.

—A todos nos pasa, pero eres fuerte y no podrán contigo. Eres la persona más testaruda que conozco, y te lo dice el mayor hueso que nadie haya podido roer.

—Gracias, papa. Supongo que seguiré luchando.

—Y yo estaré ahí.

Un abrazo y mucho ánimo es lo único que puedo hacer.

—Mañana iré a ver a Viktor. No hay manera de saber cómo ha salido la operación.

—Vale. Yo me prepararé para la asamblea. Hay muchas cosas que discutir.

—Hasta mañana.

Le doy un beso en la frente y abandono el apartamento.

A media hora en coche de allí, en la mansión del gigante, una pequeña lámpara ilumina tenuemente la sala de reposo. Viktor está aislado en una parte de la habitación por unas paredes de metacrilato. Tiene las defensas destruidas por el tratamiento. Las células óseas tienen un largo camino que recorrer para regenerar su sistema inmunológico. En la pared, una televisión muestra la noticia de la segunda vuelta de las elecciones. A su lado, en otra cama, su hermano mueve el mecanismo para incorporarse.

—¿Cuánto tiempo tenías pensado dejarme ahí abajo?

Viktor ladea un poco la cabeza.

—No lo sé.

—Debería estar furioso contigo, pero no lo estoy.

—¿Por qué no?

—Toda la farsa del juicio, el odio, el linchamiento mediático. Realmente me sentía responsable de todas aquellas muertes.

—Yo debí ser el que tendría que haber acabado en el fondo del mar hace mucho tiempo.

—Tú no puedes. Eres Viktor, el rey de los hombres.

—No soy rey de nada. Postrado en esta cama, sin poder mover un músculo.

—Cuando me sugeriste pasar una temporada en la cápsula, aislado de todo el mundo, igual que en un sueño, protegido de la ira y la culpa, acogí la idea encantado. Para mí, esa era la forma de escapar a todo aquello. Mi vida por aquel entonces no tenía mucho sentido. Lo que no imaginaba es que me dejaras ahí por tanto tiempo.

—Ni yo, créeme.

—Los años que he estado enterrado, o más bien sumergido, me han cambiado. Siento que soy otra persona. De alguna forma he renacido. Tal vez sea esta la segunda oportunidad que necesitaba. —Orás hace un pausa antes de continuar—. ¿Ha habido algún cambio significativo durante estos años?

—No te has perdido nada. El mundo de los hombres sigue siendo cruel y egoísta.

—Sí. Y les aterra que seas su gobernante.

—Casi lo consigo por las buenas.

—¿Acaso tienes un plan B?

—Más o menos.

—¿Por eso me has sacado del lecho marino?

—Si crees que es solo por tu médula ósea es que no me conoces lo suficiente.

—Claro que te conozco. Tanto tiempo entre humanos te ha convertido en uno de ellos.

—Son muy previsibles.

—Nosotros pensábamos que éramos invencibles. Y sin embargo solo quedamos tú y yo.

—Eso no es del todo cierto.

—¿Acaso quedan más? ¿Ocultos como yo?

—Algo así. Conseguí esconder a los que pude.

—Hermano, no dejas de sorprenderme.

—No todo son buenas noticias.

—Nunca lo son.

Se hace el silencio.

—En otra vida vivía atormentado por mis demonios. Ahora parecen parte de un pasado que no me pertenece y por eso te doy las gracias.

—Hay cosas que no sabes. Cosas terribles que me han atormentado y lo siguen haciendo. —Viktor toma aliento—. Acabas de llegar a este mundo y no quiero arruinar tu bienvenida. Me alegro de que estés de vuelta.

—Yo también, Viktor. ¿Qué piensas hacer con eso? —pregunta refiriéndose a la televisión.

—Tengo que hablar con Claudia.

—Cuenta conmigo para cualquier cosa.

—Lo haré.

Son las tres de la tarde del jueves. Las seis de la tarde es la hora acordada para la celebración de la asamblea que intentará decidir cuál será la respuesta a la repetición de las elecciones. Muchos son los partidarios de una huelga general, pero de momento no se baraja esa posibilidad. Los más ingenuos quieren organizar una mesa de diálogo con el Gobierno para tratar de llegar a algún acuerdo, aunque la gran mayoría opina que las posturas son tan divergentes que sería inútil.

A la reunión están invitados los representantes de las diferentes comunidades. Han venido por cuentagotas a tratar de poner fin al bloqueo de alternativas que parece se ha apoderado del partido. El lugar escogido es en el sótano de una biblioteca pública. Se encuentra en uno de los barrios marginales de la capital. Posee una sala con un aforo de cien personas.

Los asistentes van entrando al local a través de un detector de metales. Las medidas de seguridad se han disparado debido al clima de tensión y a raíz de la muerte de los dos policías tiroteados en su vehículo. A Claudia no le gusta la idea, infunde miedo y nerviosismo en los representantes, justo lo que el Gobierno desea. Una estrategia más para desestabilizar a la oposición y dar la imagen de un partido sin ideas cuyo futuro es tan incierto como el programa que proponen.

Mientras esto sucede, en otro punto de la ciudad, un comando de la policía, un cuerpo de élite formado por exmiembros de operaciones especiales del ejército, camina fusil en alto por unas antiguas catacumbas bajo la iglesia del Ermitaño. Los uniformados han llegado allí a través de los sótanos del antiguo sanatorio de leprosos, ahora convertido en centro cultural aunque cerrado por obras de remodelación. Se han hecho pasar por obreros de la construcción para justificar su entrada ante los vecinos. Suben por las escalera de piedra y salen a la nave central. De pronto se detienen y se ocultan entre las filas de los bancos.

Alguien se aproxima silbando. Sus pasos se acercan y un joven de veintipocos aparece caminando distraído mientras escribe algo en el móvil. Justo en ese instante se pone en pie el líder del comando, los demás le siguen. El joven, con un *piercing* en la ceja, se queda petrificado al ver a cinco hombres fuertemente armados frente a él. Cuando va a decir algo recibe un solo disparo en la frente. Cae desplomado. Un tiro limpio y silencioso. Uno de los hombres recoge el móvil del suelo y se lo muestra al líder. En un chat estaba preguntando si había empezado ya la asamblea. El comando sigue adelante y avanza por un pasillo. Suben unas escaleras en silencio. El líder pide prudencia con un gesto. Al llegar a una puerta levanta el puño para que se detengan. Saca un pequeño dispositivo del bolsillo con forma circular y lo coloca sobre la cerradura. Uno de los miembros se acerca y le susurra algo al oído.

—La puerta no parece que tenga el cerrojo echado, señor.

El líder lo mira con incredulidad y luego con odio. Saca otro dispositivo y lo coloca al lado del primero. Le vuelve a dedicar una mirada por si vuelve a cuestionar sus actos. Con un gesto le ordena desaparecer. Se retiran todos unos metros y lo activa a través de un dispositivo móvil que tiene acoplado en la muñeca. La puerta entera estalla en mil pedazos. El grupo entra de golpe en la habitación. Tres hombres de no más de veinticinco años y una mujer de la misma edad se hallan en el interior completamente desorientados y aturdidos. La mujer se ha caído al suelo y el pitido en los oídos le impide oír nada. El humo invade la habitación y hace que los punteros láser de los fusiles de asalto sean claramente visibles. Los chicos tosen mientras se ponen en pie. Todos levantan las manos aún confusos por la violenta entrada del comando. El líder y dos agentes más los dirigen hacia una pared.

—¡No hemos hecho nada!

Protesta uno de los jóvenes que recibe en respuesta el culatazo de uno de los hombres. Otro agente se dirige a uno de los portátiles de la mesa donde se ve en directo lo que sucede en la asamblea. Tienen abierto un servicio de *streaming* donde van describiendo las decisiones que se van tomando para informar de ello al resto de los internautas. El uniformado introduce un *pendrive* en uno de los puertos USB y copia una carpeta al disco duro. Ejecuta un programa y sobre el escritorio se abre una pequeña ventana. Los chicos observan angustiados. Entonces el programa muestra una serie de opciones, «cuenta atrás», «fecha y hora» y «activar ahora».

El tipo deja el ratón y se levanta. Entonces le piden a uno de los jóvenes que se siente y ejecute la tercera opción. Él se niega, pero sujetan a la mujer y la ponen de rodillas con un arma apuntando a la cabeza. Entonces el muchacho accede y selecciona con el ratón lo que le pide el hombre armado y cliquea la opción «activar ahora», otra ventana se abre con el mensaje «seguro que desea ejecutar la operación». El muchacho no se atreve a confirmar la orden. El militar empuja con su arma la cabeza de la mujer. Finalmente el chico confirma la orden. La ventana con el *streaming* desaparece y muestra un mensaje de «servicio desconectado». Entonces el jefe saca una Beretta de la cartuchera de la cintura y dispara a los dos chicos y a la mujer que se encontraban de nuevo contra la pared. Otro de los hombres ametralla al joven sentado a la silla que cae sobre el teclado. Luego, el líder del pelotón le coloca la Beretta en la mano, se quita el pasamontañas y llama por el móvil pidiendo un servicio médico para numerosas bajas.

Una ambulancia circula a gran velocidad por la calle seguida de tres coches de la policía. Al doblar una esquina se topa con una nube vehículos sanitarios esparcidos alrededor de lo que ha quedado de la biblioteca. Apenas habían pasado diez minutos del comienzo de la asamblea cuando se produjo la explosión. Quince muertos y treinta y seis heridos es el balance provisional. Entre los muertos se encuentran los principales responsables del partido. Claudia es uno de ellos. El explosivo se encontraba debajo de la tarima donde se encontraban los líderes, en una caja de cartón, bajo los adornos de navidad para las próximas fiestas.

En las redes informan de la muerte del autor del atentado, un joven de veinticinco años que se había hecho pasar por voluntario del partido. Después de asesinar a sus compañeros activó el explosivo a través de un programa desde su ordenador. Un cuerpo de élite de la policía no pudo llegar a tiempo de evitar la masacre. Los motivos no están claros, pero se especula con que su padre era uno de los policías tiroteados días atrás.

Dos helicópteros de la policía sobrevuelan la zona junto a tres drones que hacen las veces de centinelas buscando más heridos entre los escombros. El techo de la sala se derrumbó, lo que hizo aumentar el número de víctimas. Tampoco están del todo seguros de que no haya más explosivos.

Claudia sigue sin contestar al teléfono. He intentado acceder a la zona del atentado, pero el perímetro está fuertemente custodiado por la policía. Me llaman, es Viktor.

—¿¡Qué quieres!?

—No te dejarán entrar.

—Tengo que ver si está bien.

—Desde ahí no vas a poder.

—¿Por qué lo sabes?

—Porque te estoy viendo.

Uno de los halcones de Viktor está sobrevolando la zona, pero no distingo nada. El observador invisible no puede perderse el espectáculo. Le muestro el dedo medio.

—Pues dime por dónde puedo entrar.

—Sal de ahí y dirígete hacia el aparcamiento público que hay a la derecha del edificio.

No puedo perder más tiempo. Haré lo que me pida Viktor.

—Ahora métete dentro y accede a la galería de la segunda planta.

Subo por las escaleras sin cuestionarme un segundo sus instrucciones. Me topo con una puerta.

—Métete por ella.

Tras acceder, llego a las escaleras del edificio contiguo.

—Sube hasta la azotea.

La adrenalina enmascara mi agotamiento, ya tendré tiempo de recuperarme. Subo las seis plantas hasta la azotea. Por fortuna, la puerta está abierta. Me seco el sudor con la manga de la chaqueta y miro al cielo nocturno buscando una respuesta.

—¿Ahora, qué?

—Ve hacia el lado en el que se encuentra la biblioteca. Pero antes agáchate tras ese aparato de aire acondicionado.

Obedezco en el preciso momento en el que un dron de la policía sobrevuela la zona en la que me encuentro, me incorporo y corro hacia el borde de la azotea. Me asomo y hay un desnivel de tres metros.

—¿Estás loco? No voy a partirme la crisma.

—No lo harás, salta.

Ya no tengo edad para esto. Me descuelgo con dificultad por el desnivel, tras unos segundos en el abismo me dejo caer y caigo de rodillas. No me he partido la crisma, pero casi termino de partirme el tobillo. Me apoyo en la pared y maldigo todo lo que puedo antes de continuar. El helicóptero vuelve a sobrevolar sobre mi cabeza.

—¿Sigues ahí? —pregunto.

—Sí, te veo. Casi te partes el tobillo.

—No se te escapa nada.

—Ahora accede a la escalera por la puerta y mucha suerte.

—Vale. Adiós.

Accedo a las escaleras del edificio. El intenso olor a quemado es lo primero que percibo.

Comienzo a bajar las escaleras con cuidado. El sonido de la frecuencia de la policía se escucha unos pisos más abajo. El trasiego de médicos, bomberos y policías es continuo.

Bajo hasta la planta del sótano. Hay un chaleco reflectante en el respaldo de una silla. Rápidamente me lo pongo y busco por las habitaciones. Paso por delante de la sala donde ha sucedido la explosión. Unos potentes focos iluminan el lugar. Hay un enorme boquete lleno de escombros donde antes estaba la tarima y sobre ella un gran agujero en el techo. Montones de sillas desparramadas por todas partes entre charcos de sangre. Abrigos, bolsos, zapatos. Saco el teléfono del bolsillo y marco el número de Claudia, tiene señal, con un poco de suerte su móvil sigue aquí. Cierro los ojos e intento concentrarme entre el barullo de ruidos. Finalmente, creo escuchar algo al final del pasillo. Me acerco hacia la sala de donde sale el timbre. Cada vez se escucha más fuerte. Finalmente abro una puerta doble. La morgue improvisada. En el suelo yacen los cuerpos de las víctimas mortales cubiertas con unas mantas térmicas. A un lado, cerca de la puerta, hay una caja llena de móviles. Cuelgo la llamada. El brillo de las sábanas tiñe de dorado las paredes de la habitación como los reflejos de un estanque. Me acerco hacia los muertos y me arrodillo sobre uno de ellos. Respiro profundamente y cuando me dispongo a levantar la sábana aparece un sanitario.

—¿Qué está haciendo aquí?

—Estoy buscando a mi hija —contesto con la voz entrecortada.

El sanitario duda unos segundos. No necesito implorar nada, mi cara es un poema de desesperación.

—¿Cómo se llama?

—Claudia.

—No está aquí. Ha sobrevivido.

—Pero me dijeron que estaba muerta.

—Y lo estaba, pero lograron reanimarla, aunque sigue en muy mal estado.

—¿Dónde la han llevado? Por favor.

—Al Hospital Central.

—Gracias.

Saco el móvil de Claudia manchado de sangre y polvo y me lo guardo en el bolsillo.

—¡Oiga…! —interrumpe el sanitario.

—Es el de mi hija. —El doctor asiente con la cabeza.

—No se preocupe. Mucha suerte.

—Gracias.

Salgo del edificio a toda prisa, no hay tiempo que perder. Nadie me presta atención, soy uno más entre el trasiego de gente. La prensa se acumula tras la barrera policial y los redactores retransmiten en directo lo que sucede a sus espaldas. Otra vez el teléfono, es Viktor.

—Está viva. En el Hospital Central. Voy hacia allá.

—Menos mal. Hay un coche esperándote justo a veinte metros, a tu derecha. La berlina de color negro.

Busco con la mirada hasta que localizo el vehículo. Corro hacia él y salto a su interior. Me lleva media hora llegar al hospital. Todavía no me he quitado el chaleco. En la recepción me comunican que Claudia está siendo intervenida en ese momento, al igual que a otras siete personas. Tendré que esperar. Nadie es capaz de informarme de su estado. Grito a las enfermeras con desesperación, pero estas logran calmarme cuando me amenazan con echarme del centro. Viktor me vuelve a llamar.

—Dime.

—¿Qué sabes?

—Está en el quirófano. No saben de qué la están operando. Aquí no saben nada o no me quieren decir nada.

—El parte que he conseguido es de rotura abierta de ambas piernas, lesión pulmonar, posible pérdida del brazo derecho y fracturas en tres vértebras lumbares. Entró en parada cardiaca a los veinte minutos, pero los sanitarios consiguieron resucitarla a tiempo.

Preferiría no haberlo escuchado. Ya no sé si me quedan más lágrimas que derramar.

—¿Cómo has conseguido esa información? —pregunto.

—Tengo mis medios.

—¿Y tú? ¿Qué tal andas? Te daba por muerto.

—Algo mejor por un chute de adrenalina, pero es todavía temprano para saber si funciona el tratamiento.

—¿Y tu hermano?

—Respirando de nuevo el aire de la libertad.

No soy el único que lo está pasando mal. Familiares angustiados entran por urgencias con la desesperación dibujada en sus rostros y obtienen la misma respuesta ambigua de las enfermeras que parecen no dar a basto. El ambiente es muy tenso. Un matrimonio pregunta insistentemente por su hija. Este es el tercer hospital y nadie les dice nada. No puedo evitar sentir lástima por ellos.

—¿Crees lo que dice la prensa? ¿Que ha sido uno de los suyos? —pregunto.

—Ni por un momento. Pero la prensa nunca dirá lo contrario si no hay pruebas.

Pablo, el editor, me está llamando, pero ahora no puedo atenderle.

—No hay nada que hacer. Sin cabecillas no hay partido, sin partido no hay posibilidad de ganar nada.

—Ya habrá tiempo de pensar en el siguiente paso. Ahora lo importante es Claudia.

—Maldito seas, Viktor. Malditos tú y tu partido.

—Trata de descansar, Sebastián, la operación llevará horas.

Le hago caso y me acomodo en uno de los asientos que hay libres en la sala de espera. Estoy rodeado de personas con la misma ansiedad dibujada en sus rostros. Les deseo lo mejor. Finalmente caigo en un profundo sueño. Un cirujano me despierta. Por un momento me siento desorientado, sin embargo, pronto aterrizo a la cruda realidad.

—¿Cómo está?

—Aún es pronto decirlo, pero la operación ha ido bien. Ahora hay que esperar al menos veinticuatro horas para ver cómo evoluciona.

—¿Y su brazo?

—Lo hemos conseguido salvar. Hará falta mucho trabajo de rehabilitación, pero con el tiempo recuperará casi toda la movilidad.

Me apoyo en la pared, por un momento creo que me voy a desmayar.

—¿Se encuentra bien? ¿Quiere que le traiga un vaso de agua?

—No, estoy bien. Quiero ver a mi hija.

—De momento está en la UCI, no puede verla.

—¡No me diga que no puedo verla!

—A través de un cristal, puede verla a través de un cristal, pero no es agradable. Requiere de respiración asistida debido a los daños sufridos en los pulmones.

—¿Cuánto tiempo puede llevar eso?

—Depende de la evolución. Desde un par de días a una semana.

—¿Hay algo que pueda hacer ahora?

—Váyase a casa y descanse.

—Ni hablar, yo de aquí no me muevo. —Me alejo por el pasillo.

—¡La tercera planta a la derecha! —concluye el cirujano.

Salgo del ascensor y pregunto a una de las enfermeras. Me acerco tembloroso al box número tres. A través de la ventana contemplo lo que el cirujano me advirtió que no contemplara. Mi preciosa hija Claudia, a la que apenas había visto unas horas antes, conectada a un respirador artificial con la cara hinchada por la medicación. No, no puede ser esa mi Claudia, la sonrisa de su madre, su rostro anguloso. Ahora yace desfigurada y llena de hematomas. Son demasiadas emociones, demasiado dolor y esperanza para terminar con la grotesca imagen de mi hija hecha pedazos, viva, pero desahuciada como su madre. Me mareo, creo que me voy a caer. Una enfermera evita que me desplome en el último momento y me ayuda a sentarme en un sillón.

—Tómese esto, le ayudará a calmarse.

Me trago la pastilla sin prestar atención. No puedo pensar en otra cosa que no sea mi hija. Estoy roto por dentro. La enfermera me ayuda a reclinarme en la butaca. No sé qué hacer. Veo a la enfermera que charla con una compañera, hablan sobre mí. No me importa, ya nada importa, solo espero que salga de esta. Ya es madrugada y estoy agotado. La realidad empieza a difuminarse y termino cerrando los ojos que caen como el telón de una obra de teatro.

Se está haciendo tarde, pero no me puedo ir. Mamá empezará a preguntar por mí y se pondrá nerviosa. Mandará a papá a ir a buscarme y luego a la policía. Tomás, el policía local, no les hará caso, pero por evitar un mal mayor al final sacará a Remo y Lechoso de la perrera. Se lanzarán a lamer la cara de Tomás y a llenarlo todo de babas. Saldrán en mi busca oliendo un calcetín que mamá les había dejado. Se internarán en el bosque a toda prisa subiendo por el sendero del río hasta aquí, el viejo molino abandonado. Pero todavía no me puedo ir. Claudia me dijo que no vendría, pero en su voz entendí que sí lo hará. Tal vez es porque estaba su hermano pequeño delante, jugando con sus coches de carreras. Estoy seguro de que vendrá. El sitio no es que sea el mejor lugar para nuestra primera cita. Las paredes de piedra se conservan bien a pesar del musgo que cubre algunas de ellas. Una parte del tejado se ha caído y a mediodía entran los rayos de sol. Una vez vi la foto de un cuadro que me recordaba a este sitio, por eso lo escogí. Tal vez una cita en este lugar la haya impresionado, en el mal sentido, y por eso no quiere venir. A lo mejor esperaba un lugar algo más romántico, con velas, pero mamá no me deja jugar con fuego, y menos desde que quemé la manta que la abuela me regaló cuando nací.

No me había dado cuenta de que tengo la vejiga llena, ya tenía ganas antes de salir de casa y ahora con el ruido del agua no aguanto más. Hay un agujero en el suelo por el que discurre el manso riachuelo. Claudia no va a venir y yo me estoy meando. Me bajo la cremallera y cuando me dispongo a orinar…

—¡Sebastián!

—¡Claudia! —Se me cortan las ganas de golpe y mojo algo los pantalones—. ¡Pensé que no vendrías! —grito antes de que entre.

—Si quieres paso cuando hayas terminado.

—¡No! Ya he terminado.

—He venido porque tu madre te está buscando.

—¿Le has dicho que estaba aquí?

—No, pero tienes que volver.

—Ah.

—Pareces decepcionado.

—No, no lo estoy.

—¿Pensabas que iba a venir aquí porque me lo dijiste?

—¡No! Claro que no.

—¿Entonces, por qué estás aquí?

—Porque me gusta venir a veces.

—Mentira. Pensabas que teníamos una cita.

—Sabía que no ibas a venir.

—Pues aquí estoy, pero si quieres me voy.

—¡No! No, te puedes quedar. Pero mi madre se empezará a poner nerviosa si no volvemos.

—Todavía no me has enseñado el lugar de nuestra primera cita.

—Pensé que habías dicho que…

—¿Eres un poco ingenuo, no?

—Pues claro, solo tengo siete años.

—Papá.

—¿Por qué me llamas papá? ¿Es hora de despertar?

—Papá.

Abro los ojos. Claudia tiene la cabeza ligeramente ladeada. Sus ojos me miran cansados y respira con dificultad. La miro sobresaltado.

—Claudia, cariño. Por fin has despertado.

Llamo a la enfermera mediante un conmutador en la pared.

—¿Por qué estoy aquí?

—Sufriste un atentado. Llevas casi cuatro días inconsciente.

Claudia mira hacia el frente.

—¿Ha habido víctimas?

Respiro profundamente antes de contestar.

—Ya no hay máximos responsables del partido. Solo quedáis Viktor y tú.

—¿Todos? Jorge… Paula. ¿También?

Solo puedo asentir con la cabeza. Claudia cierra los ojos y llora.

—¿Qué va a pasar con sus dos hijas? Pobrecitas. —Las lágrimas brotan de sus ojos.

—La gente se está volcando con las familias de los muertos. No están solos. Tienen mucho apoyo.

—Qué horror…

—Tranquila. Al menos estás viva.

—¿De qué me sirve estar viva? El partido era lo que merecía la pena.

—No todo está acabado. Viktor tiene una propuesta que hacerte, ahora que ya has despertado.

—Mi brazo. No puedo mover los dedos.

—Un trozo de metal te lo destrozó. Casi te quedas sin él, pero pudieron reconstruirlo.

—¿Alguna cosa más?

—Las piernas. No podrás andar hasta dentro de unas semanas.

Claudia respira resignada.

—¿Se sabe quién ha sido?

—Dicen que fue uno de los vuestros en venganza por la muerte de su padre. Era una de las víctimas en el tiroteo a los policías.

—Qué hijos de puta. Han sido ellos. Siempre son ellos.

—Ya. Viktor piensa igual. Todos pensamos lo mismo. —Le agarro la mano dulcemente, me alegra volver a notar las formas de sus dedos huesudos, de su piel suave. Qué feliz me hace que haya sobrevivido—. Lo importante es que estás viva.

—¿Por qué no estoy entre los muertos? Estaba en la mesa.

—No lo sé. ¿Recuerdas algo de la explosión?

—No... Jorge estaba hablando sobre los últimos acontecimientos.

Claudia intenta visualizar aquella tarde. El salón lleno de gente. Algunos de los asistentes murmurando. Una cámara grabándolo todo... Entonces sonó el teléfono.

—Alguien me llamó. Era Viktor.

—¿Viktor? ¿Qué quería?

Claudia intenta recordar.

—No lo sé. No lo recuerdo. El caso es que me levanté un momento. No recuerdo para qué. —Claudia suspira cansada.

—Eso explica por qué sigues viva. La bomba estaba justo bajo la tarima. La mesa se llevó la peor parte.

—¿Así que he de darle las gracias a Viktor?

—Eso parece.

—¿Cómo está?

—Más o menos. Sigue convaleciente. Quería hablar contigo. Tiene un plan.

—¿Qué plan? ¿Resucitar a los muertos?

En ese momento entra una enfermera.

—Buenos días. ¿Cómo se encuentra? —Claudia se encoge de hombros tímidamente—. Bueno. Llevará tiempo curar las heridas, pero se recuperará.

—Sí. Ya se lo he dicho. Pero las heridas del alma llevarán más tiempo.

La enfermera comprueba el pulso, la temperatura y el goteo.

—Le voy a traer el almuerzo. Tiene que empezar a recobrar la energía.

—No tengo apetito. No quiero hacer nada. El partido está muerto.

La enfermera se acerca a colocarle la almohada y se acerca al oído.

—Yo voté por vosotros y lo volvería a hacer. Y como yo muchos más. Ahora es cuando no hay que darse por vencidos. No deje que acaben también con usted. Y si hay que luchar, lucharemos por nuestro futuro y el futuro de nuestros hijos. El futuro es más grande que nunca. —Concluye mientras le pone la mano en el hombro.

La enfermera se marcha de la habitación. Claudia empieza a respirar profundamente, cada vez más rápido, ahora resopla como un animal dispuesto a atacar. Las pulsaciones van en aumento. Se incorpora en su cama y se sienta, me mira decidida.

—Ponme con Viktor.

CAPÍTULO 28:
LA MARCHA DE LOS AFLIGIDOS

Ya han pasado siete días desde la explosión en la biblioteca. Las condenas al atentado han inundado la zona cero. Cientos de ramos de flores se amontonan junto a velas ya consumidas y notas de recuerdo, pero también de esperanza. Los muertos han hablado incluso más que cuando estaban vivos y su mensaje ha calado en la población indecisa. La falta de líderes hace más necesaria que nunca una asamblea para elegir sustitutos.

Claudia todavía no puede andar, pero se mueve inquieta en una silla de ruedas. El brazo lo mueve cada vez más y los dedos de la mano ya no están morados e hinchados por la cirugía. Las palabras de la enfermera han supuesto un potente revulsivo en su baja moral, una descarga de adrenalina traducida en fuerza para su frágil cuerpo. A veces se siente más recuperada de lo que realmente está y los traumatismos le recuerdan que todavía falta mucho para que sanen sus heridas. Pero ella es fuerte. Más de lo que nunca fue su padre, aunque nunca más de lo que fue su madre. Ha tenido momentos de lucidez en los que se ha sentido identificada con su progenitora, especialmente los primeros días en los que no podía mover un músculo por los dolores.

Sus apenas veinticinco años han quedado atrás. Ha madurado casi diez de golpe. Los que antes ponían en duda su capacidad por la falta de experiencia, los que la infravaloraban por ser joven y mujer, los envidiosos, ignorantes, resentidos, desconfiados y suspicaces que blandían sus insultos a la menor ocasión dudan ahora de su propia falta de criterio. Tal vez haga falta una mujer con la entrega y determinación de Claudia, superviviente del peor atentado contra una fuerza política en la historia moderna del país. Tal vez la intervención divina quiso que no estuviera sentada a la mesa cuando se detonó el explosivo, piensan otros. A lo mejor es ella la que ha de liderar el cambio. Con Viktor yendo a peor la alternativa solo es una, Claudia.

Ella es la persona que ha de levantar el partido, ya no importa que Viktor no salga adelante. La llama seguirá viva mientras Claudia exista.

Se ha acordado una rueda de prensa a mediodía en uno de los hoteles de la ciudad. Las medidas de seguridad se han extremado por razones obvias y el número de periodistas invitados al evento es limitado. Cincuenta representantes de diferentes medios nacionales e internacionales asisten a la cita. La policía no es la que guarda el edificio, es el servicio de seguridad personal de Viktor el que se encarga de ello. El secretismo es absoluto. Se rumorea con la presencia de Claudia en la sala aunque muchos dudan de la veracidad de la información. Sus heridas todavía están lejos de cicatrizar y en las redes se ha extendido el bulo de que se ha quedado paralítica de por vida.

Los operadores de cámara comprueban el equipamiento, los periodistas sacan sus grabadoras y sus móviles para la intervención. Sobre la tarima hay una mesa con unas grandes jarras de agua con hielo y unos vasos. El director del hotel aparece por un lateral tras unas cortinas. Se dirige apresurado hacia uno de los micrófonos de la mesa.

—Señoras y caballeros. Lamento el retraso, pero hemos tenido algunos problemas de logística para acomodar a nuestros invitados. En breve dará comienzo la sesión. Gracias.

Los asistentes se apresuran a escribir en sus respectivos dispositivos el inminente comienzo de la rueda de prensa.

Las cámaras comienzan a grabar y los redactores a tomar nota. Entonces nos dan la señal. La cortina se abre y empujo la silla de ruedas. Claudia me agarra por un instante una de las manos, está nerviosa. Atravesamos el umbral y el patio se convierte en un hervidero de flashes y murmullos. Varios asistentes rompen en aplausos y pronto todos en la sala convierten los primeros minutos de la comparecencia en una ovación. Claudia se siente halagada y asiente con la cabeza. Sonrío orgulloso y le levanto el mano tímidamente. Ella coge uno de los micrófonos de la mesa y agradece el gesto. Poco a poco se va haciendo el silencio mientras los periodistas vuelven a sus asientos.

—Gracias por haber venido y lamento no poder tener más plazas de las que hay, es por motivos de seguridad. Como sabéis, hace una semana asesinaron a los principales responsables del partido. Sobra decir lo que pienso de este cobarde acto. Los auténticos responsables pagarán por sus crímenes. Pero hasta que eso ocurra, la mejor forma de honrar a las víctimas es seguir adelante. No abandonar nuestra promesa de un mundo mejor. De un cambio. A pesar de las amenazas, de la violencia, de las estrategias para evitar nuestra investidura, la gente, nuestros simpatizantes han demostrado una vez más una fe y una entrega en el partido que hace incompatible el abandono. Por eso hoy, aquí, vamos a presentar a los nuevos candidatos para que el partido no solo no muera, como lo hicieron nuestros compañeros, sino que viva más fuerte y más grande que nunca. —Claudia se acerca aún más el micrófono—. Compañeros, podéis entrar.

Dos hombres se apresuran a abrir de nuevo las cortinas. Los murmullos suben en intensidad. Los periodistas miran expectantes. Cunde el nerviosismo en los asistentes que parecen no entender nada. De pronto se hace el silencio. El público se muestra atónito. Uno tras otro comienzan a entrar varios gigantes de carne y hueso. Son dos hombres y tres mujeres de una raza que se daba ya por extinguida. El silencio se adueña de la sala. De pronto, los profesionales que se han dado cita para cubrir el evento no pueden decir una sola palabra. Parecen niños contemplando un espectáculo en el circo. Uno a uno, los gigantes van tomando asiento. Nadie se ha percatado antes de las sillas de gran tamaño ocultas tras la mesa. Van vestidos de una forma sencilla y se muestran con rostro decidido. El silencio se hace en la sala hasta que Claudia lo rompe.

—Aquí tenéis a los nuevos candidatos de El Futuro es Grande —anuncia Claudia.

Una avalancha de *flashes* inunda la sala. Los candidatos se agarran de las manos y las alzan de forma triunfal. Los gigantes, Claudia y yo. Todos reímos orgullosos.

Los redactores tartamudean al describir lo que está sucediendo en ese preciso momento, presas de la emoción. Los operadores de cámara graban y transmiten con nerviosismo la noticia del mes, del año, del siglo. Están entusiasmados. Son testigos en primera línea de un cambio de rumbo mucho más profundo de lo que en un principio se creía. A través de las redes, la noticia se hace viral y alcanza todos los rincones del globo. El futuro ya no es grande, el futuro es gigante.

Desde el Gobierno se ha creado un gabinete de crisis ante la nueva situación. El ministro del Interior es el que ejerce de portavoz ante la inoperancia de un primer ministro que se ha mostrado incapaz de tomar las riendas de unos acontecimientos cada vez más peligrosos. Conversaciones secretas entre líderes de diferentes países han puesto de manifiesto su creciente preocupación por la aparición de unos gigantes que se daban por extintos. Las noticias convierten en papel mojado todos los acuerdos para la explotación del País Gigante. Los líderes de varias economías mundiales contaban con unos derechos exclusivos de explotación que habían conseguido pagando importantes sumas de dinero a miembros de las Naciones Unidas con poder para influir en la votación. Todo eso ya no vale nada. Los gigantes se han convertido en una amenaza que hay que eliminar cueste lo que cueste.

El primer ministro recibe una llamada de teléfono. Su interlocutor es el ministro del Interior. Su informante ya sabe cuál será el siguiente paso del partido que amenaza con echarlos a todos del poder, la convocatoria de una gran marcha en la capital del estado. Han hecho un llamamiento a la ciudadanía para que se sume de forma masiva a la manifestación. En ella pedirán la destitución del actual primer ministro y la investigación por parte de un comité internacional de la participación de todo el Gobierno en la muerte de dieciséis personas y otras cuarenta y tres heridas. Sin contar con los más de trescientos desaparecidos que se han ido sumando a la lista de víctimas de la represión. Viktor afirma tener pruebas que apuntan hacia esta dirección.

A cuatrocientos kilómetros de la capital, cerca de la mansión de Viktor, los rayos de sol acarician las copas de los árboles. Los elefantes se levantan perezosos. Sus pesados cuerpos se mueven lentos por la planicie. El benjamín de la manada bosteza pegado a su madre. Le dan miedo los vecinos que han llegado hace días. Aunque no los puede ver, su olor es intenso y sus sonidos amenazantes. La mamá elefante le calma con las caricias de su trompa. El muro que separa ambos recintos es lo suficientemente alto y resistente para no temer un enfrentamiento. A pesar de todo, ningún animal se aventura cerca de la barrera. Una gran puerta delimita ambos espacios. El pequeño elefante parece obstinado en desobedecer a su madre y se acerca a la zona prohibida. Su madre se entretiene arrancando algunas hojas de los árboles. El resto de la manada sacia su sed en un estanque cercano. El bebé olisquea la puerta con su pequeña trompa. Quizás ya se crea lo suficientemente grande para ignorar todo lo que le dicen los adultos. La imprudencia del pequeño es fruto de la inexperiencia. Detrás de la puerta caminan las bestias, todos los animales lo saben, lo llevan escrito en su ADN, el devorador de carne merodea al otro lado, algo que el joven elefante todavía no es capaz de entender. En la reserva de Viktor no se comparten experiencias para sobrevivir, aquí dentro están a salvo de los peligros, una jaula de oro, solo los mayores saben de la crueldad de la naturaleza y por eso no se aventuran a salir de la zona amurallada.

En la parte de acceso, dos puertas metálicas impiden ver el interior. El pequeño explorador olisquea el suelo y con un pequeño empujón estas ceden. No están cerradas. El incauto benjamín se dispone a entrar en el preciso momento en el que su madre comprueba que su prole esté cerca. Un rápido vistazo alrededor la pone en alerta. Su bebé no está. Asustada, mueve su pesado cuerpo a todos lados hasta que es consciente del peligro al ver la puerta abierta en el recinto de los depredadores, aquellos que conocen casi todos los animales del parque, pero nadie ha llegado a ver. Solo saben que llegaron de madrugada y que son muchos. La mamá elefanta entra en estampida por las puertas. Estas se abren de golpe y casi arranca las bisagras que las sostienen. Para su sorpresa, el pequeño elefante se encuentra solo en el recinto. No hay señal de ningún otro animal que no sea el bebé que camina curioso por el lugar. Su desobediencia le ha podido costar caro, pero ha tenido suerte. En adelante será más prudente, su mamá se encargará de eso. El resto de la manada se asoma prudente, ya no hay ni rastro de los desconocidos merodeadores que campaban por aquí hace escasas horas.

La policía municipal ha empezado a delimitar las zonas por las que discurrirá la marcha. Los coches aparcados han empezado a ser retirados por las grúas. No quieren correr ningún riesgo. Los perros olisquean los cientos de personas que comienzan a concentrarse en el punto inicial de la manifestación. Todavía quedan tres horas para el comienzo, sin embargo el acontecimiento es lo suficientemente importante para no perdérselo. Más de trescientos autobuses han llegado de todos los rincones del país. Y no solo autobuses.

Trenes, aviones, vehículos particulares. No es solo una manifestación multitudinaria, es un evento universal. Admiradores de los gigantes de todo el globo no quieren perderse un acontecimiento así. Vienen los que desean un cambio en el mundo y también los que esperan ver reliquias del pasado. Televisiones de más de noventa países se han acreditado para cubrir la marcha. Mochileros, familias enteras, millonarios, gente sin recursos. Nadie se quiere perder el desfile de la libertad, bautizado así por el partido.

Dos horas más tarde, el volumen de asistencia ha superado todas las expectativas. Casi dos millones de personas según la guardia urbana, casi cuatro según El Futuro es Grande. Cinco furgonetas llegan desde diferentes puntos de la ciudad. De ellas salen los cinco nuevos miembros del partido, los cinco gigantes que todo el mundo desea ver. Caminan rodeados de sus fieles. La emoción reflejada en unos, el éxtasis en otros. Están aquí para salvar a la raza humana. Los semidioses, los elegidos. Los que regresaron de entre los muertos. El as en la manga de Viktor.

La cabecera de la manifestación está lista para avanzar, pero falta alguien, aún no está completa. Se echan a un lado para dar paso a Claudia. Me abro paso entre los asistentes con la ayuda de algunos miembros del partido. Empujo la silla de ruedas agobiado, no me gustan las aglomeraciones. El gigante me da las gracias y toma el relevo, pero Claudia echa el freno, se agarra a su brazo y se incorpora. Claudia tiene mejor aspecto, aunque todavía no puede caminar sin ayuda.

El gigante avanza a ritmo lento. Ambos se dirigen de vuelta a la cabecera. La gente rompe el silencio aplaudiendo y vitoreando a la responsable que ha mantenido vivo el partido. La concentración de millones de personas parece una fiesta. Hay numerosas pancartas en contra del Gobierno. Gente disfrazada de colores baila al compás de la música. Entre los asistentes hay numerosos cabezudos que se mueven de un lado a otro con sus alegres máscaras. Los niños ríen y se hacen fotos con ellos. Entonces, los aplausos empiezan a apagarse. La manifestación puede empezar. Lentamente, la cabecera se pone en marcha y el resto les sigue. Uno de los gigantes levanta a una mujer y se la sube a los hombros. Varios niños se suben sobre otro gigante.

—¡El futuro es nuestro! —grita la mujer a hombros del primero.

La gente rompe en aplausos. Hombres mujeres y niños vitorean y gritan llevados por la emoción. Las lágrimas brotan de los ojos de los más sensibles. Los niños se afanan en pedir ser alzados. Los gigantes han robado por completo el protagonismo de la manifestación. Los asistentes se unen en un solo grito que retumba igual que los truenos de una tormenta. Una tormenta que amenaza con acabar con todo.

—¡GI… GAN… TES, GI… GAN… TES!

El jefe del operativo policial se encuentra en un puesto de mando avanzado, camuflado dentro de un camión de pollos ecológicos, su rostro es un poema de preocupación. Dentro, los monitores muestran las diferentes partes de la marcha, escanean las frecuencias en busca de alguna conversación fuera de lugar, seis drones rastrean las personas mientras analizan el movimiento de las personas por si fuera sospechoso. Uno de ellos no pierde de vista a los gigantes.

La manifestación tiene permiso para llegar hasta el cruce de la avenida central y la calle del Emperador Francisco. Más allá está el capitolio, el área prohibida para los insurrectos. Ha sido autorizada como muestra de solidaridad ante el horror del atentado. El partido fue legalizado, casi todos los arrestados puestos en libertad, los cargos retirados, pero todo ha cambiado con la aparición de los gigantes. Ahora más que nunca el Gobierno está cagado de miedo.

La inocente decisión de permitir a un gigante participar en unas elecciones fue la primera pieza de la estrategia de Viktor. Desesperados, creyeron que eliminando a los cabecillas sería suficiente, pero no contaban con que el remedio sería peor que la enfermedad. Viktor encontró la excusa perfecta para sacar del armario su as en la manga y su partido creció exponencialmente.

Ahora solo hay que convencer a los gobernantes de su grave error al anular la victoria de las elecciones. La salida a la calle de millones de personas es un símbolo usado miles de veces, un ejército de inocentes sin más armas que su presencia. Pero la palabra se vuelve inútil cuando es el poder lo que está en peligro. No importa cuan avanzada sea una sociedad, las libertades que haya logrado con el tiempo, el sacrificio de miles de mártires que lograron con sangre cambiar dictaduras por democracias. La democracia que el Gobierno intenta mantener hace tiempo que cayó en el agujero de la hipocresía y, de ahí, al más absoluto desprecio por el ser humano. Esa dama progresista y emprendedora, esa madre que nos une bajo su regazo ha sido transformada por el Gobierno en una bestia dominante y cruel, un asesino despreciable. Ahora se siente en peligro, acorralada por millones de voces que intentan echarla de su guarida.

Los gigantes, esos seres mitológicos que una vez fueron venerados como dioses y que el ser humano se encargó de borrar de la faz de la tierra, han regresado para usurpar el poder a aquellos que lo llevan ostentando demasiado tiempo. El Gobierno lo tiene claro, si hay que aplastar la democracia para mantener la democracia, que así sea.

En la residencia del primer ministro, este sigue la marcha por televisión saboreando un vaso de coñac. Está en pie y se mueve de un lado a otro. El televisor de mural de cien pulgadas muestra a los gigantes en todo su esplendor. Saca su móvil y llama al ministro del Interior.

—¿Estás viendo esto?

—Sí.

—Hay que acabar con todos, ¿me oyes?

—Le oigo perfectamente.

—¿Cómo va el plan? ¿Cuándo va a empezar la fiesta?

—Estoy en línea directa con el control central. Todo bien. Estamos a la espera.

—¿A la espera de qué? ¿Vas a dejar que se acerquen más? ¡Lo estoy viendo todo por televisión, imbécil!

—Señor, no es necesario...

—¡No me digas que me calle!

—¡No hubiéramos llegado hasta aquí si me hubieras dejado actuar a mi manera!

—¡Está bien! ¿Qué propones? ¿Arrestarlos a todos? ¿Meter a millones en la cárcel?

—No, muerto el perro se acabó la rabia.

—Pues acaba pronto con esos perros o tú serás el primero en caer.

A cuatrocientos kilómetros de ahí, Viktor contempla las mismas imágenes que el primer ministro y el ministro del interior. Sabe que al llegar al cruce alguien intentará entrar, sabe que uno de los asistentes de la marcha no está ahí por la misma razón. Lo único que tiene que hacer es encender la mecha del caos y el resto será historia. Todo el mundo tiene un precio.

Solo necesita abrirse entre la gente y llegar hasta la zona vallada para arrojar un objeto, puede ser una bomba, una piedra, lo que sea, no importa, cualquier excusa es válida. Ahí esperan los dos mil quinientos policías antidisturbios con sus nuevos uniformes bajo el sol. Están nerviosos, tensos, sudorosos, a la espera de la señal para despejar el camino a golpes, para dejar vía libre a los tiradores. La marcha será el mejor y único momento para acabar con ellos, para eliminar la amenaza de una vez por todas. Ya se ha hecho otras veces. Quien responde a un acto hostil tiene el perdón de las consecuencias.

Suena un teléfono. A escasos cinco kilómetros de ahí se encuentra uno de los hombres de confianza de Viktor. Es el guardia de un edificio en ruinas que Viktor ha comprado para la futura construcción de un centro de arte. Es una antigua central eléctrica construida hace más de un siglo. Ahora lleva más de cincuenta años abandonada y parte del techo se ha caído. Las paredes aguantan bien y no parece que vaya a sufrir otro derrumbe. En el sótano, jalonado por grandes columnas de acero que alcanzan los diez metros de altura, los rayos de luz entran difusos a través de unas rejas del techo. Estas reciben la luz que llega por los agujeros del tejado. El sótano adquiere así un aspecto entre cavernario y solemne. En las sombras, decenas de lobos se pasean inquietos. Algunos gruñen intimidando a algún rival. Ahí están parte de los lobos traídos del País Gigante en mitad de la noche. Hace dos días que abandonaron el recinto contiguo al de los elefantes para acabar aquí. Todos llevan un collar con GPS, cuando todo acabe deberán volver a su lugar de origen. Otros dos grupos se hallan repartidos por sendos edificios: un antiguo matadero y un hangar a las afueras. Todos los lobos se encuentran en buen estado. Hace apenas un par de horas que se muestran inquietos, nerviosos, moviéndose instintivamente hacia la puerta, oliendo cualquier ranura por la que discurre el aire. Un par de ellos, los más osados, tratan de escarbar por el cemento para salir. En cada localización se encuentra un gigante para su custodia y calmar cualquier amago de enfrentamiento entre ellos. Es un guardia el encargado del acceso a cada edificio, un fiel seguidor del partido. Su tarea consiste en salvaguardar la entrada de intrusos y esperar la nueva orden. En las tres localizaciones, gigantes y hombres juegan un papel importante y son conscientes de que muchas vidas están en juego. Son los soldados del movimiento, una fuerza dispuesta a contrarrestar las acciones del Gobierno.

—Tiradores, estad preparados. —Escuchan algunos de los policías que sujetan fuertemente la empuñadura de sus armas.

La tensión va en aumento mientras la cabecera se aproxima a la barrera de antidisturbios. Todos tienen claro su papel en esta farsa. En cuanto alguien entre el público arroje un objeto contra los policías, estos responderán con sus defensas. En el caos que se desate después, los tiradores sacaran sus armas y dispararán a los gigantes para matarlos a todos. Claudia también es un objetivo, pero antes van los gigantes. Usarán munición no convencional para no ser vinculados con sus armas reglamentarias. En un par de azoteas hay dos tiradores adicionales para asegurarse de que los objetivos son alcanzados. Todo está preparado, solo queda la espoleta que desate la violenta represión.

Pero si el Gobierno ha ideado un plan para aplastar cualquier intento de deslegitimizar su poder, El Futuro es Grande también ha hecho los deberes. Si lo que quieren es guerra, la tendrán, y Viktor es su principal aliado.

Desde su palacio, Viktor levanta el teléfono y envía un mensaje a sus tres destinatarios: «Que empiece la fiesta». Los vigilantes de las tres moradas transitorias de los lobos negros del País Gigante transmiten la siguiente orden a los gigantes que velan por los cánidos.

—Aquí control de puerta, ¿me recibes?

—Alto y claro —responde el gigante.

—Libertad —concluye.

—Comprendido —responde.

Bajan el Walky Talky y abren las puerta de los recintos. Los lobos salen disparados por los pasillos. Saben muy bien por donde ir, hay un aroma que les guía. Los guardias que custodian la entrada se echan a un lado mientras abren sus respectivas puertas.

Decenas, cientos de enormes lobos salen en estampida. Corren por las calles. No prestan atención a los viandantes que se apartan asustados ni a los coches que se detienen bruscamente. La gente corre asustada a encerrarse en los locales, pero no tienen nada que temer. Hay un olor en el ambiente que los tiene cegados. Pasan por delante de una carnicería, de un supermercado. Atraviesan una rotonda para asombro de los conductores. Corren a través de un parque lleno de niños esquivando a las madres que se abrazan aterrorizadas a sus pequeños. Una moto cae al suelo, lo mismo que varios ciclistas, pero los lobos no están ahí por ellos.

Un hombre de veintipocos con el rostro medio oculto tras un pañuelo rojo se acerca a la barrera, lleva una gorra azul marino de un equipo de fútbol, agarra una mochila que lleva a la espalda y saca del interior lo que parece un enorme petardo. Los policías lo ven, saben quién es y cuál es su cometido, ninguno mueve un dedo. A su alrededor nadie parece prestarle atención, para ellos es uno más de los millones de participantes que asisten pacíficamente a la manifestación, pero para los policías es la espoleta que marcará el principio del fin de los gigantes. No debe quedar uno. Disimuladamente, saca un encendedor y prende la mecha. Los policías están preparados, dispuestos, la adrenalina sube por momentos. Entonces, el hombre de la gorra lanza el petardo para asombro de los asistentes. Muchos le increpan y algunos le zarandean por su hostilidad, pero ya es tarde. El petardo impacta tras la línea de hombres uniformados y se produce la carga. La espoleta que desencadena la reacción de los antidisturbios.

En ese momento algo sucede. No son los manifestantes los que chillan. Tras las líneas policiales se escuchan gritos, alaridos, disparos. Todo el mundo se agacha. Algo está pasando, la confusión se apodera de los uniformados que se giran desconcertados. Los policías corren hacia los disparos y se topan de frente con decenas de ellos que huyen. Los primeros en llegar se quedan petrificados. Una horda de lobos enfurecidos ataca a sus compañeros. Pronto se suman más, cientos de lobos más. Ahora los policías huyen a la carrera.

En ese momento se produce el siguiente acción perfectamente organizada por El Futuro es Grande. Una oleada de seguidores atraviesa las barreras y cientos de hombres y mujeres corren por la avenida. La manifestación se transforma en un reguero de gente corriendo en el sentido opuesto de la marcha. Hombres, mujeres y niños huyen a la carrera. Los únicos que parecen correr hacia el inicio de la marcha son los cabezudos. De pronto, ante el asombro de los aterrorizados manifestantes, lo que en un principio parecía una marioneta gigante controlada por un artista ha resultado ser un gigante de verdad. A lo largo de la manifestación todos y cada uno de los gigantes y cabezudos que amenizan la marcha se han desprendido de sus disfraces dejando ver que eran gigantes infiltrados. Una cincuentena de ellos forman parte ahora de la avanzadilla que ha de tomar el control del gobierno.

Algunos manifestantes caen abatidos por los policías que intentan detener el avance, aunque son rápidamente neutralizados por una jauría de lobos enloquecidos por el producto que impregna sus uniformes. Los tiradores de los tejados apuntan a los gigantes, disparan, pero no logran alcanzarlos impactando en su lugar a varias personas. Uno de ellos tiene al gigante en el punto de mira, cuando se dispone a disparar escucha un grito a lo lejos. En la azotea de enfrente su compañero está siendo atacado por tres lobos. Rápidamente apunta su arma hacia los animales. Dispara a uno de ellos pero el compuesto químico es tan potente que la bestia no reacciona al impacto de bala. Ha de hacerlo tres veces más para acabar con él. Los otros cánidos ni se inmutan. Cuando se dispone a acabar con el resto escucha un golpe a su espalda. La puerta de la azotea está abierta de par en par y un lobo corre enloquecido hacia él. Lo mata de un disparo, pero luego aparece otro, y otro, y otro. El tirador está sentenciado.

Los drones de la policial muestran que la situación está totalmente fuera de control. Los lobos solo atacan a los policías. Manifestantes y gigantes corren por la avenida hacia la sede central del Gobierno. El primer ministro observa atónito las imágenes. Tiene en el teléfono al ministro del Interior.

—¡Esos hijos de puta están cometiendo un golpe de estado!

—Lo estoy viendo.

—¡Pues haz algo!

—Están de camino un par de helicópteros.

—Acaba con ellos. No dejes que tomen el edificio.

—Sí, señor ministro.

—¿Qué pasa con el ejército? ¡Que saquen los tanques!

Un helicóptero se acerca por el este. Está equipado con ametralladoras anticarro y granadas. Van a usar armamento de guerra para tratar de evitar la toma de los edificios gubernamentales. Cuando se encuentra en posición de ataque, el otro helicóptero dispara al rotor de cola. Esto hace que gire fuera de control y acabe estrellándose en un parque cercano. El partido tiene millones de seguidores y muchos de ellos forman parte del ejército. El golpe de estado se extiende también a las fuerzas armadas. Son muchos los que no han visto con buenos ojos la nulidad de las elecciones, las sospechas de fraude y la más que dudosa autoría del atentado contra la cúpula del partido; no van a dejar que el Gobierno cometa más atrocidades.

Los gigantes son los primeros en llegar. No hay ni rastro de policías, los que había han huido de los lobos. Al llegar, un ordenanza asustado les abre la puerta.

—Pasad —murmura.

Los hombres y mujeres corren al interior. Un gigante sonríe al ordenanza y le toca el hombro en agradecimiento. El empleado público le mira emocionado. Saben perfectamente donde tienen que ir. Dentro, muchos son los que aplauden su llegada. El resto simplemente prefiere permanecer al margen y decide no intervenir.

Los leales al Gobierno se afanan en intentar borrar los archivos comprometedores que todavía no han llegado a las manos de Viktor, pero son parados por funcionarios que han perdido el miedo.

La televisión pública, manipulada hasta la saciedad por el partido político gobernante es igualmente tomada. La emisión en directo de los acontecimientos es interrumpida por una cartela de problemas técnicos.

La rebelión está en auge y el movimiento se repite a escala nacional. Se sospechaba que algo así podría ocurrir, pero no podían imaginar que los mismos lobos que pensaban masacrar tras la muerte de Viktor serían usados contra las fuerzas de represión. Los servicios de inteligencia no han sido capaces de averiguar la trama que se estaba tejiendo en el palacio de Viktor junto con los gigantes y los miembros del partido más decididos.

Las noticias vuelan por las redes. El partido gigante ha tomado el parlamento. Viktor ha enviado más de diez terabytes de información en forma vídeos, grabaciones de audio, conversaciones telefónicas, correos, documentos reservados. Toda esta información hace días que los jueces y altos cargos de la policía fieles al partido han podido consultar.

La orden de tomar el congreso, el parlamento, todas las entidades que acogen a los miembros corruptos aun en el cargo ha sido tomada días atrás. La manifestación ha sido la forma de llevar a cabo la captura de todos y cada uno de los altos cargos y sus subordinados y desalojarlos de sus puestos. Los miembros de El Futuro es Grande son ahora los responsables de devolver al país la confianza en sus gobernantes.

Los policías dispuestos a enfrentarse a sus superiores pidieron la baja días antes de la gran marcha. Ahora han sido reclutados para detener en sus propias casas a aquellos que han de pagar por sus delitos.

Los últimos en caer son el primer ministro y el ministro del Interior. Al llegar un coche de la policía camuflado a la casa de este último, lo encuentran en su despacho con un disparo en la cabeza. El primer ministro no ha sido tan valiente y es apresado en su domicilio delante de su esposa e hijos. La única que llora mientras le meten en el coche patrulla es su mujer. Sus hijos retransmiten la escena en directo a las redes sociales, hace meses que juraron lealtad al partido de Viktor.

CAPÍTULO 29:
DE GIGANTES Y HOMBRES

«De momento son treinta y dos los policías muertos y más de cuatrocientos los heridos por los varios centenares de lobos que atacaron a los uniformados momentos después de que la cabecera de la manifestación llegara a su destino. También han aumentado a diez los muertos por disparos de bala entre los manifestantes y se acercan al millar los detenidos en las redadas por todo el país para detener a los presuntos implicados por los delitos de detención ilegal, asociación de malhechores, asesinato, fraude y malversación de fondos. Altos cargos del Gobierno depuesto han pasado ya a disposición judicial».

Apago la televisión y dejo el mando sobre la mesa.

Estoy en casa de Viktor, en su habitación. El gigante reposa dentro de la urna de cristal. Su aspecto no es tan malo como la última vez, si acaso se aprecia una ligera mejoría.

—¿Qué vas a hacer ahora? ¿Te investirán presidente? —pregunto.

—Me he retirado de la política. Solo quiero sacar al resto de los míos de su hibernación. Quiero que tomen el control de mis empresas —contesta Viktor son su débil voz.

—¿A todos?

Viktor asiente.

—¿No querrán volver a sus casas? —insisto.

—Algunos sí, pero cuento con que la mayoría quiera quedarse a estabilizar el país para que el cambio sea irreversible.

—¿Esa era tu plan desde el principio?

Viktor asiente.

—Más o menos.

—Nunca quisiste ser presidente…

—No. No sobreviviría al mandato. Es mejor que se encarguen otros.

—Pero pensé que el trasplante había ido bien.

—Me ha dado unas cuantas semanas más para poder dejarlo todo atado. Sin ti no lo hubiera conseguido.

—Dale las gracias a Claudia, lo he hecho por ella. ¿Qué ha sido de tu hermano?

—Decidió ver con sus propios ojos lo que ha quedado de su pasado.

—Pero si ahí no hay nada que hacer.

—Es su decisión y hay que respetarla.

Me reclino en el asiento.

—Nunca pensé que cederías la presidencia, después del empeño que has puesto para conseguirla.

—Nunca fue mi intención quedármela. Ser gigante no me hace apto para el puesto. Mis manos están manchadas de sangre.

—Lo sé. Y aunque me cueste admitirlo, creo que haces lo correcto.

—Además, Claudia será una excelente consejera. Los gigantes tienen mucho que aprender del mundo de los humanos.

—Sí.

—¿Qué tal con ella?

—Bien, hemos hecho las paces.

—Me alegro. ¿Y sus heridas?

—Mucho mejor. Ahora ya no usa la silla para moverse.

Viktor cierra los ojos cansado. Hay algo que le quiero preguntar y prefiero hacerlo antes de que se vaya al otro barrio.

—Dime una cosa, el día del atentado, ¿sabías que se iba a producir?

Me dedica una mirada lánguida.

—¿Por qué lo preguntas?

—Justo antes de la explosión llamaste a Claudia.

—Sí. Lo recuerdo. Quería decirle que de entre todos los candidatos, ella era la mejor preparada.

—¿Y el resto? ¿No crees que el resto eran buenos?

—Quizás, pero no para compartir el poder con los de mi especie.

—¿Qué quieres decir?

—El partido necesitaba gigantes, no humanos en la presidencia.

De nuevo se hace el silencio. Me toma unos segundos disparar mis sospechas en otra pregunta.

—¿Tuviste algo que ver con el atentado?

—El Gobierno fue el responsable de la explosión, ¿acaso no has visto las noticias?

—Solo hablan del autor material, no del intelectual.

—¿Crees que fui yo el que lo organizó?

—Creo que tú sabías que habría una explosión y no hiciste nada por evitarlo.

—¿Qué habría pasado si lo hubiera sabido? Tarde o temprano lo habrían vuelto a intentar y a lo mejor Claudia no habría tenido tanta suerte. Gente muy poderosa quería deshacerse a toda costa del partido, y de mí.

—¿Sabes lo que creo?, que tú eres parte de esa gente.

Ahora Viktor fija la mirada en un punto indefinido.

—Te equivocas, Sebastián. Nunca quise ver desaparecer el partido que con tanto empeño ayudé a crear.

—Pero sí a la cúpula. Salvando a Claudia el partido seguiría vivo, por eso no la mataste como al resto.

Ahora ni las moscas aletean, solo el zumbido de las máquinas que atienden a Viktor se atreven a romper la tensa calma de la habitación. Me acerco lentamente a la vitrina.

—¿Tuviste algo que ver con la bomba?

—La ficción no es lo tuyo, Sebastián.

—No, no lo es. Dijiste que me contarías la verdad, ¿recuerdas? De lo contrario no eres diferente de aquellos personajes que tanto denostabas en mis libros.

—¡*Touché*! —exclama Viktor.

—Necesito saberlo. ¿Sabías que habría un atentado?

Los segundos pasan. Viktor me dedica una fugaz mirada. De nuevo el silencio invade la sala, pero esta vez es como una nube irrespirable que se va extendiendo. Tengo la vista clavada en él y por un momento creo que voy a estallar. Entonces habla.

—Sí.

—¿Qué es lo que sabías?

—Todo. El método utilizado, el tipo de explosivo, la hora de la explosión…

—¿Cómo es posible?

—Porque yo lo organicé.

Un oportuno trueno se escucha en la lejanía. Comienza a llover.

—La mejor forma de meter a los tuyos era deshacerse de la cúpula del partido.

—No fue esa mi intención, al menos al principio, luego no tenía sentido que siguieran ahí. Las elecciones no fueron tan bien. Ganamos, pero por muy poco.

—¿Has estado colaborando con el Gobierno?

—Más bien usando su desesperación a mi favor.

—Estuviste a punto de matar a mi hija para meter a los tuyos.

—Nunca quise hacerle daño, después de todo, no me hubiera metido en política de no ser por ella.

—Nos has estado usando a todos.

—Míralo por el lado bueno, el partido está en el poder, los gigantes han empezado a dirigir el país y hemos devuelto la esperanza a la población.

—¿Y la manifestación? ¿El plan para matar a los gigantes? ¿Lo sabías todo?

Viktor asiente débilmente.

—El proceso se estaba estancando. Si no se nos otorgaba el poder por las buenas sería por las malas. Tras la explosión, el siguiente paso sería una manifestación tan masiva que serían incapaces de prohibirla. Ese sería el mejor momento para usar a los lobos y emprender la toma del gobierno.

—Eres un hijo de puta.

—El fin justifica los medios.

Me levanto furioso y arrojo la silla con fuerza contra el cristal a prueba de balas.

—No te martirices, Sebastián. Has vuelto con tu hija y tus problemas financieros se acabarán con la publicación del libro.

—Sigues siendo un asesino despreciable, un psicópata.

—Te equivocas. Todo lo que que he hecho ha sido por el bien de la humanidad. Si no hubiera intervenido el planeta estaría sentenciado. Ahora tiene una oportunidad.

Me siento en el suelo, exhausto.

—No ha cambiado nada, Viktor. Tu absurdo plan de cambiar el mundo solo traerá más problemas.

—Esto es solo el principio, Sebastián. Cuando los gigantes dominen la Tierra entonces es cuando estará salvada.

Aplaudo irónicamente.

—Bonito discurso. Imagino que ahora ya te puedes morir tranquilo.

—Supongo que sí, aunque todavía tengo un asunto que arreglar.

—Me importa una mierda. Por mí como si eliminas a la raza humana.

CAPÍTULO 30:
CUANDO ALCANCE EL HORIZONTE, DESCANSARÉ

Por la ventana del vehículo de exploración se empieza a vislumbrar el destello de los propulsores sobre el cielo color caramelo de Marte. Su tamaño es exponencialmente mayor, y no es para menos, la carga que lleva es mucho más grande, trescientas almas más grande.

El descenso se produce sin contratiempos y el aterrizaje es suave en la pista. Pocos minutos después descienden los primeros colonos dispuestos a instalarse en suelo marciano. Además de los nuevos vecinos, también traen la ansiada tuneladora para comenzar la construcción de la ciudadela subterránea que tantas veces habían prometido.

Al abrirse la puerta del ascensor, María los espera ansiosa junto al resto de sus compañeros. Kato les sonríe y se acerca caminando con cierta cojera. Hicieron las paces cuando María le devolvió la descarga eléctrica una vez levantado el arresto. La armonía ha vuelto a la base y con la llegada de los nuevos inquilinos el espíritu está más alto que nunca. Desean compartir con ellos todo aquello que han vivido en los últimos dos años y construir entre todos lo que ya daban por perdido, la expansión de la raza humana por el sistema solar.

Lo que no se esperaban es la presencia de seis gigantes entre la tripulación, tres varones y tres mujeres, enfundados en sus respectivos trajes. A María la imagen le recuerda a una versión futurista del lienzo *El desembarco del rey gigante*, un famoso cuadro de la primera visita de un mandatario gigante a tierra de humanos. Dos siglos después, la misma escena, pero en un contexto muy distinto, quedará inmortalizada para siempre en los diarios digitales de todo el mundo.

Por último, María busca ansiosa entre los nuevos colonos un pasajero de última hora que se ha unido a la expedición. Entonces la ve, la pequeña viajera que reconoce al instante tras la escafandra. Es Leonor, su hija. María corre a su encuentro y la abraza cariñosamente. Ahora la alegría es completa. Comienza una nueva etapa lejos de la Tierra.

A doscientos veinticinco millones de kilómetros de allí, la Tierra es un hervidero de noticias. Los gigantes han empezado a tomar posesión del país y de las empresas de Viktor. Son casi doscientos hombres y mujeres perfectamente preparados con una media de edad de cien años. Son jóvenes, teniendo en cuenta que viven más de trescientos, y hablan más de quince idiomas. Viktor se cuidó muy bien de salvar a los más preparados, a aquellos que conocen el mundo de los humanos, que han viajado por el globo. Sabía que tarde o temprano le serían útiles.

Al despertar, se sintieron desorientados. Nunca pensaron que lo harían. Cuando cerraron los ojos creyeron que era para no volver a abrirlos jamás. Ahora han tomado conciencia de la nueva situación y están ansiosos por aplicar sus conocimientos y hacer que las empresas de Viktor se sigan desarrollando sin mermar ni a los humanos ni al planeta.

Tal vez Viktor tenga razón. Tal vez todavía nos quede una oportunidad con ellos, pero para eso el cambio tendrá que ser a escala global, y no creo que a las principales potencias les haga mucha gracia acabar como lo han hecho sus homólogos, muertos o entre rejas. De momento, este es un primer paso, ahora un pequeño país, mañana, quién sabe lo que nos deparará el futuro. Poco me importa ahora. Solo me importa Claudia, mientras ella esté bien todo estará bien.

Ha llegado el momento de empezar a escribir todo lo que tengo guardado dentro. No me importa que la gente me critique o me insulte por despojar a Viktor de su aura de salvador. No tienen ni idea, la ignorancia sigue campando a sus anchas por esta tierra, el ser humano sigue creyendo en unos ideales ciegos. No sé si finalmente los gigantes dominarán la tierra, pero si lo hacen, espero que no sean como él. Tengo la esperanza de que al no haber sido criados entre los hombres no se comporten como tal.

He llamado a Claudia y hasta he podido hablar con ella unos minutos, pero dada la inmensa tarea que tienen por delante no voy a molestarla por un buen tiempo.

Mientras tanto los días pasan, las semanas, los meses. Poco a poco el nuevo Gobierno se va haciendo con los mandos y ya empiezan a notarse los cambios. Las ciudades lucen más limpias, el aire más puro, hasta la población parece más amable, ya no veo esas caras largas por la calle. Sí, algo bueno están haciendo los gigantes.

Desde el balcón contemplo a los transeúntes que se saludan por la calle, no doy crédito. Vuelvo al interior y cierro las puertas tras de mí. El manuscrito terminado reposa en el escritorio. Me merezco un trago. Desde que me puse a ello no he probado ni una gota. Nunca lo hago cuando tengo que estar concentrado, mi cabeza funciona mejor estando sobrio. He mandado por correo una copia a Pablo. En breve tengo una reunión, así que será mejor que me empiece a preparar.

Subo por la escalera del edificio, nada ha cambiado. Me vuelvo a tropezar con la hija del portero. Tan maciza como la última vez, o diría que incluso ha ganado en belleza. La saludo, me sonríe. Tremenda.

Entro en la oficina y saludo a la secretaria. Ha perdido peso, vuelve a tener novio. Me indica que puedo entrar y ahí está Pablo, entregado al portátil. El manuscrito sobre la mesa.

—Ahora estoy contigo —me hace saber.

—No pasa nada, sigo en *shock* con la hija del portero.

—¿Sandra? Un pibón.

Pablo termina lo que está haciendo y se pone frente a mí.

—¿Y bien? —pregunto.

—Así que Viktor es un despiadado asesino, un psicópata, egocéntrico, retorcido y calculador…

—Y un llorica también.

—¿No había más adjetivos descalificativos?

—No.

—Es una opinión muy personal de Viktor. No sé qué pensará.

—Fue él el que me pidió veracidad en mi relato y eso es precisamente lo que he hecho. —Pablo resopla, se diría que está algo estresado—. Y bien, ¿lo vas a publicar o me vas a estar haciendo perder más el tiempo? —insisto.

—Te explico, existe una cláusula en caso de que esto suceda.

—¿Ah, sí? Entonces no lo vas a publicar. ¿Es eso lo que me quieres decir?

—No, no es eso. Lo cierto es que la cláusula dice que se publicará cualquier cosa que escribas. Tenemos vía libre para asaltar las librerías.

—Joder, Pablo, me mareas. Mándame el cheque a casa. —Me levanto, eso era todo lo que quería oír.

—Dime una cosa —inquiere Pablo antes de que abandone el despacho—. Creí que habías dicho que había una guerra sucia por el control del partido y que Viktor estaba detrás de todo eso. Sin embargo no hay ni una sola mención al respecto en el manuscrito.

—Supongo que lo saqué de una película.

—¿Supones…?

—Si no te gusta lo que hay no haberme contratado.

Pablo ladea la cabeza.

—Está bien, a pesar de todo va a ser un bombazo. Creo que nos van a moler a palos, pero me voy a hacer de oro.

—Sabía que lo harías, siempre has sido un sucio capitalista.

—Gracias por el cumplido. Te hago un ingreso esta tarde.

—Estupendo.

—Por cierto. Sandra, la hija del portero, quiere ser escritora. Lo digo por si quieres decirle algo.

—No merece la pena, es muy joven para deprimirse. Adiós, Pablo.

—¿Qué harás ahora? ¿Escribir relatos eróticos para un diario de barrio?

—Creo que me iré de vacaciones.

—¿A dónde?

—No tengo ni idea.

—Cuídate, Sebastián.

Salgo de la editorial y bajo las escaleras. Pienso en Sandra, quizás debería decirle algo. No lo sé. Me llaman al móvil, es Pedro, el ayudante de Viktor.

—¿Qué tal, Pedro? ¿Qué puedo hacer por ti?

—Hola, Sebastián. Me han dicho que sea usted el primero en saberlo. Viktor ha fallecido a las 11:30 de esta mañana.

—¿Qué? —Miro el reloj, apenas hace media hora—. Vaya, pues lo siento, por decir algo.

No oculto mi sorpresa y cierta desazón por la noticia. Esperada, por otra parte.

—Hay algo más.

Saco la única maleta que tengo en el armario y la pongo sobre la cama. La lleno de sudaderas, camisetas, calcetines y ropa interior. También algunas novelas. Dejo el móvil sobre la mesa y salgo por la puerta.

—Por deseo expreso de Viktor, le han otorgado un visado para el País Gigante.

El coche se mueve silencioso por la carretera. Saco la mano por la trampilla del techo y siento el aire fresco entre los dedos. Llego al puesto de control. Me toman la huella con un lector y me abren el paso.

—¿Qué quiere decir?

—Significa que es usted el único ser humano que actualmente tiene acceso al País Gigante.

—¿En serio? ¿Hasta cuándo?

—De por vida.

El vehículo circula por la zona de los inmensos depósitos de agua. Tristán e Isolda, de Wagner, suena a todo volumen. Los ciervos me contemplan al pasar. El ocaso se vislumbra en el horizonte. No hay halcones que vigilen mi camino, el trayecto se convierte en una improvisación de animales que cruzan la carretera sin previo aviso y una sucesión de postales espectaculares de paisajes y civilizaciones perdidas. En la distancia, veo aquí y allá el humo blanco que sale de alguna que otra vivienda. Son las señales de los primeros pobladores que regresan a sus casas para seguir con sus vidas.

Finalmente llego a mi destino. El sol ha empezado a ponerse al atardecer. Bajo del coche y camino entre los árboles. Paso delante de la casa de Nowe y me asomo por la pequeña ventana excavada en la pared. Parece estar vacía. De pronto escucho un bebé llorando en la distancia. Me aproximo hacia unos cipreses. El sonido de un arroyo acompaña al llanto del niño. Tras los árboles, una senda se aprecia en la vegetación. El agua discurre bajo la sombra de los árboles centenarios. Sobre un manto de hierba a la ribera de un riachuelo, veo a Nowe de espaldas. Se gira lentamente y me mira. No parece sorprendida al verme, se diría que me estaba esperando. Creo ver algo de gratitud en su rostro mientras le da el pecho a su bebé. Me acerco lentamente a una escena que quedará en mi recuerdo para la eternidad, como la que tuvo Viktor al ver a su amada.

Me siento a su lado y nos quedamos ahí, contemplando más allá del discurrir del agua, nuestro futuro en el País Gigante.

Quizás fuera yo el último asunto a arreglar al que se refería Viktor, comenzar una nueva vida en el País Gigante, alejado del tóxico mundo de los humanos. De alguna forma siento que ha sido su forma de saldar la cuenta que tenía conmigo. No sé si algún día sabré la respuesta, lo que sí sé es que no voy a desaprovechar esta oportunidad de ser feliz.

Mientras divago en este y otros pensamientos, en algún lugar del océano, una tenue luz tiñe de azul un rostro dentro de una cápsula de titanio. Es Viktor. Su cuerpo yace inmóvil a 6000 metros de profundidad donde antes yacía el de su hermano. Quién sabe, quizás algún día alguien decida traerlo de vuelta.

FIN